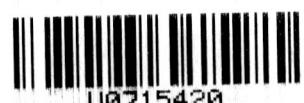

咏西安诗词名篇精选

YONG XI'AN SHICI MINGPIAN JINGXUAN

上册

《咏西安》丛书编委会 编著

西安出版社
西安曲江出版传媒股份有限公司

《咏西安诗词名篇精选》编委会

序言

中华民族是一个诗之民族，中国素来号称“诗国”。“动天地，感鬼神，莫近于诗”，诗是语言的最高表达形式。从先秦至晚清这段漫长的历史时期，古典诗歌一直在社会上广为流布、刊刻，受到社会各阶层的喜爱。直到现代，古典诗词仍然拥有大量的爱好者。作为中华文化瑰宝的古典诗词跨越时空沧桑，涵养了一代又一代中华儿女的心灵，展现了中华民族深层的精神追求。可以说，诗之于中华民族，不只是一种文学现象，更是一种精神文明的重要体现。

千百年来，在神州大地上，诗词名家荟萃，佳作频出。而古都西安作为名副其实的“诗歌之城”“诗意之都”，在我国的诗歌版图中处于极为重要的地位。正是在西安，诗歌这种艺术诞生、成熟，全面绽放，并逐步登峰造极。从《诗经》到乐府，从汉赋到唐诗，一条源远流长而又波澜壮阔的诗歌之河，流淌在神州历史文化的沃野上，留下无比宝贵的精神财富。

“八川分流绕长安，秦中自古帝王州”。西安古称长安，有着3100多年的建城史和1100多年的建都史，是13个王朝的定都之地、华夏文明的发祥地、古代东方文化的代表城市。作为统一多民族国家的政治、经济、文化中心，长安曾是世界上第一个人口超过100万的特大城市，显示出一统天下的气度与风范。

作为国家的首善之都，这座城市集中了中国最优秀的诗人。历代许多著名诗人，都把长安作为自己一生难以忘怀的第二故乡。诗人们充分发挥自己的文学才华，为这座千年古都写下了犹如繁星般的诗篇。一首首精美的诗歌，星曜西安的历史天空。以西安为核心形成的思想、文化，也随着诗歌等文化形式辐射到全国各地，对中国文化以及中华民族共有精神家园的形成产生极为重要的影响。

特别是有唐三百年间，出现了中国诗歌发展的高峰——唐诗。唐代社会，国家统一，国力强盛，经济繁荣，以“贞观之治”“开元盛世”为标志，形成了包容开放、文化多元的局面。

唐都长安，作为世界名城，万国衣冠，翘首仰慕，通过丝绸之路进行频繁的国际交往，又是中外经济、文化交流中心，从而成为唐诗发展的主要基地，是唐诗的圣殿。全国各地的诗人云集长安，以饱满的热情、多彩的笔墨歌颂盛世，歌颂长安，关注长安，感叹长安，在离开长安之后，犹通过回忆和传闻歌咏长安，留下了自己关于长安的诗的印记。

其中，仅大家名家便有初唐的王勃、杨炯、卢照邻、骆宾王、沈铨期、宋之问、杜审言、陈子昂，盛唐的王维、李白、王昌龄、高适、岑参、孟浩然、杜甫，大历时期的韦应物、钱起、卢纶、李端、李益，中唐的白居易、元稹、韩愈、刘禹锡、孟郊、贾岛，晚唐的杜牧、李商隐、温庭筠，等等。

诗人们瞻仰长安巍峨壮丽的城阙，接触五光十色的京都生活，游览京郊一带的山水田园、名胜古迹，即景抒情，触物起兴，写了数千篇歌咏长安的诗作精品，用美好的意象把长安浸透在深深的诗意中，让它成为名副其实的“诗都”。无数意象共同构建的诗意长安，既是历史的特殊记忆，又是文学的形象审美，使这座令人敬仰、留恋、怀念的华夏故都，驰誉万国、扬名百代。

走在历经千年沧桑的西安城中，依然可以感到古城的诗意—— 一处景观便引出一则诗歌故事，而那一块块方砖就像一个个字迹，一条条街巷就化作一行行诗句。

不经意间，便会遇到古代诗人们在西安留下的故事和传说：长安区与杜公祠；兴庆公园与阿倍仲麻吕纪念碑；白居易与仙游寺、刘禹锡和玄都观、杜牧和华清宫、李商隐和乐游原、元稹和曲江杏园等等，都有着许多故事，引发人们的无限遐想。

漫步西安，宛如进行一次诗歌之旅：大街小巷上，低吟韩愈的“天街小雨润如酥”；兴庆宫里，浅诵李白的“云想衣裳花想容”；樊川桃花林，吟哦崔护的“人面桃花相映红”；华清池畔，轻语白居易的“七月七日长生殿”……

今天，我们正在建设大西安，建设丝绸之路文化新高地，咏颂西安的诗歌和诗人正在走进人们的生活，西安“诗意之都”的气质愈发鲜明。

为了进一步展示西安“诗歌之城”“诗意之都”的魅力，我们策划、出版了这部《咏西安诗词名篇精选》。本书收录从先秦到现代歌咏西安的诗词153首，采用诗、书、画合一的新颖体裁，展现西安辉煌的历史和灿烂的文化渊源，是一部隽永的史诗集萃，是一场诗歌文化的盛宴。

这部书打开了一扇用古典诗歌展示、感知富有诗意的西安的窗口，将引领人们从古诗中认识、探寻华夏文化醇厚绵长的诗韵。

目录

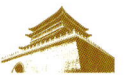

咏西安

诗词名篇精选

YONG XI'AN
SHICI MINGPIAN JINGXUAN

上册

小雅·采薇

《小雅》是《诗经》的一部分，为先秦时代华夏族诗歌，共有74篇，创作于西周时期，以西周末年厉、宣、幽王时期为多。历史上周文王定都丰京，周武王则在沣水东岸建立镐京，丰、镐二京也成为中国真正意义上的京都城市。丰镐遗址位于西安市长安区马王镇、斗门镇一带的沣河两岸，丰京在河西，镐京在河东。《小雅》中一部分诗歌与《国风》类似，其中最突出的，是关于战争和劳役的作品。

采薇[1]（节选）

昔我往矣，杨柳依依[2]。
今我来思，雨雪霏霏[3]。

注释

①薇：豆科野豌豆属的一种，又叫救荒野豌豆。

②依依：柳树枝叶茂盛并随风摇曳的样子。

③霏霏：雨雪烟云盛密的样子。

点评

（冯超）

华夏民族是非常重视亲情、友情的民族，但当国家遇到外敌入侵时壮士便会即刻奔赴疆场，出自《诗经》名篇《采薇》中的上述诗句便传达了守边将士回归途中抒发的这种珍贵的情感。“杨柳依依”作为千古名句和著名的诗歌意象，对后世的诗歌创作产生了极为深远的影响。就诗句本义而言，先秦时代，征人出塞之时见杨柳依依，心中多生眷恋，于是便生成了“诗歌原型”，从接受美学角度看，这也与后来的“灞陵伤别”“折柳相送”之习俗以及诗歌颇为契合。离别之时，本该是“东君与此最钟情”的杨柳枝却要承载起柔肠寸断的别离之苦。亲友的留恋与不舍、真情与别绪，都化作一曲离歌，萦绕耳畔和心底。而到相见之时，漫天雪花飞舞升腾，又象征着连绵不绝的相思情愁缓缓而来。正所谓，“剪不断，理还乱，是离愁，别是一番滋味在心头”是也。

范朋杰 / 绘
《采薇》

秦风·终南

“秦风”是《诗经》“国风”中的一个分支，共10篇，为秦地汉族民歌。古秦国原址在栎阳（今西安市阎良区武屯镇关庄与御宝村之间）。东周初，秦襄公因护送周平王东迁有功，开始列为诸侯，改建都于雍（今陕西凤翔），秦国自此逐渐强大起来，统治区大致包括今陕西中部和甘肃东南部。“秦风”就是这个区域的诗。

终南

终南何有？有条有梅。①
君子至止，锦衣狐裘。
颜如渥丹②，其君也哉。

终南何有？有纪有堂③。
君子至止，黻④衣绣裳。
佩玉将将⑤，寿考不忘。

注释

①终南：属秦岭山脉，在今陕西西安市南。条：即山楸树。

②渥丹：形容颜红而湿润。

③纪：通“杞”，杞树。堂：通“棠”，棠树。

④黻（fú）：黑色与青色花纹。

⑤将将：拟声词，同“锵锵”。

点评

（王奎）

《终南》一般被认为是臣子对秦襄公的劝诫，也有人认为是君主出行终南山臣子对秦君的赞美。全诗二章，每章六句，都以“终南何有”起兴，随即描摹了终南山树木葱茏、欣欣向荣的景象，从而引出君主雍容高贵的形象。诗中以“锦衣狐裘”“颜如渥丹”“黻衣绣裳”“佩玉将将”等盛大华丽的辞藻铺排了君主的高尚品格，也显示出臣子对于君主的爱戴与祝福。全诗韵调和谐，措辞精彩，营造出庄重大气、雍容华贵、端庄富丽的氛围，字里行间流露出那个时代的气息。

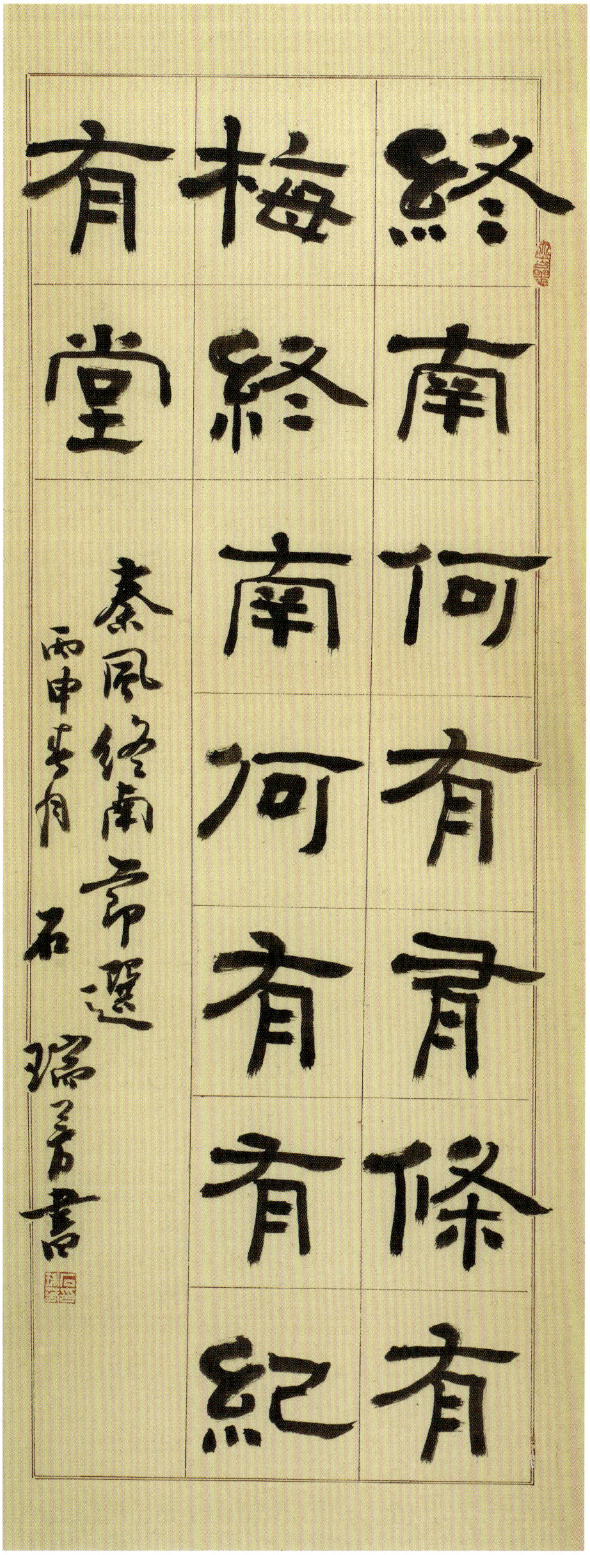

石瑞芳／书
《秦风·终南》

司马相如

司马相如（约前179—前118），汉代文学家。字长卿，蜀郡成都（今四川成都）人。少年时代喜欢读书练剑，20多岁就做了汉景帝的“武骑常侍”。因作《子虚赋》与《上林赋》为汉武帝所赞赏而拜为中郎将，奉命出使西南。晚年任文园令。《汉书·艺文志》著录其辞赋29篇，现存6篇。明人辑有《司马文园集》。

上林[1]赋（节选）

左苍梧，右西极，[2]丹水[3]更其南，紫渊径其北。
终始灞、浐，出入泾、渭[4]；
酆、镐、涝、潏[5]，纡馀委蛇，经营[6]乎其内；
荡荡乎八川分流，相背而异态。
东西南北，驰骛往来。

注释

①上林：汉时苑名，本是秦时旧苑，汉武帝时又加扩建，南傍终南山而北滨渭水，周广三百里，是汉武帝打猎及游玩的地方。

②苍梧：汉郡名，治所在今广西梧州。苍梧古属交州，在长安东南，故言“左”。右：指西方。西极：古指豳地，在长安西北一带，故言“右”。

③丹水：水名，是丹江的古称，发源于陕西商洛。

④出入泾、渭：指泾水和渭水流入苑中又流出苑去。

⑤酆、镐、涝、潏：皆为水名。

⑥经营：往来，周旋。

出乎椒丘[7]之阙，行乎洲淤之浦；
径乎桂林之中，过乎泱漭[8]之野；
汩乎混流，顺阿而下，赴隘陿[9]之口。

注释

⑦椒丘：生长椒树的山丘，一说指尖顶的山丘。

⑧泱漭：这里指广大的意思。

⑨隘陿：这里指两岸相近的地方。陿，通“狭”。

点评

（张江珍）

据《史记》记载，《上林赋》写于武帝朝堂之上，是司马相如最著名的作品之一。作者以华丽的辞藻写出了上林苑的壮丽及汉天子游猎的盛大场面，歌颂了统一王朝的声威和气势。此赋充分展现了汉大赋铺张夸饰的特点，场面宏大，叙述细腻。作者以宫殿、园囿、田猎为描写对象，歌颂了统一大帝国无可比拟的声威。《上林赋》的某些手法实现了对楚辞一定程度的超越，其铺排丰富多彩，论述层次严密，语言富丽堂皇，句式变化多样。此外，对偶、排比手法的大量使用，使全篇气势磅礴，神采飞扬，铺张扬厉，情绪饱满，足以代表汉代大赋的一个高度。

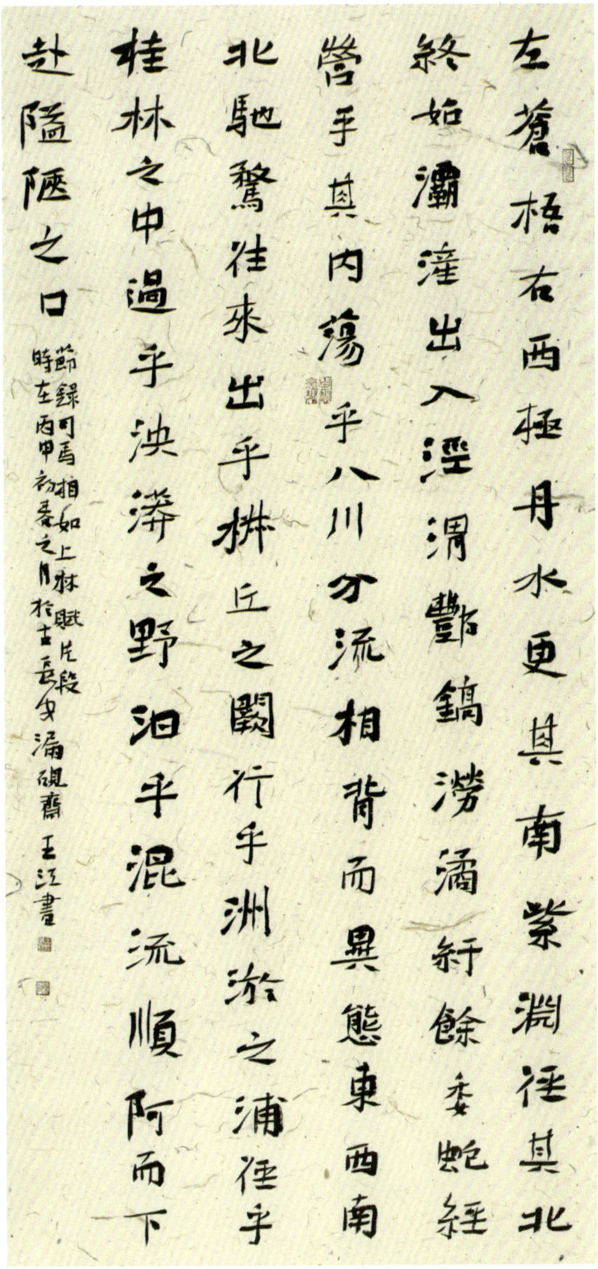

王江／书
司马相如《上林赋》（节选）

班固

班固（32—92），东汉辞赋家、史学家。字孟坚，扶风安陵（今陕西咸阳）人。16岁入洛阳太学，性情宽和谦让，深为当时儒者钦重。其父班彪是当时著名学者，曾作《史记后传》65篇，补写《史记》以后西汉的历史。班彪死后，他想要补完全书，有人告发他私改国史，被捕入京兆狱。其弟班超上书辩解，获释，汉明帝赞赏班固的才能，召为兰台令史，转迁为郎，典校秘书。经过多年努力，班固于章帝建初七年（82），基本完成《汉书》的写作。章帝时，班固任玄武司马。和帝永元元年（89），班固随大将军窦宪征匈奴，为中护军。窦宪因骄横获罪，班固被牵连入狱，死于狱中。著有《两都赋》《答宾戏》《幽通赋》等。

西都赋（节选）

汉之西都，在于雍州，实曰长安。

左据函谷、二崤之阻，表以太华、终南之山。

右界褒斜[①]陇首之险，带以洪河、泾、渭之川。

众流之隈，汧涌其西。[②]

华实之毛，则九州之上腴[③]焉。

防御之阻，则天下之隩[④]区焉。

是故横被六合，三成帝畿，周以龙兴，秦以虎视。

注释

①褒斜：指古代穿越秦岭的山间大道。褒斜道南起褒谷口（汉中市大钟寺附近），北至斜谷口（眉县斜峪关口），沿褒斜二水行，贯穿褒斜二谷，故名，也称斜谷路，为古代巴蜀通秦川之主干道路。

②隈：山脉或水流弯曲之处。汧（qiān）：水名，即陕西汧河。

③上腴：这里指土地丰饶。

④隩：同“墺”，可定居的地方。

点评

（张江珍）

《西都赋》写出了都城长安的壮丽与繁盛，描画了宫殿的奇伟华美，也极尽铺排之能事。此赋全文容量极大，洋洋洒洒，写尽了都城长安的方方面面。多角度、多方面地展现当时的政治、经济、文化等方面的发展状况，文采飞扬，色彩绚丽，韵律顿挫有致，读来铿锵朗朗，具有极强的节奏感，可谓是盛世长安的华丽赞歌。作者淋漓尽致且是全景式地展现了一个时代的盛景，后世常有人加以模拟，形成“京都赋”的类型。

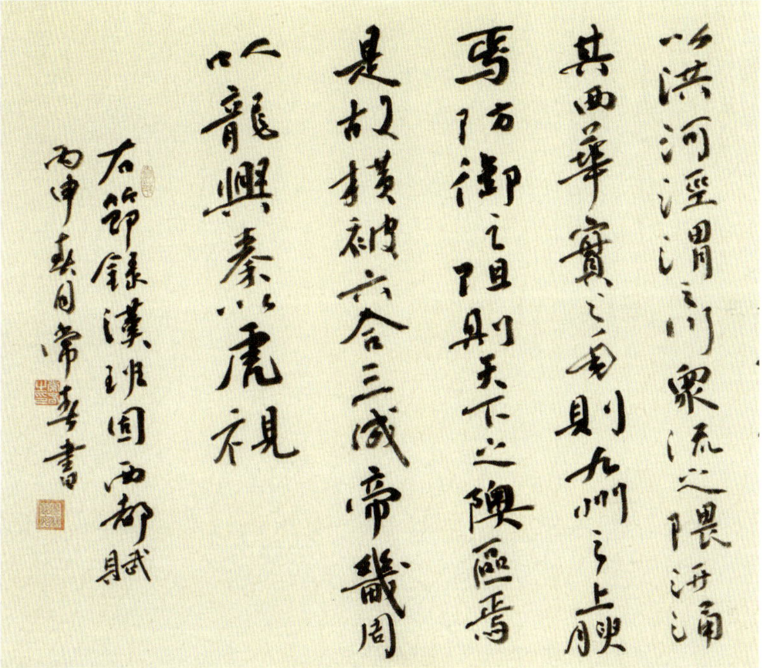
以洪河涇渭之川衆流之隈汧涌
其西華實之毛則九州之上腴
焉防御之阻則天下之隩區焉
是故橫被六合三成帝畿周
以龍興秦以虎視
右節錄漢班固西都賦
丙申秋月常春書

常春 / 书
班固《西都赋》（节选）

陆机

陆机（261—303），字士衡，吴郡吴县（今江苏苏州）人，西晋著名文学家、书法家。出身吴郡陆氏，为孙吴丞相陆逊之孙、大司马陆抗第四子，与其弟陆云合称“二陆”，又与顾荣、陆云并称“洛阳三俊”。陆机“少有奇才，文章冠世”，诗重藻绘排偶，骈文亦佳，与弟陆云俱为西晋著名文学家，被誉为“太康之英”。陆机与潘岳同为西晋诗坛的代表，引领“太康诗风”，世有“潘江陆海”之称。陆机亦善书法，有《平复帖》存世。

拟青青陵上柏

冉冉高陵苹，习习随风翰。
人生当几时，譬彼浊水澜。
戚戚多滞念，置酒宴所欢。
方驾振飞辔[1]，远游入长安。
名都一何绮，城阙郁盘桓。
飞阁缨虹带，层台冒云冠。
高门罗北阙，甲第椒与兰[2]。
侠客控绝景，都人骖玉轩[3]。
遨游放情愿，慷慨为谁叹。

注释

①辔（pèi）：驾驭牲口的嚼子和缰绳。

②甲第：豪门贵族的宅邸。椒与兰：皆芳香之物，故以并称。

③玉轩：玉饰的车。

点评

（王奎）

此诗是一首拟古诗，它所“拟”的是《古诗十九首》中的名篇《青青陵上柏》。拟作是西晋诗歌的常见手法，拟作中往往“师其意变其辞”，此诗正是这类拟作诗的典范。诗中辞藻绮丽，多有工稳严谨的对仗，显示出诗人高超的艺术手法，而这也体现了陆机“诗缘情而绮靡”的文学观。此诗叙述了诗人“远游入长安”的所见所闻，通过对都城的飞阁层台、高门甲第的描写为读者展现出一个大气巍然的长安。

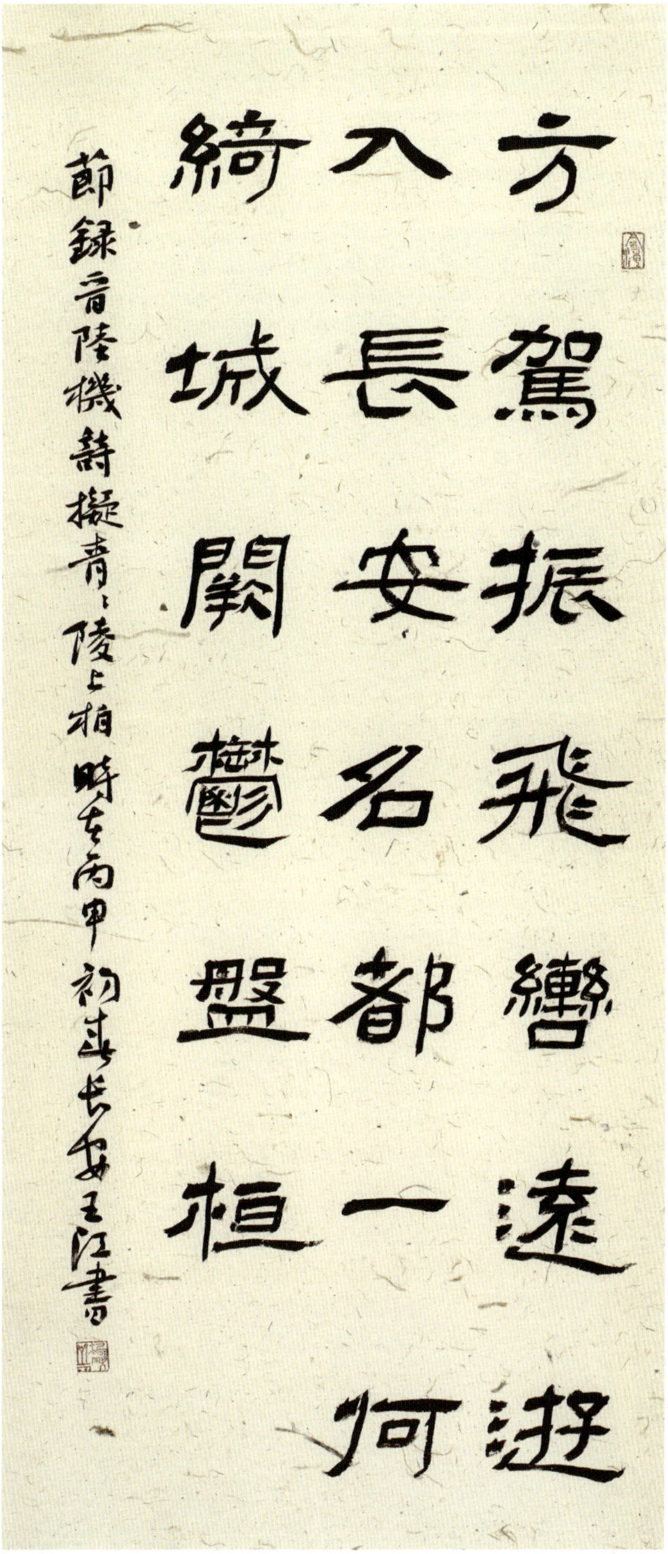
方駕振飛轡遠遊
入長安名都一何
綺城闕鬱盤桓
節錄晉陸機詩擬青青陵上柏 時在丙申初夏長安王江書

王江／书
陆机《拟青青陵上柏》（节选）

庾肩吾

庾肩吾（487—551），字子慎，一作慎之。南阳新野（今属河南省）人，中国南朝梁代文学家、书法理论家。初为晋安王国常侍，历任王府中郎、云麾将军，并兼记室参军。中大通三年（531），为东宫通事舍人，累迁至太子中庶子。及萧纲即帝位，为度支尚书。侯景之乱，卒于江陵。庾肩吾为宫体诗代表作家，现存的诗文多为应制、奉和、侍宴、谢启这一类酬应之作。爱好文学，与刘孝威、孔敬通、徐摛、王囿等十人同被赏接，又受命抄撰众籍，号为“高斋学士”。庾肩吾又工书法，著有《书品》，叙述书法的源流演变，影响深远。

赋得横吹曲长安道[①]

桂宫[②]连复道，黄山[③]开广路。
远听平陵[④]钟，遥识新丰[⑤]树。
合殿[⑥]生光彩，离宫起烟雾。
日落歌吹还，尘飞车马度。

注释

①横吹曲：乐府歌曲名。长安道：汉乐府《横吹曲》名，内容多写长安道上的景象和客子的感受，故名。南朝陈后主、徐陵和唐代韦应物、白居易等均写有此曲，句式长短错落不一。

②桂宫：汉武帝太初四年（前101）建，故址在今陕西省西安市西北。

③黄山：汉宫名。汉惠帝所建，在今陕西省兴平市。

④平陵：西汉五陵之一，在今陕西省咸阳市西北。汉昭帝筑陵置县，死后葬此。

⑤新丰：县名。汉高祖七年（前200）置，唐废。治所在今陕西省西安市临潼区西北。

⑥合殿：即合欢殿，在未央宫内。

点评

（伍娜）

诗的前两句介绍了桂宫、黄山等宫殿的地理形胜，三至八句写诗人所见所感。远远就听到平陵传来的阵阵钟声，看到新丰县茂密的大树，长安城内合欢殿熠熠生辉，而处于郊野的离宫则笼罩在袅袅烟雾之中。夕阳西下，歌声依旧，突然之间车马疾驰而过，尘土飞扬，营造了一种开阔的意境。全诗韵律严整，意境优美，为读者展现出一个动人的诗意长安。

任西宁 / 绘
《赋得横吹曲长安道》

徐陵

徐陵（507—583），字孝穆，东海郯(今山东郯城)人，南朝梁陈间的诗人，文学家。其父徐摛在梁代是有名的文人。历仕梁陈两朝，梁武帝萧衍时期，任东宫学士。陈文帝时历任五兵尚书、御史中丞、吏部尚书。后主立，官至左光禄大夫、太子少傅。徐陵在陈号称“一代文宗”，兼擅诗文，与庾信齐名，世称“徐庾体”。他的文章颇变旧体，缉裁巧密，多有新意。编有《玉台新咏》，著作有辑本《徐仆射集》。《陈书》卷二六、《南史》卷六二有传。

长安道

辇道[1]乘双阙，豪雄被五都。
横桥[2]象天汉，法驾[3]应坤图。
韩康[4]卖良药，董偃[5]鬻明珠。
喧喧拥车骑，非但执金吾[6]。

注释

①辇道：可乘辇往来的宫中道路，这里指朝中权贵。

②横桥：古桥名。秦代建于长安附近渭水上。

③法驾：天子车驾的一种。

④韩康：汉赵岐《三辅决录》卷一："韩康，字伯休，京兆霸陵人也。常游名山，采药卖于长安市中，口不二价者三十余年。"亦泛指采药、卖药者。

⑤董偃：汉武帝时人，馆陶公主晚年的面首。馆陶公主的丈夫堂邑侯陈午在世时，十八岁的董偃已经得到公主的幸爱。后得汉武帝宠，及后失宠，三十而终。

⑥金吾：古官名，负责皇帝大臣警卫、仪仗以及徼循京师、掌管治安。

点评

（伍娜）

从形式上看，这首诗已经基本符合五言律诗的格律要求，从中也可看出徐陵对五言律诗成型的探索。在内容上，也可看出诗人高超的艺术手法，首联描写了长安辇道宽广、豪杰遍布的景象；颔联描写了渭桥与天子的车驾，“横桥象天汉，法驾应坤图”，体现出法天象地的观念；颈联运用韩康卖药、董偃卖珠的典故，展现了都城市井生活的繁华；尾联描绘了长安道上车水马龙之景。全诗渲染出长安城一片繁盛的都市景象。

蔡学海 / 绘
《长安道》

顾野王

顾野王（519—581），南朝梁陈间人。文字训诂学家、史学家。字希冯，原名体伦，因为仰慕西汉冯野王，所以更名为顾野王。历梁武帝大同四年（538）太学博士，陈国子博士、黄门侍郎、光禄大夫，博通经史，擅长丹青，书法较突出。著《玉篇》三十卷，此书是继东汉许慎《说文解字》后又一部重要的字典，也是我国现存最早的楷书字典。

长安道

凤楼①临广路，仙掌②入烟霞。
章台③京兆马，逸陌④富平车。
东门疏广⑤饯，北阙董贤⑥家。
渭桥纵观罢，安能访狭斜。

注释

①凤楼：指宫内的楼阁。

②仙掌：汉武帝求仙，在建章宫神明台上造铜仙人，舒掌捧铜盘玉杯，以承接天上的仙露，后称承露金人为仙掌。

③章台：章台街，为汉代长安街名。

④逸陌：幽静安闲的道路。

⑤疏广：字仲翁，东海兰陵人。后征召为博士、太中大夫、太子少傅。与其侄疏受（太子少傅）俱受宣帝器重，数获赏赐，朝廷上下诚以为荣。

⑥董贤：字圣卿，冯翊云阳（今陕西泾阳西北）人，御史董恭之子，汉哀帝刘欣宠臣。初任太子舍人。绥和二年（前7），汉哀帝即位，董贤升任为郎官。

点评

（伍娜）

本诗前两联描写了帝都长安的富贵与繁华，借用“章台走马”等典故，渲染出长安城的声乐之乐和俗世色彩，作者情不自禁地被这些富贵奢华的景象所吸引。后四句通过东门、北阙与狭斜的对比，表达诗人对长安城生活以及建功立业的向往之情。以典入诗，言简意深。

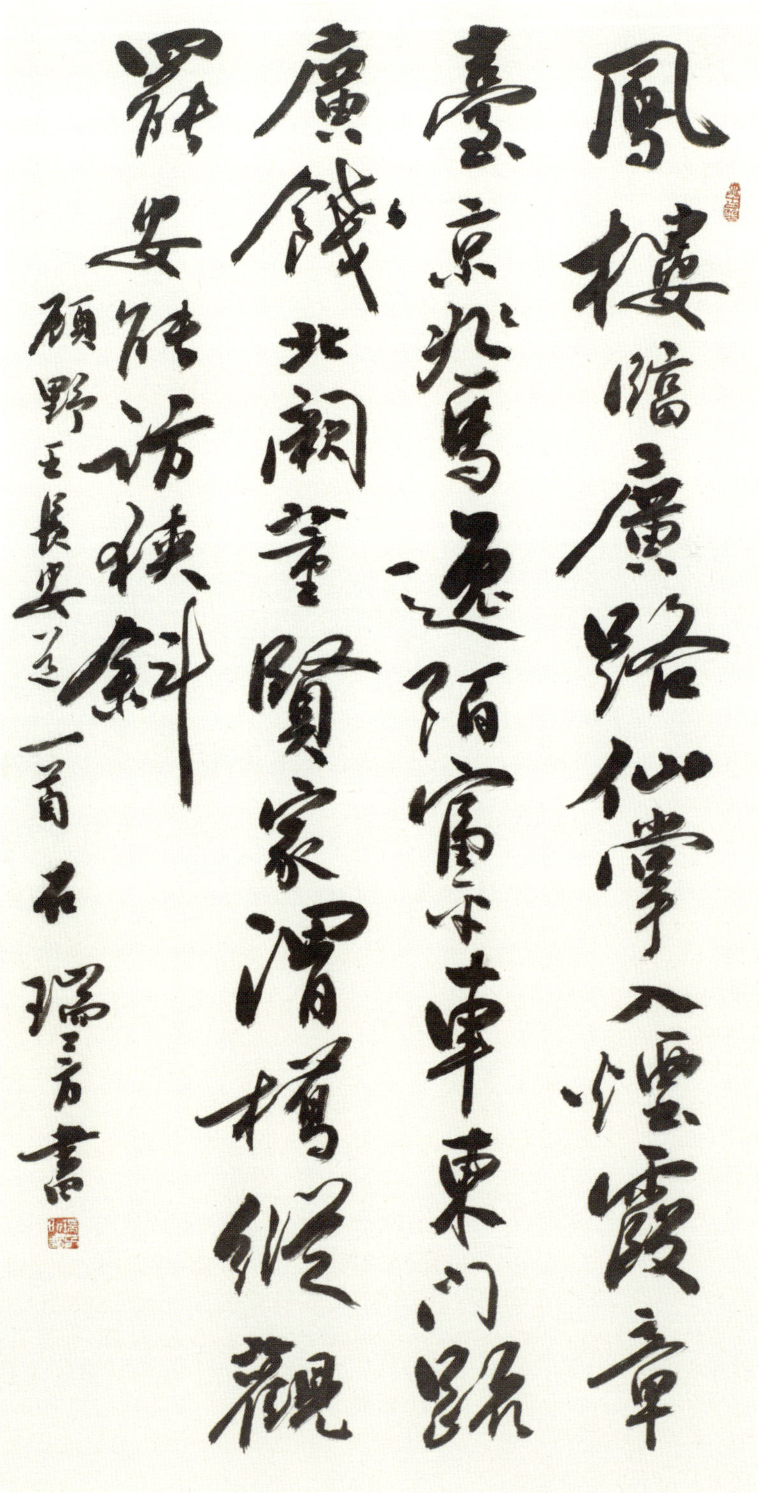
鳳樓臨廣路仙掌入煙霞章
臺京兆馬逶迤陌上車東門疏
廣餞北闕董賢家渭橋縱觀
罷安能訪狹斜
顧野王長安道一首 石瑞芳書

石瑞芳 / 书
顾野王《长安道》

李世民

李世民（599—649），祖籍陇西成纪（今甘肃秦安），徙居长安（今陕西西安）。唐高祖李渊次子，隋末劝李渊起兵反隋。唐武德元年（618）为尚书令，后晋封秦王。武德九年（626），发动玄武门之变，被立为太子，继而即帝位，次年改元贞观。卒谥文，庙号太宗，追尊文武大圣大广孝皇帝。在位期间，政治清明，经济发展，史称“贞观之治”。原有《唐太宗集》三十卷，又撰《帝范》四卷，俱散佚。李世民的赋作今存5篇：《威凤赋》《感旧赋》《临层台赋》《小山赋》《小池赋》。

帝京篇十首（选一）

秦川[1]雄帝宅，函谷[2]壮皇居。
绮殿千寻起，离宫百雉[3]馀。
连甍遥接汉[4]，飞观迥凌虚。
云日隐层阙[5]，风烟出绮疏[6]。

注释

①秦川：陕西中部渭河流域一带，又称关中，周秦汉唐等王朝相继建都于此。

②函谷：函谷关，在河南灵宝西南。

③百雉：古代城墙长三丈高一丈叫一雉。百雉，言规模宏大。

④甍：屋脊。汉：天河。

⑤阙：皇宫门外的楼观。《说文解字注》："为二台于门外，作楼观于上，上圆下方，以其阙然为道谓之阙。"

⑥绮疏：指雕花的窗户。

点评

（伍娜）

此诗是唐太宗五言律诗的代表之作，全诗一韵到底，表现出作为帝王的他在诗歌创作上的格律化追求，而他对于格律诗的实践也为初唐文坛起了重要的导向作用。唐太宗《帝京篇十首》描绘了京城长安的人文地理之胜，表现了一代帝王的雄心壮志。这首诗对帝京长安做了全面的描写，全诗铺陈京都宫室的华丽、雄伟，传达出一片盛世帝都的气象，风格雄健。

王犇 / 绘
《帝京图》

文德皇后

文德皇后（601—636），太宗后，长孙氏，河南洛阳人，隋右骁卫将军长孙晟之女。年十三，嫔于太宗。武德元年（618），册为秦王妃。九年（626）封皇太子妃。同年太宗即位，立为皇后。贞观十年（636）卒，谥文德。咸亨五年（674），加谥文德圣皇后。尝采古妇人善行，撰成《女则要录》，今佚。今存诗1首。

春游曲

上苑①桃花朝日明，兰闺②艳妾动春情。
井上新桃偷面色，檐边嫩柳学身轻。
花中来去看舞蝶，树上长短听啼莺。
林下何须远借问，出众风流旧有名。

注释

①上苑：即上林苑。

②兰闺：汉时的宫殿，即兰林殿，是后妃的居所。

点评

（伍娜）

这是一首游赏之作。上林苑阳光明媚，桃花盛开，一片春意盎然；兰闺殿中的女子面如新桃，身轻如燕，与美好的春日相得益彰，写尽了女子的娇媚情态。颈联写女子游荡于花丛之中赏蝶舞、听莺鸣，勾勒出了一幅女子赏春图，生动而形象，表达了宫中美丽女性的生命涌动与无拘无束。全诗温文典雅，清新灵动，富有青春气息。

王西京 / 绘
《丽春图》

武则天

武则天（624—705），并州文水（今属山西）人，唐高宗李治皇后。高宗死，李显继位为中宗，尊武氏为皇太后，由太后临朝称制。翌年，废李显为庐陵王，立李旦为睿宗，武太后掌实权。690年，废李旦自立为则天皇帝，改国号为周，改元天授，史称“武周”。神龙元年（705）中宗反正，徙居上阳宫，是年冬卒。谥则天顺圣皇后。有《垂拱集》百卷，《金轮集》十卷，已散佚。今存诗46首，李白尊武则天为唐朝“七圣”之一。

腊日宣诏幸上苑[1]

明朝游上苑，火急报春知。
花须[2]连夜发，莫待晓风吹。

注释

①腊日：腊八节，俗称“腊八”，即农历十二月初八。

上苑：供帝王玩赏打猎的园林。

②须：应当。

点评

（伍娜）

世传这首诗是武则天下的一道诏书，是以命令的口吻，要求皇家园林的花必须连夜开放。此诗后来在民间演绎成“女皇贬牡丹”的故事，流传千年。诗中以近乎口语的词句塑造了一个霸气十足的帝王形象，也为我们展现出“欲与天公试比高”的盛唐精神。全诗语言通俗，但却在简单的言语中流露出一代女皇武则天刚毅果断的作风和吞吐宇宙的气概。

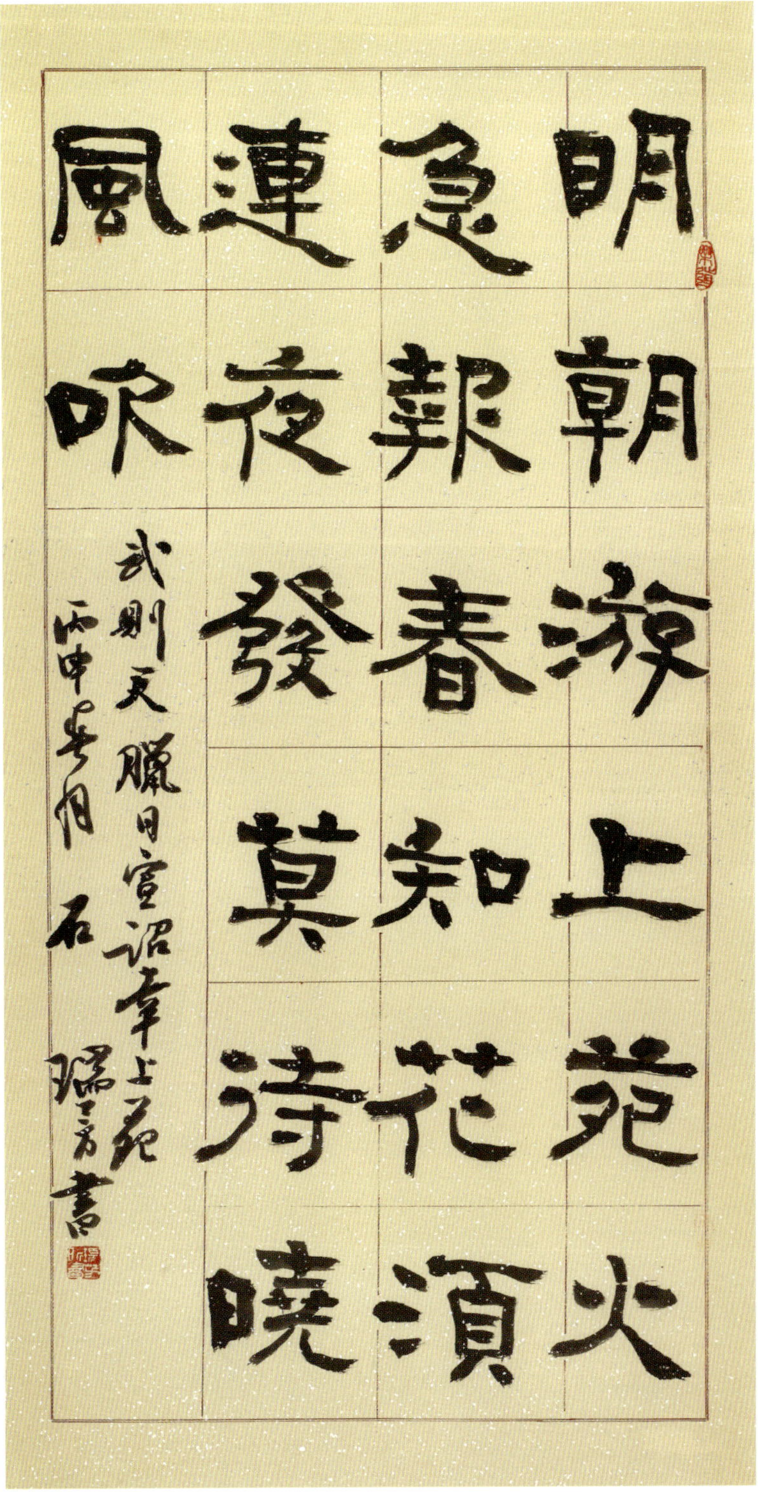

石瑞芳 / 书
武则天《腊日宣诏幸上苑》

骆宾王

骆宾王（约619—684），婺州义乌（今浙江义乌）人。出身寒门，其父为青州博昌令，早卒。7岁能诗，高宗时（650—683），初为道王府属，后历任奉礼郎、东台详正学士、武功主簿、长安主簿，迁侍御史。为奉礼郎时，曾从军西域久戍边疆。塞外还，又曾宦游蜀中。为“初唐四杰”之一，才情纵放，擅长七言歌行。其诗题材较为广泛，笔调宏肆，风格雄放。《全唐诗》编其诗为三卷。有《骆宾王文集》十卷传世。

帝京篇（节选）

皇居帝里崤函谷，鹑野龙山侯甸服[①]。
五纬[②]连影集星躔，八水分流横地轴。
秦塞重关一百二[③]，汉家离宫三十六[④]。
桂殿嵚岑对玉楼[⑤]，椒房窈窕连金屋[⑥]。

注释

①鹑野：星宿鹑首的分野，指秦地。龙山：龙首山，今陕西西安市北。侯甸服：侯服与甸服，古代王畿外围千里以内的区域。

②五纬：金、木、水、火、土五星。

③秦塞：秦代所建的要塞。《史记·高祖本纪》："秦，形胜之国，带河山之险，县（悬）隔千里，持戟百万，秦得百二焉。"

④"汉家"句：班固《西都赋》："离宫别馆，三十六所。"

⑤桂殿：汉宫殿名。嵚（qīn）岑：言高貌。玉楼：指玉堂，在建章宫南，台高三十丈。

⑥椒房：即椒房殿，后妃居所，以椒和泥涂壁，故有此称。窈窕：深远貌。

三条九陌⑦丽城隈，万户千门⑧平旦开。
复道斜通鳷鹊观⑨，交衢⑩直指凤凰台。

注释

⑦三条九陌：泛指帝都的纵横大道。

⑧万户千门：《史记·孝武本纪》："于是作建章宫，度为千门万户。"

⑨复道：楼阁或悬崖间有上下两重通道，称复道。鳷鹊观：汉宫观名，在长安甘泉宫外，汉武帝建元中建。

⑩交衢：指道路交错要冲之处。

点评

（王奎）

该诗约作于上元三年（676）诗人担任明堂主簿时。诗以汉代京城长安为描写对象，以古喻今，抒情言志，气势冠绝长虹。诗人以滔滔不绝的排律体式和灵活变换的诗歌形式，既写出了帝京的壮观、繁华和气度，又表现了天子的尊贵与威严，因而成为初唐长篇诗歌的代表作之一。此诗有着汉大赋的雄浑大气，又有六朝小赋的婉转流丽，同时融合了骈文的对仗与韵律。诗中鸿硕壮阔的大唐风韵让全诗明朗清丽，而这种昂扬向上的大唐气度也很好地为读者呈现了大唐的精神风貌。

范朋杰 / 绘
《骆宾王帝京篇诗意》

杜审言

杜审言（645？—约708），字必简，祖籍襄阳（今湖北襄阳），出生于巩县（今河南巩义市），是杜甫的祖父。高宗咸亨元年（670）中进士，后任洛阳丞。圣历元年（698），贬吉州司户参军。后还东都，授著作佐郎。唐中宗时，因与张易之兄弟交往，被流放峰州（今越南越池东南）。寻召授国子监主簿，加修文馆直学士。景龙二年（708）冬病卒。雅善五言诗，工书翰。少与李峤、崔融、苏味道被称为“文章四友”，是唐代“近体诗”的奠基人之一，作品多朴素自然。其五言律诗格律谨严。原有集，已散佚，后人辑有《杜审言诗集》。

蓬莱三殿[①]侍宴奉敕咏终南山应制

北斗挂城边，南山倚殿前。
云标金阙迥[②]，树杪玉堂悬[③]。
半岭通佳气，中峰绕瑞烟。
小臣持献寿，长此戴尧天[④]。

注释

①三殿：麟德殿，一殿而有三面，故称。

②金阙：皇宫。迥：远。

③杪（miǎo）：树枝的细梢。玉堂：汉代殿名，在未央宫中，此处指唐代宫名。

④尧天：指尧能法天推行教化，此处是歌颂太平盛世和圣主功德。

点评

（何宇）

此诗借咏终南山来歌颂帝王，庄重典雅。发语即气象壮阔，以“北斗挂城边，南山倚殿前”，写宫殿的高峻雄伟；“挂”“倚”二字用得奇绝，有盛气逼人的动势。“云标金阙迥，树杪玉堂悬”写宫殿金玉为饰，云树为依，豪华壮丽。颈联描绘了终南山瑞气祥云环绕，犹如仙境，与之毗邻的皇宫仿佛天上宫阙。尾联祝福皇帝寿比南山，并颂扬其治国有如尧舜。

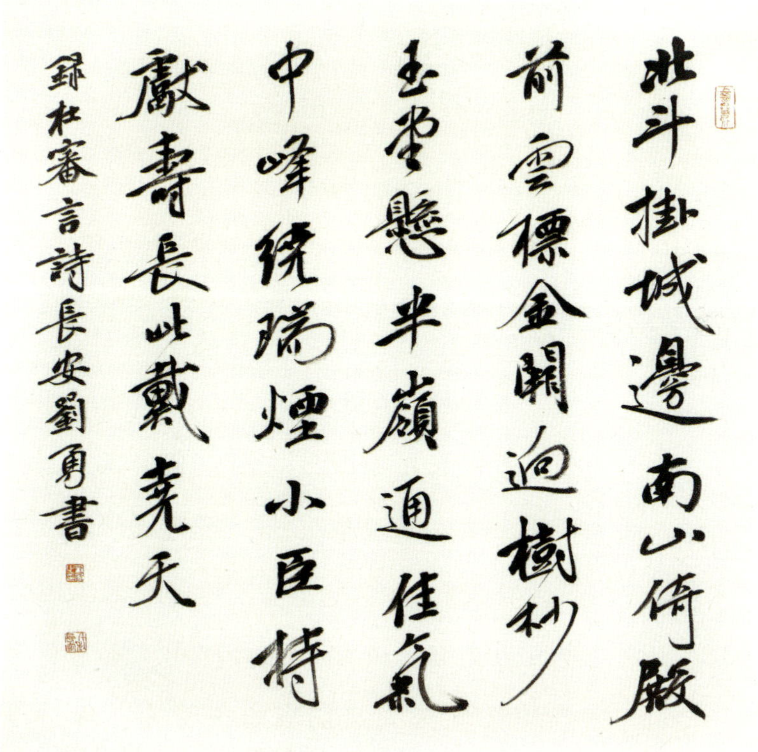

刘勇 / 书

杜审言《蓬莱三殿侍宴奉敕咏终南山应制》

苏味道

苏味道（648—705），赵州栾城（今河北石家庄市栾城区）人。自小聪颖，以文才出名，弱冠举进士，累调咸阳尉。裴行俭征突厥，引为管记、行书令及表启之事。历吏部员外郎、考功郎中。圣历元年（698）官至同凤阁鸾台平章事，即跻身相位。在当时强权当政时，他为避免得罪各方，而处事模棱两可，故又有“苏模棱”之称。因阿附张易之，中宗时贬郿州刺史，死于任所。与杜审言、崔融、李峤并称为“文章四友”，与李峤并称“苏李”。对唐代律诗发展有推动作用，诗多应制之作，浮艳雍容。《全唐诗》录其诗16首。

正月十五夜

火树银花合，星桥[1]铁锁开。
暗尘随马去，明月逐人来。
游伎皆秾李[2]，行歌尽落梅[3]。
金吾[4]不禁夜，玉漏莫相催[5]。

注释

①星桥：指秦代李冰开蜀江建的七座桥，上应七星，故有此称。此处指长安护城河上的桥。

②游伎：灯市上表演歌舞的女子；伎，一作骑。秾李：鲜艳的李花，这里指打扮鲜艳的游伎。

③行歌：边走边唱。落梅：乐曲《梅花落》。

④金吾：即执金吾，官名，职掌京城治安。

⑤玉漏：指漏壶，古代滴水计时的仪器。相：一作频。

点评

（何宇）

此诗写长安城元宵夜的布灯习俗，是夜取消宵禁，城中彻夜灯火辉煌。首联“火树银花”写巨大花灯富丽绚烂，“火”摹其形色，“银”拟其光彩，“树”“花”喻其状貌，“合”字表现出花灯如簇、布满街市的壮观景象。“星桥铁锁开”，指元宵夜京城开禁。颔联总写节日里行人出游盛况，开禁后游人骑马逐月，何其欢乐！颈联写装扮秾丽的歌舞伎边走边唱，街市一派热闹祥和的景象。尾联流露出希望节日欢乐气氛可以持久延续的心情，表现了升平年代人们渴望安宁而多彩的生活的普遍愿望。

范朋杰 / 绘
《明月逐人诗意图》

杨炯

杨炯（650—692），华州华阴（今陕西华阴市）人。自幼聪明好学，博涉经传，尤爱学诗词。唐高宗显庆四年（659），应神童试登第，待制弘文馆。上元三年（676），再应制举试及第，补授校书郎。永淳元年（682），中书侍郎薛元超推荐他为弘文馆学士，后迁太子詹事司直。垂拱元年（685）冬，徐敬业在扬州起兵反对武则天，杨炯的堂弟杨神让跟随徐敬业讨伐武则天执政，结果兵败被杀，杨炯因此左迁梓州司法参军。他与王勃、卢照邻、骆宾王齐名，世称“初唐四杰”。诗作以边塞征战诗著名。有《盈川集》十卷传世。

骢马[1]

骢马铁连钱[2]，长安侠少年。
帝畿平若水，官路直如弦。
夜玉[3]妆车轴，秋金[4]铸马鞭。
风霜[5]但自保，穷达任皇天。

注释

①骢马：乐府旧题，属《横吹曲辞》。

②铁连钱：指马身上黑色的钱形斑点，为良马的特征。

③夜玉：夜中泛光之玉。

④秋金：西方之金。《汉书·五行志》：“兑在西方，为秋，为金。”

⑤风霜：喻高洁坚贞的节操。

点评

（何宇）

杨炯这首《骢马》与乐府旧题不同，是一首借写马来抒怀言志的律诗。首联刻画出骢马的良品特征和少年英侠的气质。颔联写马的敏捷、矫健和雄风，骏马奔驰在长安的大道上，如履平地，表现骢马飞奔的神速、锐意进取的雄风。颈联刻画骢马的高贵，用夜玉来装饰车轴，用秋金来铸马鞭。尾联写骢马高洁，追求高洁坚贞的品质，淡然对待名利。这首诗从马的华饰写到马的才能，突出马的品质和德性，盛赞它的美好品质。此诗对良马的描摹层层递进，明是赞马，实为喻人，表现诗人的胸襟和抱负。诗歌格调高亢，豪放旷达，体现了诗人奋发昂扬、热情奔放的诗风。

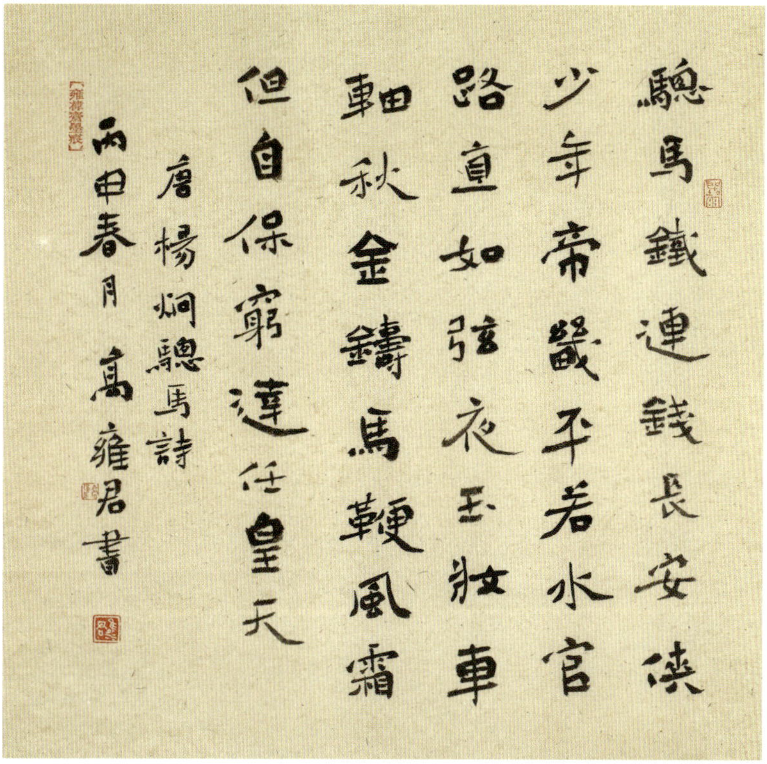
驄馬鐵連錢長安俠
少年帝畿平若水官
路直如弦夜玉妝車
軸秋金鑄馬鞭風霜
但自保窮達任皇天
唐楊炯驄馬詩
丙申春月 高雍君書

高雍君 / 书
杨炯《骢马》

王勃

王勃（约656—约676），字子安，郡望太原，绛州龙门（今山西省河津县）人。隋末大儒王通孙。幼时聪颖，6岁即能写文章，文笔流畅。9岁时，读颜师古《汉书注》，作《指瑕》十卷以纠正其错。16岁时应举及第，授朝散郎，被赞为“神童”。因作《斗鸡檄》被赶出沛王府。之后，王勃历时三年游览巴蜀山川景物，创作了大量诗文。返回长安后，求补得虢州参军。上元三年（676）八月，自交趾探望父亲返回时，不幸渡海溺水，惊悸而死。王勃在诗歌体裁上擅长五律和五绝，主要文学成就在于骈文，与当时的杨炯、卢照邻、骆宾王并称为“初唐四杰”，王勃为四杰之首。

春日宴乐游园[1]赋韵得接字

帝里[2]寒光尽，神皋春望浃[3]。
梅郊落晚英，柳甸惊初叶。
流水抽奇弄[4]，崩云洒芳牒[5]。
清尊[6]湛不空，暂喜平生接[7]。

注释

①乐游园：在长安城东南，地势高，可俯视全城，宜游览。

②帝里：京都。

③神皋：指京畿。浃（jiā）：深入，融洽。

④流水：语出“高山流水”之典故。奇弄：美妙的乐曲。

⑤崩云：波涛飞洒的样子，这里指书法意兴飞洒。芳牒：花笺。

⑥清尊：酒器。亦借指清酒。

⑦接：交往，交情。

点评

（何宇）

此诗写初春时节诗人与朋友游乐游园俯瞰长安优美景色的喜悦心情。“梅郊落晚英，柳甸惊初叶”，对仗精工，一个“惊”字细腻地写出了嫩芽颤颤巍巍初发枝头的情态，也道出了敏锐的诗人捕捉到宜人风物的惊喜之情。“流水抽奇弄，崩云洒芳牒”，这一联既是写景，写春日云水澄澈，又是写情，写友人弹琴，清音婉转如流水；友人赋诗，文采奔涌如崩云，如是雅集，让人怎能不舒畅，怎能不高兴？尾联写诗人按捺不住内心的喜悦，暂借杯中清酒为这珍贵的友情干杯。

谭卫平／绘
《春日宴乐游园》

宋之问

宋之问（约656—约712），字延清，一名少连，排行五。汾州西河（今山西汾阳）人，一说虢州弘农（今河南灵宝）人。上元二年（675）进士及第。神龙元年（705）以谄事张易之兄弟贬泷州参军。中宗景龙二年（708）转考功员外郎，与杜审言、薛稷等同为修文馆学士。又以受贿罪贬越州长史。睿宗景云元年（710）流放钦州。玄宗先天元年（712）赐死徙所。在文学上，善诗文，对律诗定型有较大的贡献，与沈佺期齐名，并称“沈宋”。有《宋之问集》二卷。

奉和幸大荐福寺[1]

香刹中天起，宸游满路辉。
乘龙太子去[2]，驾象法王[3]归。
殿饰金人影[4]，窗摇玉女[5]扉。
稍迷新草木，遍识旧庭闱。
水入禅心定，云从宝思飞。
欲知皇劫远，初拂六铢衣[6]。

注释

①大荐福寺：位于今陕西西安市南门。始建于唐睿宗文明元年（684），是高宗李治死后百日，皇室族戚为其献福而兴建的寺院，故最初取名“献福寺”。武则天天授元年（690）改为“荐福寺”。

②乘龙：《易·乾·象传》：“时乘六龙以御天。”太子：唐中宗。

③法王：佛教对佛的尊称。

④金人影：佛像。

⑤玉女：神话传说中的仙女。

⑥“初拂”句：《大智度论》卷五：“佛以譬喻说劫义。四十里石山，有长寿人，每百岁一来，以细软衣拂此大石尽，而劫未尽。”

点评

（王奎）

此诗描写了朝臣贵戚跟随皇帝前来大荐福寺礼佛观景的盛况。诗人极力渲染赞美荐福寺的盛景，同时也歌颂了帝王游幸之壮观，并为已故高宗祈福。“稍迷新草木，遍识旧庭闱”一句，一个“迷”字绝妙地将诗人的情绪展现出来，诗人触景怀思，情动于中，不禁怅然感伤。“水入禅心定，云从宝思飞”是对皇帝的赞美之词，对仗精巧，融入了佛家轮回永生的生死观，展现了诗人对于生死的深入思考和对皇帝的崇敬与赞美。

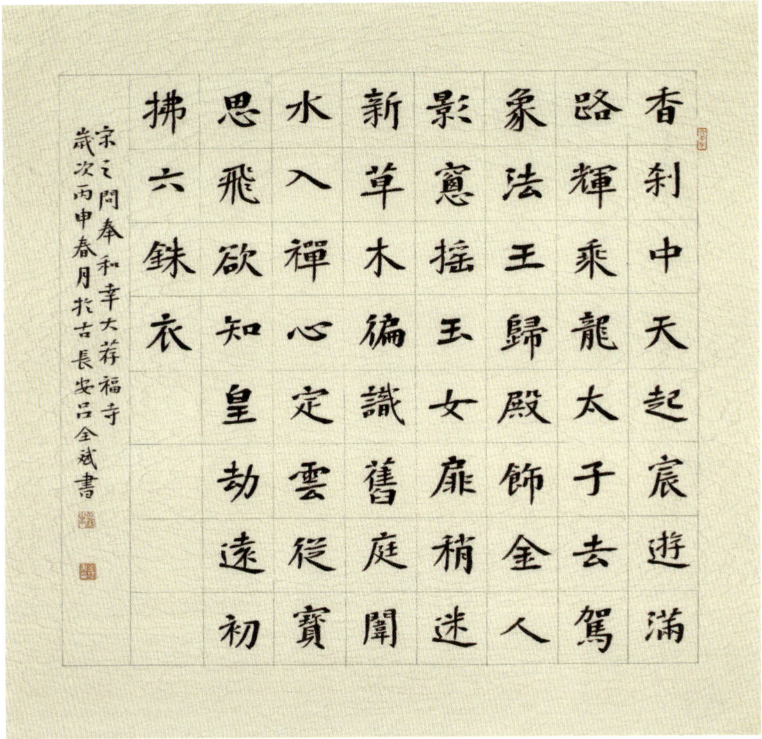

吕全斌 / 书
宋之问《奉和幸大荐福寺》

长安路

秦地平如掌，层城出云汉。
楼阁九衢[1]春，车马千门旦。
绿柳开复合，红尘聚还散。
日晚斗鸡场，经过狭斜看。

注释

①衢：四通八达的道路。

点评

（王奎）

此诗是时任宰相的宋之问路过长安路斗鸡场所写。长安路也叫安上门街或安上街，在唐代十分繁华，当时官员朝拜皇帝，或骑马，或乘车，几乎都要经过长安路。此诗首联写长安路所在的长安城地处平旷秦原，都城壮观雄伟，城中楼阁高耸入云。颔联写长安路四通八达。

颈联写诗人在运行的车中所见景象：道旁绿柳时近时远，一会儿似环抱而来，一会儿似离人远去；车后扬起的飞尘似聚还散，在车中看这通衢之上的往来人群，人间世事也如同这飞尘一般，聚散离合无定时。尾联写诗人被斗鸡吸引，转过小路时不由得流连回看。此诗用语高华省净，颇具笔力，尤“绿柳开复合，红尘聚还散”两句，兴味悠远，结语似有不尽余韵。

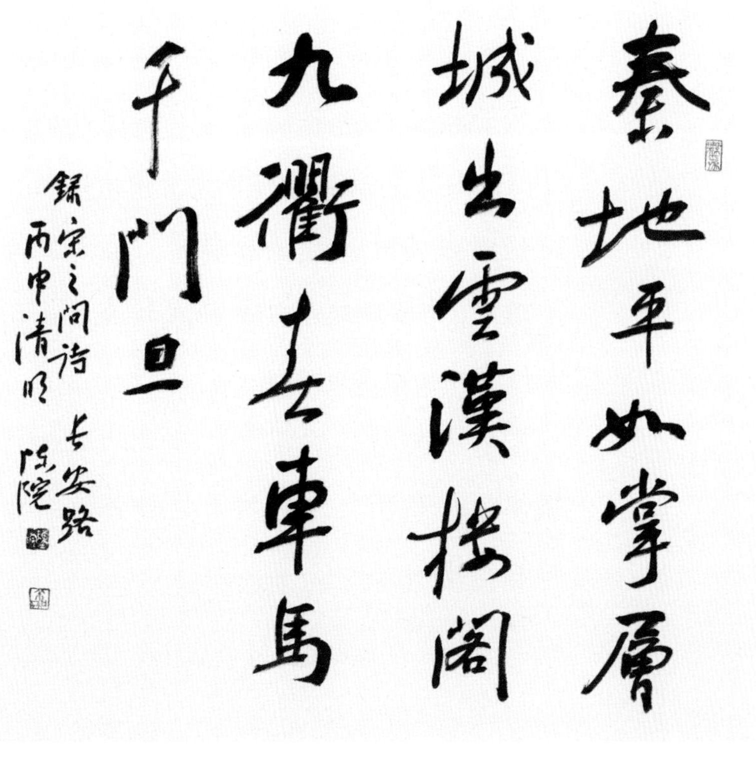

陈院 / 书
宋之问《长安路》（节选）

沈佺期

沈佺期（约656—约715），字云卿，相州内黄（今河南安阳市内黄县）人。唐高宗上元二年（675）进士及第，任掌管校正乐曲的协律郎。曾因受贿入狱，出狱后复职，迁给事中。中宗即位，因谄附张易之，被流放驩州。神龙三年（707），召拜起居郎兼修文馆直学士，常侍宫中。后历中书舍人、太子少詹事。与宋之问并称“沈宋”，二者的近体诗格律谨严精密，被认为是律诗体制定型的代表诗人。

晦日[①]浐水应制

素浐接宸居[②]，青门盛祓除[③]。
摘兰喧凤野[④]，浮藻溢龙渠。
苑蝶飞殊懒，宫莺啭不疏。
星移天上入，歌舞向储胥[⑤]。

注释

①晦日：指阴历每月的最后一天。

②素浐：浐水的别名。宸居：皇宫。

③青门：汉长安城东南门，本名霸城门，因其门色青，故俗呼为“青门”或“青城门”。祓（fú）除：古代为祛除灾邪而举行的一种仪式。

④凤野：原野的美称，指京郊。

⑤储胥：汉宫观名，此指唐宫。

点评

（王奎）

时值晦日，诗人身临浐水，远望都城城门处人们祓除禳灾、祈福求安的热闹场景，浮藻旺盛的龙渠旁，众人喧嚣，举行着除灾祛邪之祭。随即，诗人将笔锋转向近景，一句“苑蝶飞殊懒，宫莺啭不疏”为读者展现了与前两联截然不同的场景，以“懒”字来形容翩翩苑蝶，隐约可见诗人微妙而不可言说的心境。此联对仗精妙，意境唯美，含蓄而又多有蕴藉。由远及近的祥和盛景的描写，展现的是诗人安详静谧的心境。此诗虽是应制之作，诗人却用简洁流畅的语言描写了初春时节所洋溢着的无限活力，表达了诗人对美好生活的赞美。

王犇 / 绘
《晦日浐水应制》

李适

李适（663—771），字子至，京兆万年（今陕西西安）人。武后时举进士，再调猗氏尉。武后修《三教珠英》书，以李峤、张昌宗为使取文学士缀集。于是，适与王无竞、尹元凯、富嘉谟、宋之问、沈佺期、阎朝隐、刘允济在选。书成，迁户部员外。俄兼修书学士。景龙二年（708），又擢修文馆学士。睿宗时待诏宣光阁，再选工部侍郎。曾赠诗天台山道士司马承祯，一时朝士属和者三百余人，徐彦伯编为《白云记》。今存诗一卷。

帝幸兴庆池戏竞渡应制

拂露金舆丹旆①转，凌晨黼帐②碧池开。
南山倒影从云落，北涧摇光写溜回③。
急桨争标排荇度④，轻帆截浦⑤触荷来。
横汾⑥宴镐欢无极，歌舞年年圣寿杯。

注释

①丹旆：战车上红色的旗帜。

②黼（fǔ）帐：犹华帐，天子所用。

③写：同“泻”。溜：水流；一作浪。

④桨：一作舸。争标：优胜。标，锦标。荇（xìng）：多年生草本植物，叶略呈圆形，浮在水面，根生水底，夏天开黄花，结椭圆形蒴果。

⑤浦：水滨。

⑥横汾：据《汉武故事》，汉武帝尝巡幸河东郡，在汾水楼船上与群臣宴饮，自作《秋风辞》，中有“泛楼船兮济汾河，横中流兮扬素波”句。后因以“横汾”为典，用以称颂皇帝或其作品。

点评

（何宇）

此诗写诗人从圣驾在兴庆池划船比赛的盛事。首联写参赛船队的浩大气势，一个“转”字似能见到队伍因人多而缓缓前行的场景，前行的队伍像是拉开兴庆池活动的序幕。颔联避实写虚，从池中倒影的角度来描写景色，角度颇新；“北涧摇光写溜回”一句有流动之感，像是水把船送回而非船自己驶回，为后文竞渡的紧张局势做伏笔。颈联紧承颔联，写竞赛紧张热闹的氛围。尾联则表意犹未尽之感，期望每年能有如此盛会。全诗的为文造句带有诗人浓厚的感情色彩，成功地营造了欢快轻松的氛围。

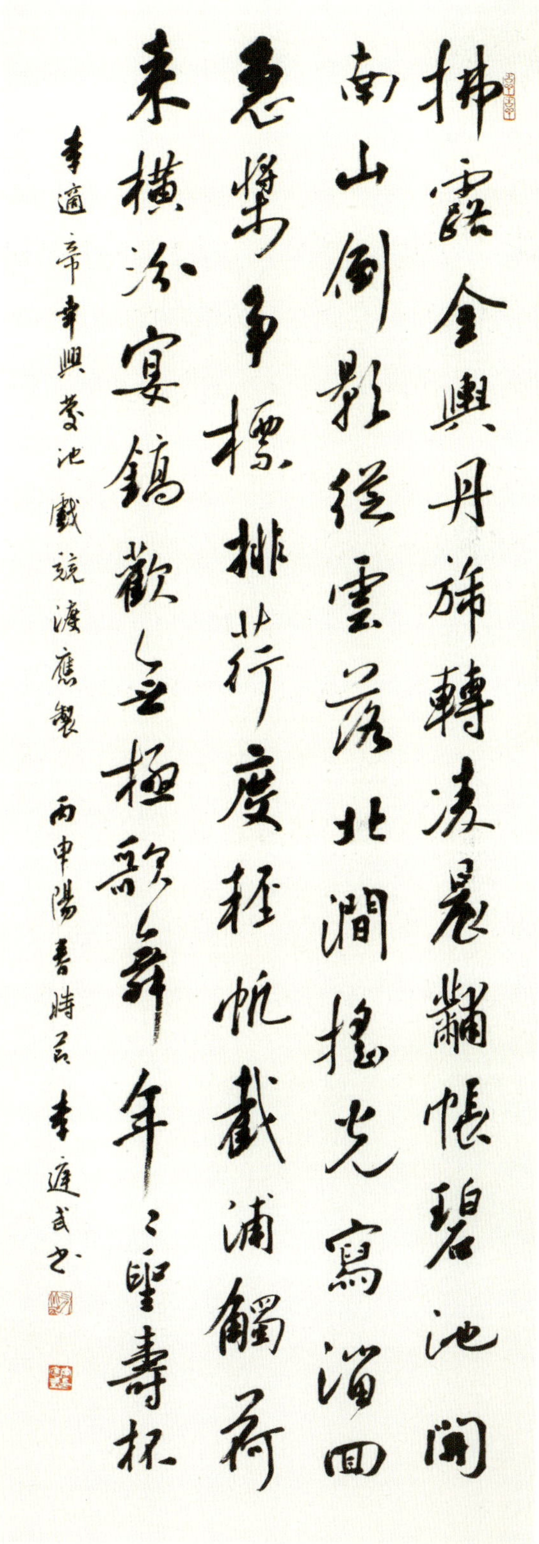

李庭武／书
李适《帝幸兴庆池戏竞渡应制》

苏颋

苏颋（670—727），字廷硕，排行五，京兆武功（今陕西武功）人。弱冠登进士第，授乌程尉，累迁右台监察御史。中宗时，历任给事中、修文馆学士、中书舍人。睿宗时，升任工部侍郎，袭父爵许国公，世称苏许公。玄宗开元四年（716）任宰相，后任礼部尚书，又出为益州大都督府长史。生平见新、旧《唐书》本传。苏颋以工文称，朝廷制诰多出其手，裔皇典丽，与燕国公张说并称“燕许大手笔”。亦工诗，典雅秀赡，唯不及文名之盛。原集已佚，《全唐诗》存诗二卷。

兴庆池侍宴应制

降鹤池前回步辇[①],栖鸾树杪[②]出行宫。
山光积翠遥疑逼,水态含青近若空。
直视天河垂象[③]外,俯窥京室画图中。
皇欢未使恩波极,日暮楼船更起风。

注释

①步辇:帝王所乘坐的代步工具,由人抬。

②树杪(miǎo):树梢。

③垂象:指日月星辰,显示征兆。

点评

（何宇）

此诗写作者随皇帝出游兴庆池并侍宴之事，诗中采用移步换景的手法来描写这一盛事。首联写皇帝一行人刚出行宫未下楼船之前，透露出无限的尊贵。三四句写山光水态，积翠遥临，含青近漾，足以奉怡圣情。颈联是此诗的点睛之笔，由“直视”“俯窥”可知诗人的视角。池前苍茫无极，池中倒映京室画面，这等景色，诚然有足乐矣。于是，皇情才动，天风应之，一切都是顺其自然，恰到好处。《唐诗成法》评：“力大法密。气味醇正，写景深细，而结有乐不可极之意。语甚和婉，又雄壮，又清灵，无美不备，细细读之，不觉为应制诗。”

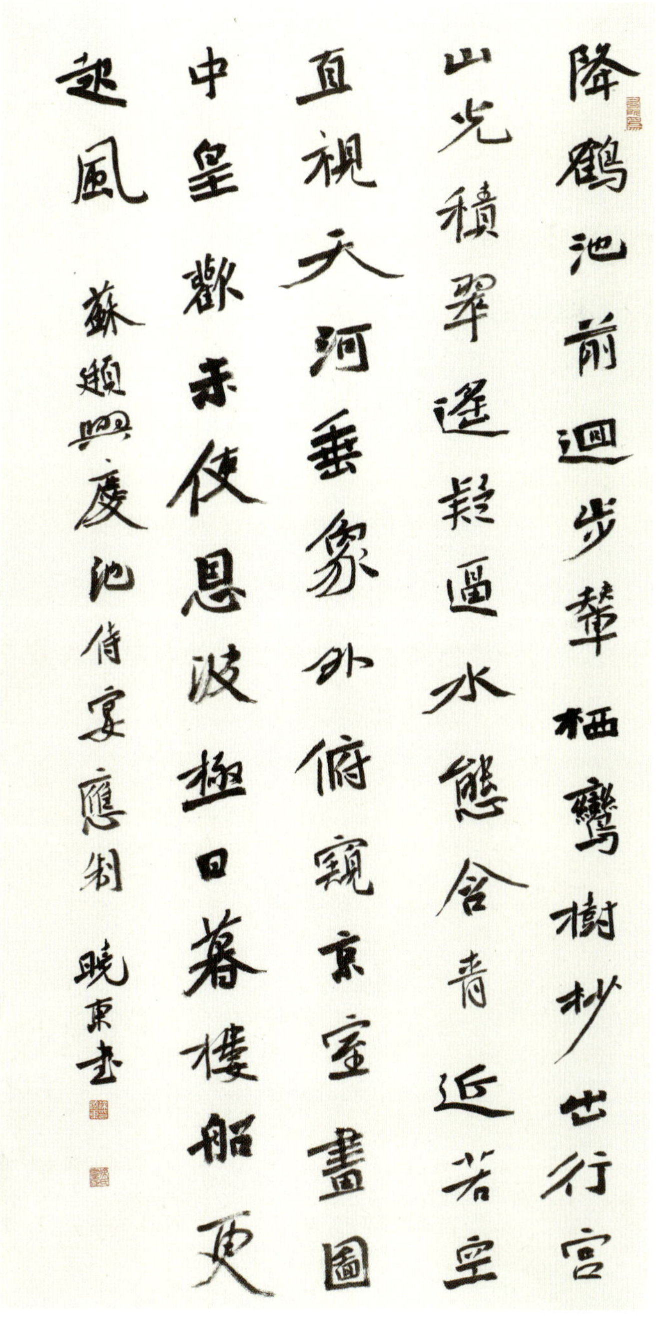

徐晓东／书
苏颋《兴庆池侍宴应制》

崔湜

崔湜（671—713），字澄澜，定州安喜（今河北定县）人，唐朝宰相，中书侍郎崔仁师之孙，户部尚书崔挹之子。弱冠进士及第，曾因参与编纂《三教珠英》迁殿中侍御史。先后依附于武三思、上官婉儿，由考功员外郎累迁至中书舍人，历兵部侍郎、吏部侍郎。景龙三年（709）拜中书侍郎、同中书门下平章事。后为御史劾奏，被贬为江州司马，不久又起复为尚书左丞。唐中宗驾崩后，崔湜依附韦皇后，改任吏部侍郎。唐隆政变后，他又依附太平公主，升任同中书门下三品，并进中书令。开元元年（713），唐玄宗铲除太平公主，崔湜被流放岭南，途中被赐死。《宋书·艺文志》著录其诗一卷。今录其存诗32首。

奉和登骊山高顶寓目应制

名山何壮哉，玄览一徘徊。
御路穿林转，旌门[1]倚石开。
烟霞肘后发，河塞掌中来。
不学蓬壶[2]远，经年犹未回。

注释

①旌门：古代帝王出行，在所住的帷幕前树立旗帜，其状若门，故称“旌门”。

②蓬壶：蓬莱、方壶，传说中的仙山名。

点评

（何宇）

本诗以一句叹语起笔，趁势呼出，发调高翔，骊山高顶玄览之壮观如入眼帘。颔联是奉和应制诗常见的帝王出行描写，细致真切，对仗工整。而颈联“烟霞肘后发，河塞掌中来”超拔豪迈，有吞吐山河之感，将壮丽景象引入平弱无实的奉和中，独发异响，足见壮美骊山的感染力。尾联虽笔力顿减，略显后继不足，但颔联和尾联的平稳描写更加凸显出颈联拔地而起的雄豪气势。

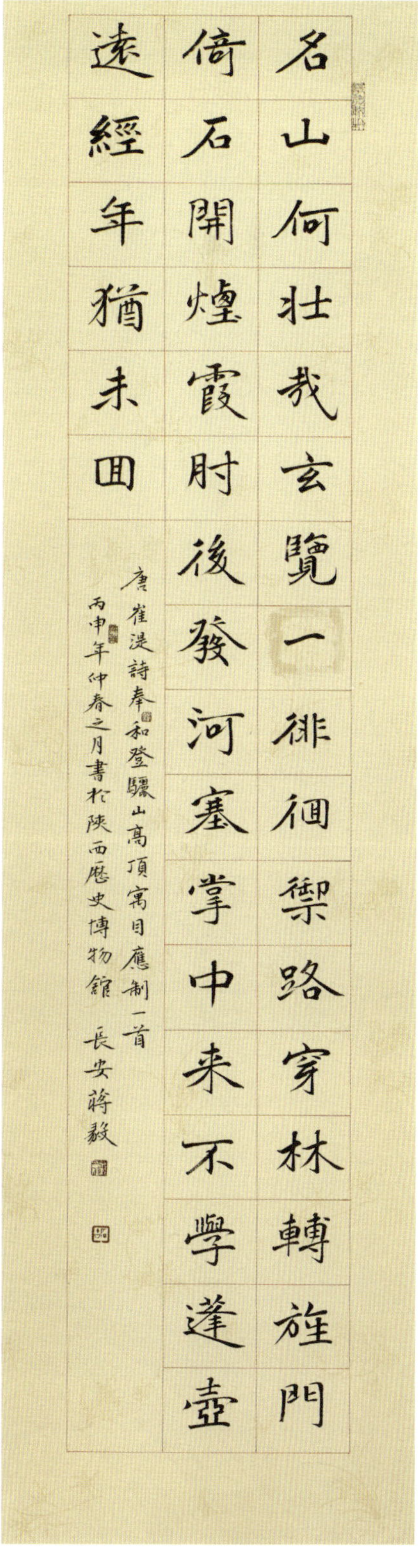

蒋毅／书
崔湜《奉和登骊山高顶寓目应制》

张九龄

张九龄（678—740），字子寿，一名博物，谥文献。唐朝韶州曲江（今广东省韶关市）人，世称“张曲江”或“文献公”。7岁知属文，唐中宗景龙初年进士，始调校书郎。玄宗即位，迁右补阙。唐玄宗开元时历官中书侍郎、同中书门下平章事、中书令。母丧夺哀，拜同平章事。唐代著名的政治家、文学家、诗人，也是有名的贤相。他的五言古诗，诗风清淡，以素练质朴的语言，寄托深远的人生慨望，对扫除唐初所沿习的六朝绮靡诗风贡献尤大。现存《曲江张先生文集》。

登乐游原[1]春望书怀（节选）

城隅有乐游，表里见皇州[2]。
策马既长远，云山亦悠悠。
万壑清光满，千门喜气浮。
花间直城[3]路，草际曲江流。

注释

①乐游原：地名，位于今西安市东南，其地高起，有庙宇亭台，因可眺望长安城，所以成为汉唐士女登赏之处。

②皇州：帝都。

③直城：长安城门名。《三辅黄图·都城十二门》：“长安城西，出第二门曰直城门。”

点评

（何宇）

张九龄五言诗以寄兴为主。《唐诗别裁》云：“唐初五言古渐趋于律，风格未遒，陈正字起衰而诗品始正，张曲江继续而诗品乃醇。”此诗前四句交代了诗人骑马去乐游原俯瞰皇州城的背景；后四句具体展现了诗人所“望”的内容：万壑流光，千门露喜，花盛草鲜，还伴有曲江流水，一派好景。眼前虽是美景，然而诗人心中仍抹不去离居的悲怆，以乐景衬出心中无限哀情。时间可以变衰草为绿荑，亦可以变青丝为白发。感伤韶光难返的同时，诗人一改伤感的笔触，希望在日后有限的时日里，不忘初心，建得一番功业。整首诗情景交融，感情流露颇为自然，在应制诗中找到承载诗人感情的一席之地，难能可贵。

罗春波 / 绘

《乐游园春望诗意》

李隆基

李隆基（685—762），即唐玄宗，唐朝在位最久（44年）的皇帝，庙号“玄宗”，又因其谥号为“至道大圣大明孝皇帝”，故亦称为“唐明皇”。唐睿宗李旦的第三子，年少英武，胸怀雄才大略，初封为楚王，后为临淄王。712年，唐睿宗禅位于李隆基。他励精图治，开创“开元盛世”。天宝年间，宠爱杨贵妃，任用奸相李林甫、杨国忠；安史之乱爆发后，入蜀避难，后太子即位，被尊为太上皇。玄宗喜好诗文，亦有文集传于世。

初入秦川路逢寒食[1]

洛阳芳树映天津[2]，灞岸垂杨窣地[3]新。
直为经过行处乐，不知虚度两京春。
去年馀闰今春早，曙色和风著花草。
可怜寒食与清明，光辉并在长安道。
自从关路入秦川，争道何人不戏鞭。
公子途中妨蹴鞠[4]，佳人马上废秋千[5]。

注释

①寒食：节令名，在清明前一二日。

②洛阳：一作“洛川”。天津：桥名，在洛阳西南洛水上。

③窣地：拂地。

④蹴鞠：古时军中习武的一种游戏，类似今之足球赛。

⑤秋千：我国传统游戏。唐时宫中每年寒食节竞树秋千，宫嫔辈戏笑以为乐，唐玄宗呼为“半仙戏”。

渭水长桥⑥今欲渡，葱葱渐见新丰树。
远看骊岫⑦入云霄，预想汤池起烟雾。
烟雾氛氲⑧水殿开，暂拂香轮归去来。
今岁清明行已晚，明年寒食更相陪。

注释

⑥渭水长桥：即东渭桥，在今陕西高陵县境。

⑦骊岫：骊山。

⑧氛氲：这里是烟雾浓盛的意思。

点评

（伍娜）

玄宗从洛阳出发前往长安，恰逢寒食时节。前八句先是描写了路途中所见春景，不禁感概已经离京两年，并且道明今年春天来得早是因为闰月的缘故。“自从关路入秦川”四句描写了长安道以及城内人们的活动，展现了一片春意盎然的景象。紧接着描写了渭水长桥、骊山、华清宫、温泉等美好景象，最后一句表达了诗人对踏春已晚的惋惜之情以及对来年之春的期盼。全诗语言质朴似口语却又生动活泼，偶有佳句，笔锋常带感情，韵调和谐优美，读来朗朗上口。

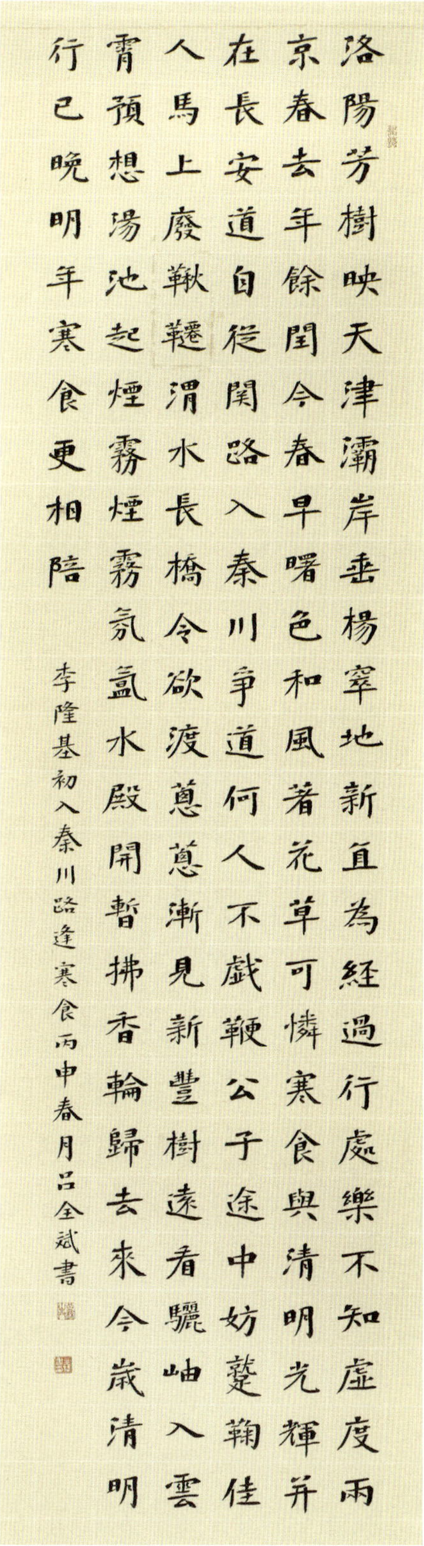

吕全斌/书
李隆基《初入秦川路逢寒食》

孟浩然

孟浩然（689—740），名浩，字浩然，襄州襄阳（今湖北襄阳）人，世称孟襄阳。因他未曾入仕，又被称为孟山人，是唐代著名的山水田园派诗人。孟浩然生当盛唐，早年有志用世，在仕途困顿、痛苦失望后，尚能自重，不媚俗世，以隐士终身。曾隐居鹿门山。40岁时游长安，应进士举不第。曾在太学赋诗，名动公卿，一座倾服，为之搁笔。开元二十五年（737）被张九龄招至幕府，后隐居。孟诗绝大部分为五言短篇，多写山水田园和隐居的逸兴以及羁旅行役的心情。其中虽不无愤世嫉俗之词，而更多属于诗人的自我表现。与王维并称为“王孟”，有《孟浩然集》三卷传世。

长安早春

关戍维东井[1]，城池起北辰[2]。
咸歌太平日，共乐建寅[3]春。
雪尽黄山树，冰开黑水滨。[4]
草迎金埒马[5]，花伴玉楼人。
鸿渐[6]看无数，莺歌听欲频。
何当桂枝[7]擢，归及柳条新。

注释

①东井：星宿名，即井宿，二十八宿之一，因在玉井之东，故称。一作“东漠”。

②北辰：指北极星。

③建寅：指夏历正月。

④黄山：一作“青山”。黑水：当为流经陕西横山西北的淖泥河。

⑤金埒马：指名贵的马匹。

⑥鸿渐：比喻仕宦的升迁。

⑦桂枝：“桂林一枝”的省言，喻登科及第。

点评

（何宇）

诗的开头四句写长安城的地理位置以及城中太平安乐的盛世景象。中间四句以描写城中早春的景色为主，描绘了一幅冬去春来、冰雪始融的画面，万物复苏，外面的花花草草都在热烈地欢迎出游的人们。最后四句由景及人，像时常听到婉转的莺歌一样，诗人常听到他人仕途升迁的消息而思及自己前途未卜，发出了“何当桂枝擢，归及柳条新”的慨叹，寄托了诗人对自己能早日登科及第的期望和对光明前途的向往。

刘畅 / 绘
《长安早春》

王昌龄

王昌龄（698—756），字少伯，汉族，河东晋阳（今山西太原）人。盛唐著名边塞诗人，后人誉为“七绝圣手”。早年贫贱，困于农耕，年近而立，始中进士。初任秘书省校书郎，又中博学宏辞，授汜水尉，因事贬岭南。与李白、高适、王维、王之涣、岑参等交厚。开元末返长安，改授江宁丞。被谤谪龙标尉，也被称为王龙标。安史乱起，为刺史闾丘晓所杀。其诗以七绝见长，尤以登第之前赴西北边塞所作边塞诗最著。王昌龄诗绪密而思清，与高适、王之涣齐名，时谓王江宁，有“诗家夫子王江宁”之誉。

长信秋词[1]（选一）

长信宫中秋月明，昭阳殿[2]下捣衣声。
白露堂[3]中细草迹，红罗帐里不胜情。

注释

①长信秋词：又作“长信怨”，《汉书·外戚传》载，班婕妤以才学入宫，为赵飞燕所妒，乃自求供养太后于长信宫。“长信怨”由此而来。

②昭阳殿：指赵飞燕姐妹与汉成帝居住之宫殿。

③白露堂：指失宠妃子或宫女所住之处。

点评

（朱琳）

《长信秋词五首》是唐代诗人王昌龄的组诗。该诗以凄婉的笔调，运用心理描写以及对比手法，从不同角度表明失宠宫妃的苦闷幽怨之情。选诗是唐代表现宫怨主题的代表作，诗中的心理刻画细致入微，使诗篇别具一种真实动人的艺术感染力。诗歌一唱三叹，优柔婉丽，意味无穷，风骨内含，精芒外隐，如清庙朱弦，令人回味无穷。

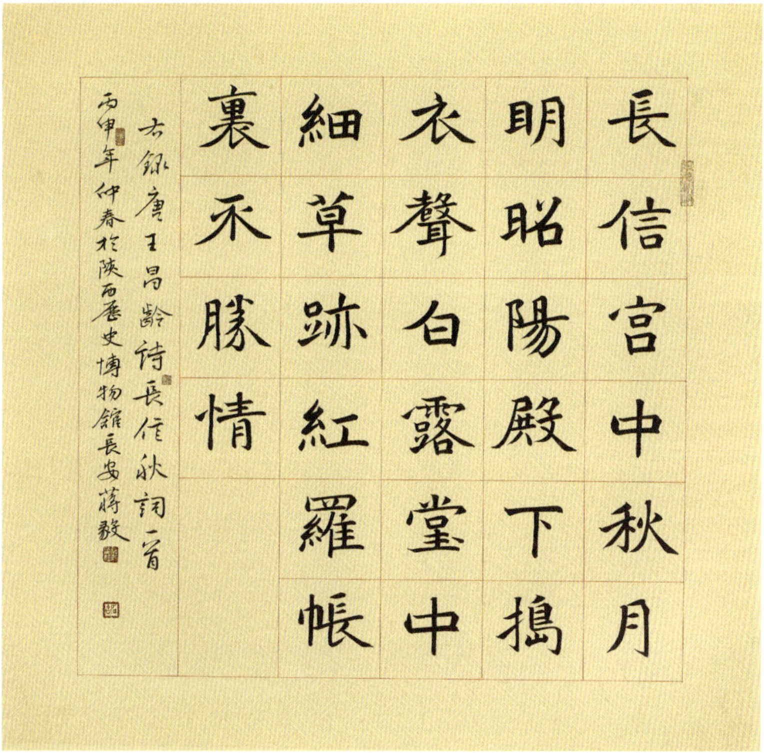

蒋毅 / 书
王昌龄《长信秋词》（选一）

祖咏

祖咏（699—约 746），字和生，洛阳人，唐代诗人。开元十二年（724）进士，曾因张说推荐，担任过短时期的驾部员外郎，后因政治上不得意，移家汝水，隐居终身。祖咏的诗歌多状景咏物，宣扬隐逸生活，讲究对仗，亦带有诗中画之色彩，故与王维友善。《全唐诗》存录其诗一卷，共 36 首。

终南望余雪

终南阴岭[1]秀，积雪浮云端。
林表明霁色[2]，城中增暮寒。

注释

①阴岭：终南山的北面。

②林表：指树林的上面。霁色：晴朗的天色。

点评

（王奎）

诗歌的首句“终南”即终南山，在长安之南。阴岭，终南山的北面，因为不朝阳，所以容易积雪。又因为山高岭峻，遥望岭上积雪，就好像是雪浮在云端。前两句语言简练，但却显得瑰丽而有气势。后两句写了苍莽山林在晴朗的天色中显得愈加郁郁葱葱，日薄西山，城中的黄昏寒意渐来。“寒”字让原本是平面的画面有了立体感，让人有身临其境之感。诗中的写实之处极具画面感，色彩艳丽，意境深远。

罗春波 / 绘
《终南望余雪》

高适

高适（约 704—约 765），盛唐著名边塞诗人，字达夫，郡望渤海（今河北景县）。少孤贫，爱交游，有游侠之风。安史之乱时，为著名军帅哥舒翰幕僚，佐哥舒翰防御潼关，潼关破，奔赴成都见唐玄宗。后历任淮南节度使、彭州刺史、蜀州刺史、剑南节度使等职，封渤海县侯。世称“高常侍”。有《高常侍集》等传世。与岑参并称“高岑”。其诗笔力雄健，气势奔放，洋溢着盛唐时期所特有的奋发进取、蓬勃向上的时代精神。

同薛司直[1]诸公秋霁曲江俯见南山作

南山郁初霁，曲江湛不流。
若临瑶池前，想望昆仑丘。[2]
回首见黛色[3]，眇然[4]波上秋。
深沉俯峥嵘，清浅延阻修[5]。

注释

①司直：官名。唐太子官属，相当于朝廷的侍御史。

②前：一作“间”。瑶池、昆仑：我国古代神话中的西方仙境，一为池，一为山。昆仑丘，即昆仑山。这里将曲江比作瑶池，将终南山比作昆仑。

③黛色：指苍翠的山色。

④眇然：隐约，缥缈。

⑤阻修：既有阻隔又修长无比。《诗经·秦风·蒹葭》：“道阻且长。”这里指倒映曲江的南山断续延绵。

连潭万木影，插岸千岩幽。
杳蔼⑥信难测，渊沦无暗投⑦。
片云对渔父，独鸟随虚舟。
我心寄青霞⑧，世事惭白鸥。
得意在乘兴，忘怀非外求。
良辰自多暇，欣与数子游。

注释

⑥杳蔼：蔼，通“霭”，这里指深窈冥暗的样子。
⑦渊沦：深潭。无暗投：无暗投的明珠白璧。
⑧寄青霞：与青霞相伴，指归隐。青霞，即青云。

点评

（王奎）

此诗作于天宝十一载（752）秋，诗人辞官西游长安，与杜甫、岑参等人同登大雁塔，此诗应为诗人登塔之后游览曲江时所作。诗人用大量笔墨描写了曲江的周边风景，宛若一幅工笔画，细致入微，真实可感。高适擅写直抒胸臆之诗，少有写景之作，在此诗中，诗人在写景状物的同时融入了自己的情感，丰富的意象让全诗内容充实，意蕴无穷。诗中“片云对渔父，独鸟随虚舟”句造景优美，对仗精妙，将实景虚化继而融入诗人的情思，由写景逐渐过渡到抒情，继而发出“得意在乘兴，忘怀非外求”的感慨。

栗平／书
高适《同薛司直诸公秋霁曲江俯见南山作》

王维

王维（701—761），汉族，字摩诘，盛唐时期的著名诗人，官至尚书右丞，世称“王右丞”。原籍祁（今山西祁县），迁至蒲州（今山西永济），晚年居于蓝田辋川别墅。其诗、画成就都很高，苏轼赞他“味摩诘之诗，诗中有画；观摩诘之画，画中有诗”。尤以山水诗成就最高。晚年无心仕途，专诚奉佛，故后世人称其为“诗佛”。著有《王右丞集》。王维在诗歌上的成就是多方面的，无论边塞诗、山水诗、律诗还是绝句等，都有流传人口的佳篇。

终南山

太乙近天都①，连山接海隅。
白云回望合，青霭②入看无。
分野③中峰变，阴晴众壑殊。
欲投人处宿，隔水问樵夫。

注释

①太乙：终南山别名，又名太一，秦岭之一峰。天都：传说天帝居所，这里指帝都长安。

②青霭：山上林木中青色的雾气。

③分野：以天上星宿配地上州国称分野。古人以天上的二十八个星宿的位置来区分中国境内的地域，称为分野。地上的每一个区域都对应星空的某一处分野。

点评

（王奎）

《终南山》是唐代诗人王维的一首五律，诗歌主要写了终南山的秀逸景色，意境高远，语言清丽蕴藉，成为众多描写终南山之作中的绝唱。首联写终南山的远景，借用夸张手法勾画了终南山的总轮廓。颔联描绘了终南山的近景，写云霞明灭，雾霭朦胧，移步换形，极富意蕴，景物在变换的云雾与霞霭之中显得亦真亦幻。颈联写终南山连绵延伸，占地极广，中峰两侧的分野都变了，众山谷的天气也阴晴变化，各自不同。尾联诗人以一句“隔水问樵夫”的场景为全诗多了一分留白。此诗中诗人手法变化多样，写景豪迈而瑰丽，格律严谨工整，是古代写景诗的经典之作。

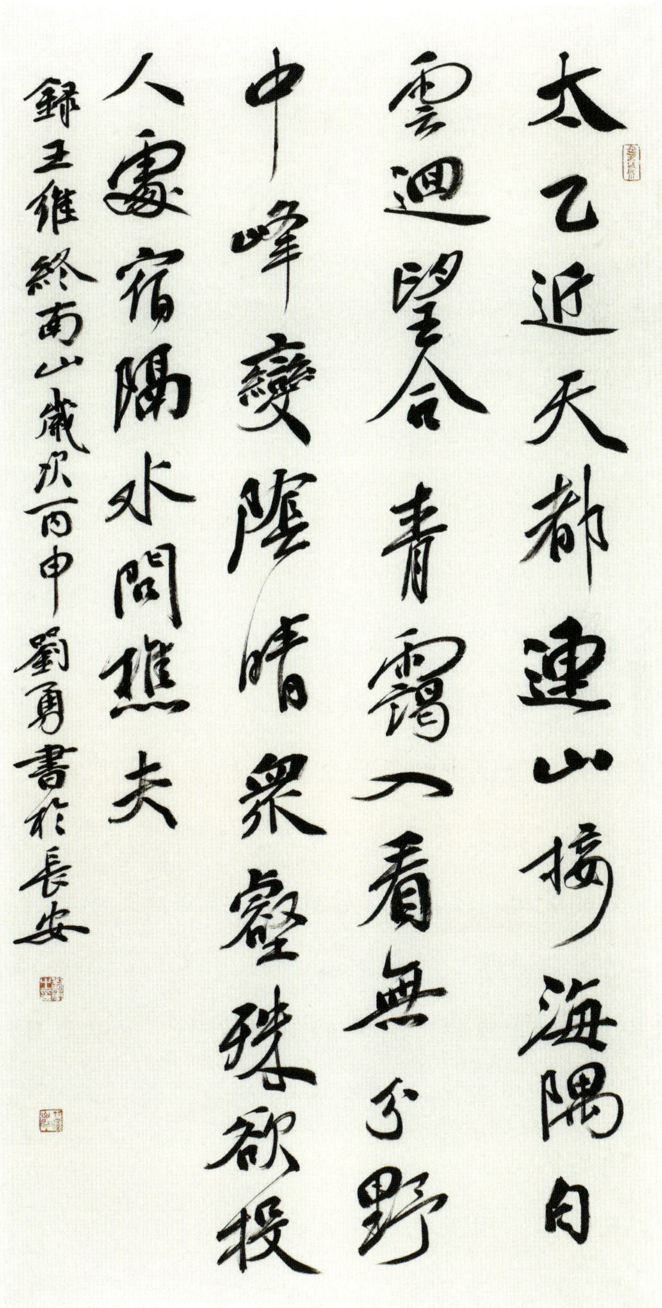
太乙近天都連山接
海隅白雲迴望合
青靄入看無分野
中峰變陰晴衆壑殊欲投
人處宿隔水問樵夫
錄王維終南山歲次丙申劉勇書於長安

刘勇／书
王维《终南山》

和贾舍人早朝大明宫之作

绛帻鸡人报晓筹①，尚衣方进翠云裘②。
九天阊阖③开宫殿，万国衣冠拜冕旒④。
日色才临仙掌⑤动，香烟欲傍衮龙浮⑥。
朝罢须裁五色诏⑦，佩声归到凤池头。

注释

①绛帻：用红布包头，似鸡冠状。鸡人：古代宫中，于天将亮时，有头戴红巾的卫士，于朱雀门外高声喊叫，好像鸡鸣，以警百官，故名鸡人。晓筹：即更筹，夜间计时的竹签。

②尚衣：官名，隋唐有尚衣局，掌管皇帝的衣服。翠云裘：饰有绿色云纹的皮衣。

③阊阖：传说中的天门，后泛指宫门或京都城门。

④衣冠：指文武百官。冕旒：古代帝王、诸侯及卿大夫的礼冠。旒，冠前后悬垂的玉串，天子之冕十二旒，这里指皇帝。

⑤仙掌：即障扇，宫中的一种仪仗，用以蔽日障风。

⑥衮龙：犹卷龙，指皇帝的龙袍。浮：指袍上锦绣光泽的闪动。

⑦五色诏：用五色纸所写的诏书。

点评

（朱琳）

《和贾舍人早朝大明宫之作》是唐代大诗人王维为唱和贾至的《早朝大明宫》而作的一首诗。此诗写了早朝前、早朝中、早朝后三个层次，利用细节描写和场景渲染，描绘了大明宫早朝时庄严华贵的气氛和皇帝的尊贵与威严。尤其是颔联“九天阊阖开宫殿，万国衣冠拜冕旒”，对仗工整严谨巧妙，以想象的手法追忆了盛唐气象，作为和诗，赞颂了当朝的太平盛世。

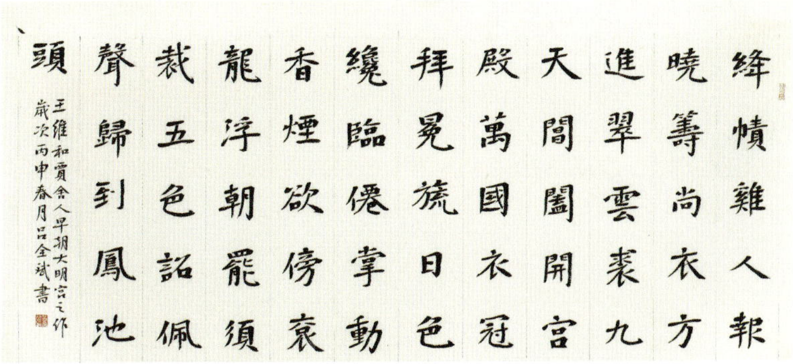

吕全斌 / 书
王维《和贾舍人早朝大明宫之作》

过香积寺[①]

不知香积寺，数里入云峰。
古木无人径，深山何处钟。
泉声咽危石[②]，日色冷青松[③]。
薄暮空潭曲，安禅制毒龙[④]。

注释

①香积寺：唐代著名寺院，故址在今西安市长安区神禾原上。

②危：高的，陡的。危石，意为高耸的崖石。

③日色冷青松：照在青松上的日色，由于山林幽暗，似乎显得阴冷。

④安禅：为佛家术语，指身心安然进入清寂宁静的境界，在这里指佛家思想。毒龙：佛家比喻俗人的邪念妄想，见《涅槃经》："但我住处有一毒龙，想性暴急，恐相危害。"

点评

（朱琳）

《过香积寺》是唐代诗人王维的一首五言律诗。诗歌主要写了诗人游览香积寺的所见、所闻、所感，描写山中古寺之幽深静寂。此诗意在写山寺，但并不正面描摹，而侧写周围景物，来烘托映衬山寺之幽胜。最后看到深潭已空，想到佛经中所说的其性暴烈的毒龙已被制伏，喻指只有克服邪念妄想，才能悟到禅理的高深。全诗构思奇妙、炼字精巧，其中“泉声咽危石，日色冷青松”被后人誉为炼字的典范。

蔡学海／绘《香积寺》

李白

李白（701—762），字太白，号青莲居士，又号谪仙人。祖籍陇西成纪（今甘肃秦安东），出生于碎叶（今巴尔喀什湖南楚河流域），后随父迁居绵州昌隆（今四川江油市青莲乡）。李白少时就观奇书、游神仙、好剑术，吟诗作赋，博学广览。青年时期出蜀，漫游各地，于天宝初供奉翰林，因政治上不受重视，且性格豪放不羁而被人诋毁，被玄宗皇帝赐金放还。后遇安史之乱，受牵入狱，流放夜郎，中途遇赦东归。晚年孤苦漂泊，卒于当涂。

阳春歌（节选）

长安白日照春空，绿杨结烟桑[1]袅风。
披香殿[2]前花始红，流芳发色绣户中。

注释

①桑：一作“垂”。
②披香殿：汉宫殿名，位于长安。

点评

（朱琳）

南朝吴迈远有《阳春歌》、沈约有《阳春曲》，李白的《阳春歌》正是拟前人之作。该诗作于天宝二年（743）春李白应诏翰林之时。全诗十句六十二字，节选为其前四句。诗中所述，春日当空，春风和煦，柳色如烟，桑枝摇曳，披香殿前百花争艳，香气袭人，一派大好春光。写景为此后的叙事做铺垫，使得全诗融写景、叙事、抒情于一体。

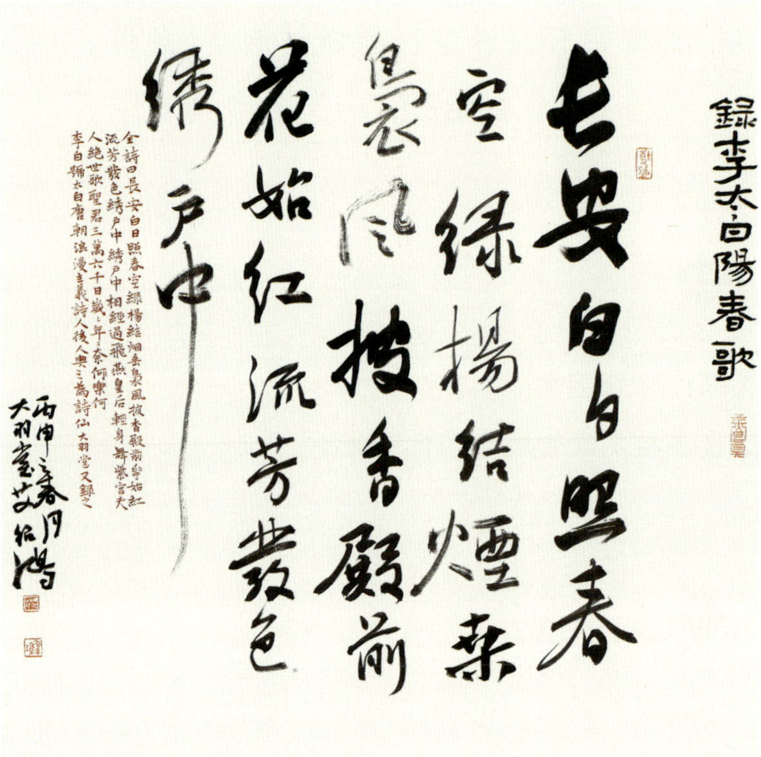

艾绍鸿 / 书
李白《阳春歌》（节选）

望终南山寄紫阁①隐者

出门见南山，引领②意无限。
秀色难为名③，苍翠日在眼。
有时白云起，天际自舒卷。
心中与之然④，托兴每不浅。
何当造幽人⑤，灭迹栖绝巘⑥。

注释

①紫阁：指终南山上的紫阁峰，位于今陕西户县东南。因阳光照射时有紫气飘浮，山体高耸像楼阁，故而得名。

②引领：翘首而望。

③难为名：难以用言语说清楚。

④与之然：与这一派景象浑然一体，不辨物我。此处指我心与自然融合而为一体。

⑤造：访问，拜访。幽人：隐者，此处指紫阁隐者。

⑥灭迹：绝迹于人间。绝巘（yǎn）：高耸的山峰。

点评

（韩惠欢）

此诗约作于天宝十载（751），诗人遥望终南山，感触颇深。终南山上，千峰叠翠，景色秀美，白云随风飘浮卷舒自在。此时物我合一，诗人不禁发出“何当造幽人，灭迹栖绝巘”之感慨，字里行间流露出对官场生活之厌倦以及对山中隐士悠闲隐逸生活之向往。

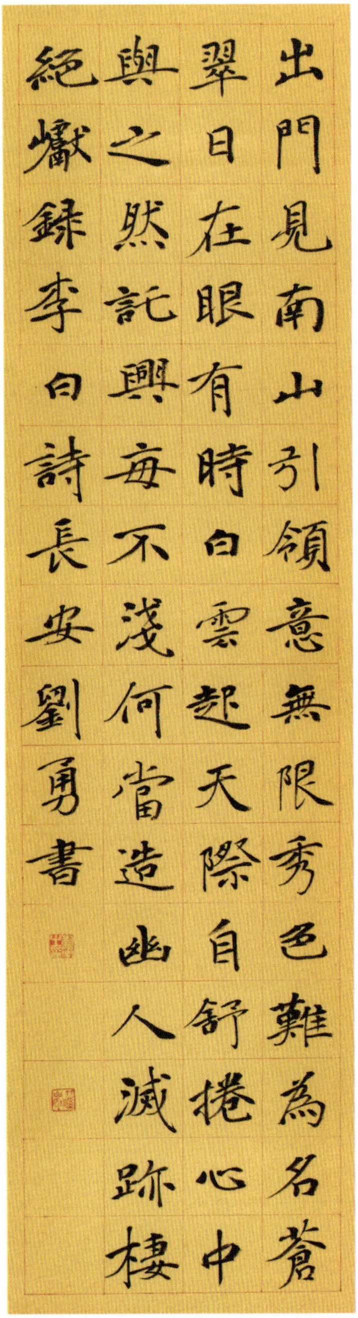
出門見南山引領意無限秀色難為名蒼
翠日在眼有時白雲起天際自舒捲心中
與之然託興每不淺何當造幽人滅跡棲
絕巘錄李白詩長安劉勇書

刘勇 / 书
李白《望终南山寄紫阁隐者》

少年行

五陵少年金市[1]东，银鞍白马度春风。

落花踏尽游何处？笑入胡姬[2]酒肆中。

注释

①金市：即长安的西市，也就是今天的大唐西市，时为胡商聚居处，也是今天“陆上丝绸之路”的起点。

②胡姬：唐朝时有来自波斯（伊朗）、大食（阿拉伯）和中亚各国的商人在西市经商，同时他们也经营酒肆，而酒肆中的西域姑娘，大都能歌善舞，光彩照人，被称为“胡姬”。

点评

（冯超）

唐都长安为世界帝都之冠，也是历史上东方和西方商业文化交流的汇集地。1300年前，盛唐时期的长安城中设有东、西两大市场。东市是国内市场；西市是国际市场，也称为“金市”，是当时规模宏大、国际贸易繁荣的商业市场。李白的《少年行》，不惟是盛唐时代长安少年豪迈意气的真实写照，更是盛唐中原文化与西域文化艺术交融的侧影。而今天，一座融汇古今、规模恢宏，以盛唐文化、丝路文化为主题的国际商旅文化产业项目正在唐长安西市原址上再建。

范朋杰／绘
《少年行诗意》

杜甫

杜甫（712—770），字子美，祖籍襄阳，出生于河南巩县。早年南游吴越，北游齐赵，因科场失利，未能考中进士。后入长安，过了十年困顿的生活。安史之乱爆发后，为叛军所俘，脱险后赴灵武见唐肃宗，被任命为左拾遗，后又被贬为华州司功参军。后弃官西行，客居秦州，又到四川定居成都草堂。严武任成都府尹时，授杜甫检校工部员外郎的官职。一年后严武去世，杜甫移居夔州。后来出三峡，漂泊在湖北、湖南一带，客死舟中。杜甫历经盛衰离乱，饱受艰难困苦，写出了许多反映现实、忧国忧民的诗篇，其诗作被称为“诗史”，他本人也被称为“诗圣”。杜甫集诗歌艺术之大成，是继往开来的伟大现实主义诗人。存诗约1500首，大多集于《杜工部集》。

奉和贾至舍人早朝大明宫[1]

五夜漏声催晓箭[2]，九重春色醉仙桃。
旌旗日暖龙蛇动，宫殿风微燕雀高。

注释

①舍人：官名，此为中书舍人，主要掌管书写诰敕。大明宫：唐代宫名，又名蓬莱宫，是群臣朝见天子的地方，位于唐京师长安（今西安）北侧的龙首原，始建于634年，是唐长安城的三座主要宫殿（大明宫、太极宫、兴庆宫）中规模最大的。

②五夜：古代一夜分为甲夜、乙夜、丙夜、丁夜、戊夜，也称五更。漏声：古时用来计时的漏壶的滴水声。箭：漏壶下用以指示时刻的浮标。

朝罢香烟携满袖，诗成珠玉在挥毫。
欲知世掌丝纶[③]美，池上于今有凤毛[④]。

注释

③丝纶：指皇帝诏书。

④池：凤凰池，中书省的代称。因中书省掌管机要，接近皇帝，故有此称。南朝梁范云《古意赠王中书》诗：“摄官青琐闼，遥望凤凰池。”凤毛：比喻人有文采。语出《宋书》。谢凤之子超宗文词优美，颇有父风，宋明帝称他“有凤毛”。这里美称贾至父子。

点评

（韩惠欢）

此诗作于长安，是对贾至诗《早朝大明宫》的唱和之作。此诗前四句写宫中朝见所见之景。漏声催晓，百官上朝，宫殿里一片春色盎然之景，桃花争艳，旌旗飘扬，燕雀飞舞。五、六句写贾至朝见后挥笔写成了珠玉般的好诗。诗末赞美贾至继承父业，为执掌文书的中书舍人，文词优美，颇有父风，也点出酬和之意。

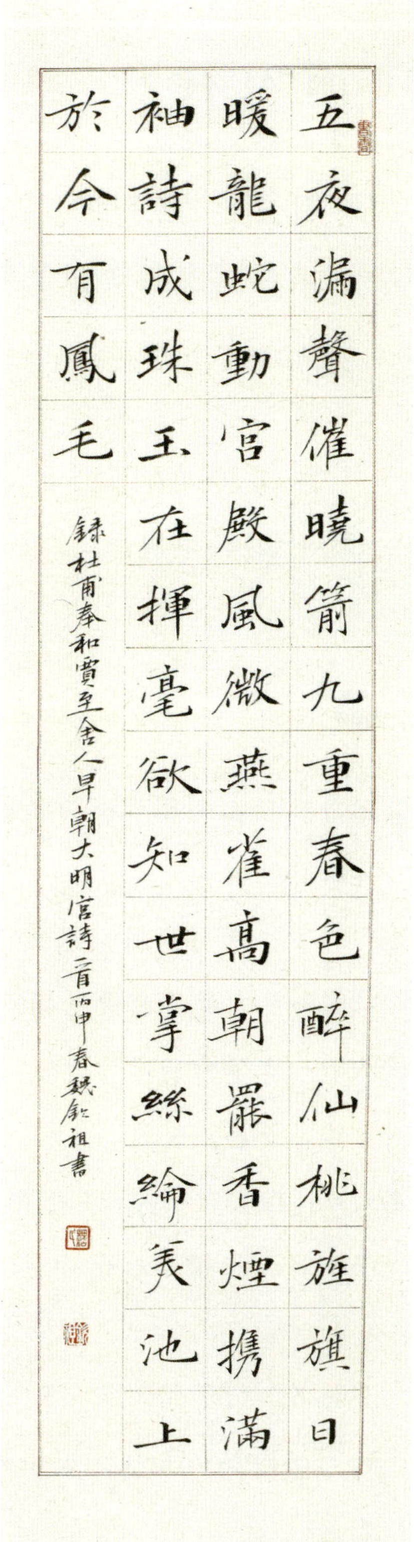
五夜漏聲催曉箭九重春色醉仙桃旌旗日
暖龍蛇動宮殿風微燕雀高朝罷香煙攜滿
袖詩成珠玉在揮毫欲知世掌絲綸美池上
於今有鳳毛
錄杜甫奉和賈至舍人早朝大明宮詩一首丙申春魏欽祖書

杜甫《奉和贾至舍人早朝大明宫》

魏钦祖／书

丽人行

三月三日①天气新，长安水边多丽人。

态浓意远淑且真，肌理细腻骨肉匀。

绣罗衣裳照暮春，蹙金孔雀银麒麟。②

头上何所有？翠微㔩叶垂鬓唇③。

背后何所见？珠压腰衱稳称身。

就中云幕椒房亲④，赐名大国虢与秦⑤。

注释

①三月三日：上巳节，唐代长安仕女多于此日到城南曲江游玩踏青。

②“绣罗”两句：用金银线镶绣着孔雀和麒麟的华丽衣裳与暮春的美丽景色相映生辉。

③翠微：薄薄的翡翠片。微，一作“为”。㔩叶：一种首饰。鬓唇：鬓边。

④云幕：指宫殿中的云状帷幕。椒房：汉代皇后居室，以椒和泥涂壁。后世称皇后为椒房，皇后家属为椒房亲。

⑤“赐名”句：指天宝七载（748）唐玄宗赐封杨贵妃的大姐为韩国夫人，三姐为虢国夫人，八姐为秦国夫人。

紫驼之峰出翠釜[⑥]，水精之盘行素鳞。
犀箸厌饫久未下，鸾刀缕切空纷纶。
黄门飞鞚不动尘，御厨络绎送八珍。
箫鼓哀吟感鬼神，宾从杂沓实要津[⑦]。
后来鞍马何逡巡[⑧]，当轩下马入锦茵。
杨花雪落覆白苹[⑨]，青鸟[⑩]飞去衔红巾。
炙手可热势绝伦，慎莫近前丞相嗔。

注释

⑥紫驼之峰：即驼峰，是一种珍贵的食品，唐贵族食品中有“驼峰炙”。釜：古代的一种锅。

⑦宾从：宾客随从。杂沓：众多杂乱。要津：本指重要渡口，这里喻指杨国忠兄妹的家门。

⑧后来鞍马：此处指杨国忠。逡巡：此处指顾盼自得。

⑨“杨花”句：此处以曲江暮春的自然景色来影射杨国忠与其从妹虢国夫人的关系。

⑩青鸟：神话中的鸟，西王母使者，后常被用作男女之间的信使。

点评

（尹晴）

此诗当作于唐玄宗天宝十二载（753）春。此诗前部分写上巳节长安水边踏青丽人之众多，以及她们意态之优雅、体态之优美、衣着之华丽。诗人注重对场面及细节的描写，态度严肃认真，笔触细腻，既写了杨家兄妹之美貌及其生活，也写“椒房亲”的生活状态，侧面反映了安史之乱爆发前夕的社会现实。诗中展现了极高的讽刺艺术表现力，全诗无一讽刺语，而讽刺之意毕现。

倪超 / 绘
《丽人行》

岑参

岑参（约715—770），唐代边塞诗人，南阳人，太宗时功臣岑文本重孙，后徙居江陵。早岁孤贫，从兄就读，遍览史籍。天宝三载（744）进士。初为率府兵曹参军。后两次从军边塞，先在安西节度使高仙芝幕府掌书记；天宝末年，封常清为安西北庭节度使时，为其幕府判官。代宗时，曾官嘉州刺史，世称岑嘉州。大历五年（770）卒于成都。岑参工诗，长于七言歌行，代表作是《白雪歌送武判官归京》。现存诗360首。对边塞风光、军旅生活以及少数民族的文化风俗有亲切的感受，故其边塞诗尤多佳作。风格与高适相近，后人多并称“高岑”。有《岑参集》十卷，已佚。今有《岑嘉州集》七卷行世。《全唐诗》编诗四卷。

奉和中书舍人贾至早朝大明宫

鸡鸣紫陌①曙光寒，莺啭皇州②春色阑。
金阙晓钟开万户，玉阶仙仗③拥千官。
花迎剑珮星初落，柳拂旌旗露未干。
独有凤皇池④上客，阳春一曲和皆难。

注释

①紫陌：指京城长安的街道。

②皇州：京城，指长安。

③仙仗：指皇帝的仪仗。

④凤皇池：本为禁苑中的池沼。魏晋南北朝时，代指中书省。至唐代，宰相称同中书门下平章事，唐宋诗词中因以之代指中书省，并用作咏宰相的典故。

点评

（韩惠欢）

此诗是以“早朝”为主题的唱和诗，作于安史之乱后的唐肃宗乾元元年（758）春。此诗辞采华丽，境界壮阔。前六句写上朝之所见及大明宫早朝景象。上朝的官员们行走在京城大道上，街坊里传来鸡鸣报晓之声，早春的曙光中仍然透露着些许寒意。皇宫晓钟敲响，宫门尽开，旌旗飞舞，晨露未干。诗末以典结尾，用典贴切，承接自然。

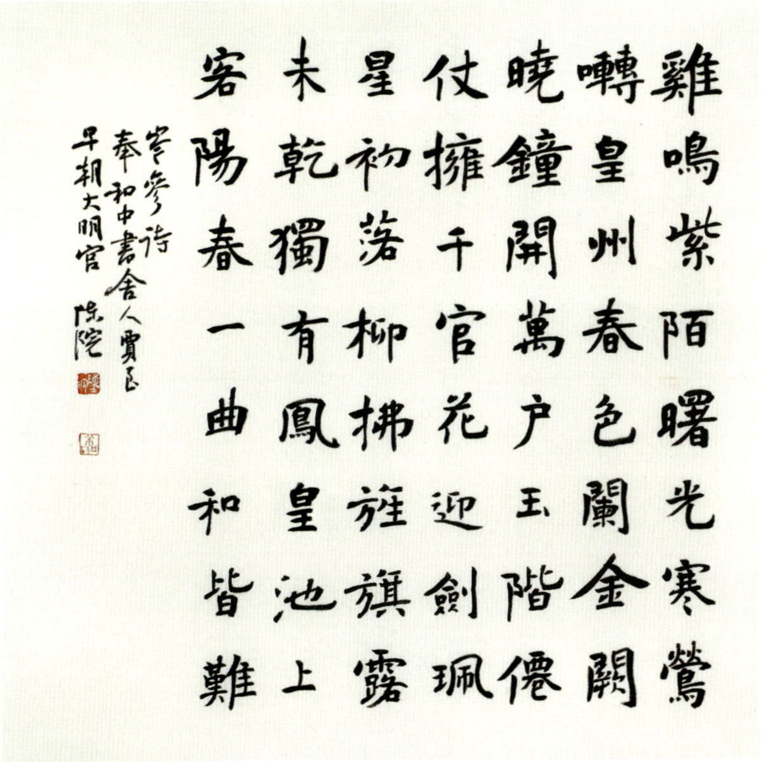

陈院 / 书
岑参《奉和中书舍人贾至早朝大明宫》

与高适薛据同登慈恩寺浮图[1]

塔势如涌出，孤高耸天宫。
登临出世界，蹬道盘虚空。
突兀压神州，峥嵘如鬼工[2]。
四角碍白日，七层摩苍穹。
下窥指高鸟，俯听闻惊风。
连山若波涛，奔凑似朝东。
青槐夹驰道，宫馆何玲珑。

注释

①浮图：指佛塔。慈恩寺浮图：即今西安市的大雁塔。

②峥嵘：形容山势高峻。鬼工：非人力所能。

秋色从西来，苍然满关中③。
五陵④北原上，万古青濛濛。
净理了可悟，胜因⑤夙所宗。
誓将挂冠去，觉道⑥资无穷。

注释

③关中：指今陕西中部地区。

④五陵：指汉代五个帝王的陵墓，即高祖长陵、惠帝安陵、景帝阳陵、武帝茂陵和昭帝平陵。

⑤胜因：佛家语，佛教因果报应中的善因。

⑥觉道：佛教中达到消除一切欲念和物我相忘的大觉之道。

点评

（尹晴）

此诗写于公元752年（唐玄宗天宝十一载）秋，为唱和之作。前十八句描摹登慈恩寺塔之所见。末尾四句，抒发情怀，流露出怅惘之情。诗人有感于现实，内心惆怅，想辞官事佛，认为佛家清净之理能使人彻悟，因此想挂冠而去，去追求大觉之道。诗歌中对慈恩塔周围之景的描绘，从苍凉到空茫，景中有情，也寄托着诗人对大唐王朝由盛而衰的忧思。

王犇 / 绘
《登慈恩寺浮图》

皇甫冉

皇甫冉（约718—约771），字茂政，润州丹阳（今江苏镇江）人，唐代诗人。天宝十五载（756）进士。曾官无锡尉，大历初入河南节度使王缙幕，终左拾遗、右补阙。皇甫冉才华横溢，佳作颇多，现存有《皇甫冉诗集》三卷，《全唐诗》收其诗二卷、补遗7首，共241首。其诗多写离乱漂泊、宦游隐逸、山水风光。诗风清逸俊秀，深得高适赞赏。

华清宫[1]

骊岫接新丰[2]，岧峣驾翠空。
凿山开秘殿，隐雾闭仙宫。
绛阙[3]犹栖凤，雕梁[4]尚带虹。
温泉曾浴日，华馆旧迎风。
肃穆瞻云辇，沈深闭绮栊[5]。
东郊倚望处，瑞气霭濛濛。

注释

①华清宫：指唐代帝王游幸的别宫，后也称“华清池”，位于陕西省西安市临潼区。

②骊岫：指骊山，在今陕西西安临潼区东南。新丰：唐县名，今陕西西安临潼区，南依骊山，北临渭水。

③绛阙：指宫殿前的朱色门阙。

④雕梁：指刻绘文彩的屋梁。

⑤绮栊：指雕绘美丽的窗户。

点评

（俞婷婷）

此诗为五言排律，作者以错彩镂金的笔墨描绘了皇家别院华清池世外仙境般的优美景色。骊山深处，高峻的群山环绕，草木葱郁。于山间开辟出的宫殿犹如仙宫一般，云雾缭绕。华清宫内，朱红的门阙，彩绘的屋梁与窗户，站在东边远远眺望，云雾翻腾，仙境一般。

舒宏昌 / 绘
《华清宫》

皎然

皎然（生卒年不详），唐代诗僧。俗姓谢，字清昼，湖州（今浙江长兴）人。初应举不第，遂削发出家，从灵隐寺守真律师。大历后居于苕溪草堂、龙兴寺、杼山妙喜寺等，与陆羽、颜真卿、韦应物等酬唱。皎然诗清丽闲淡，多为赠答送别、山水游赏之作。著作甚多，今存《皎然集》十卷、《诗式》五卷。今编诗七卷。

晨登乐游原望终南积雪

凌晨拥弊裘，径上古原头。
雪霁山疑近，天高思若浮。
琼峰埋积翠，玉嶂[1]掩飞流。
曜彩含朝日，摇光夺寸眸。
寒空标瑞色，爽气袭皇州[2]。
清眺何人得，终当独再游。

注释

①玉嶂：形容积雪的山峦。

②皇州：帝都、京城，这里指长安。

点评

（杜文静）

此诗写终南山的雪后美景。雪后初霁，诗人登上乐游原，一切都那么明亮，好像山近了，天高了，诗人的思绪仿佛也飘了起来。银色的山峰掩盖了树木的苍翠，积雪的山峦切断了飞流的山泉。阳光下的白雪泛着光辉，清冷之气弥漫长安城。字里行间流露出作者对终南山雪后美景的喜爱之情。皎然诗风清淡，诗境闲淡悠远，此诗就是一最佳例证。

罗春波 / 绘
《终南积雪》

司空曙

司空曙（约720—790），唐代诗人，字文明，或作文初。广平（今河北永年县东南）人，大历十才子之一。大历年间进士，磊落有奇才，与李约为至交。性耿介，不干权要。登进士第，曾官主簿。韦皋节度剑南，辟致幕府，授洛阳主簿。未几，迁长林县丞。累官左拾遗，终水部郎中。曙诗有集二卷，其诗多为行旅赠别之作，朴素真挚，情感细腻，多写自然景色和乡情旅思，长于五律、抒情，多有名句，诗风闲雅疏淡。

雪二首（选一）

乐游春苑望鹅毛，宫殿如星树似毫。
漫漫一川横渭水，太阳初出五陵高。

点评

（陈君明）

乐游原是当时长安城地势最高的地方，站在上面整个长安城尽收眼底。诗人远眺雪后的长安，万物都显得十分渺小，位于渭水之滨的长安城内整齐的宫殿如同密布的繁星，树木也细若毫发，长河的恢宏与城坊的渺小对比，又无形中将这些事物都放在天地一色的大背景之下，创造出一种苍茫开阔的意境。

王犇 / 绘
《雪》

李适

李适（kuò）（742—805），代宗长子，初封奉节郡王，宝应元年（762）晋封鲁王，八月徙封雍王。广德二年（764）立为皇太子，大历十四年（779）五月即位，在位25年。卒谥号神武孝文，庙号德宗。善文，尤工诗。常与朝臣学士唱和，品第优劣。原有集，已佚。今存诗15首。

重阳日赐宴曲江亭[1]

早衣对庭燎[2]，躬化勤意诚。
时此万机暇，适与佳节并。
曲池洁寒流，芳菊舒金英。
乾坤爽气满，台殿秋光清。
朝野庆年丰，高会多欢声。
永怀无荒[3]戒，良士同斯情。

注释

①曲江亭：指唐长安曲江沿岸建筑。

②庭燎：指庭中照明的火炬。

③无荒：不废乱政事。

点评

（伍娜）

此诗为赐宴诗。前四句点明赐宴的原因，理完朝政的闲暇时刻，恰逢重阳佳节。中间四句都为写景之句，曲江池水寒冷而洁净，芳菊盛开金色的花朵。气候爽畅，秋光清明，宛似一幅美丽的秋景图。末四句写德宗在宴饮之余，希望贤臣们与自己一同牢记不可荒淫的教训。诗文平实，文采风流和政治风流达到有机的统一。

王犇 / 绘
《重阳日赐宴曲江亭》

谢良辅

谢良辅，生卒年不详，天宝十一载（753）登进士第，十四载（756）于泾县与李白游。广德元年（763）至大历五年（770）间，曾入浙东节度幕，与鲍防、严维等联唱，结集为《大历年浙东联唱集》二卷。后累迁司封员外郎、户部郎中、中书舍人。建中四年（783），任商州刺史，十月为乱军所杀。《全唐诗》存其诗6首。

忆长安·正月

忆长安，正月时，和风喜气相随。
献寿彤庭万国，烧灯青玉五枝。
终南往往残雪，渭水处处流澌。

点评

（陈君明）

初春之际，树木萌生，背阴的地方会有残雪未融，河面冰开水流。“烧灯”句写元宵灯会的盛况。《旧唐书·玄宗纪下》：“（开元二十八年春正月）壬寅，以望日御勤政楼宴群臣，连夜烧灯，会大雪而罢，因命自今常以二月望日夜为之。”每年正月之际万国使者都会来长安朝拜大唐皇帝，是为拜寿。此时正值正月，万象更新之际，万国来朝觐，可见国势强盛，四海安宁。

任西宁 / 绘
《忆长安·正月》

忆长安·十二月

忆长安，腊月时，温泉彩仗新移。
瑞气遥迎凤辇，日光先暖龙池。
取酒虾蟆陵[1]下，家家守岁传卮。

注释

①虾蟆陵：古地名，位于西安市和平门附近，汉董仲舒葬于此。相传，一日汉武帝路过此地，为表示对董仲舒的敬意，特下马步行，故称下马陵，因方言音转，后来多称虾蟆陵。唐时为歌楼酒馆集中地。

点评

（陈君明）

此诗描写了腊月准备迎接农历新年的热闹场面，上至皇帝贵族，下到黎民百姓都欢天喜地。皇帝仪仗气势雄壮，准备到温泉宫洗浴，迎接新春，寻常人家打酒庆祝。整个长安城彻夜不眠，家家觥筹交错，推杯换盏，也侧面表现出了百姓安居乐业的生活及大唐盛世繁华的景象。

吴少岩／绘
《忆长安·十二月》

鲍防

鲍防（722—790），唐代诗人。字子慎，襄阳（今湖北襄樊）人。天宝十二载（753）登进士第，授太子正字。大历初为浙东节度使薛兼训从事，官尚书郎。五年（770）入朝为职方员外郎。累迁至河东节度使。德宗朝，历京畿、福建、江西观察使，礼部侍郎，京兆尹等职，以工部尚书致仕。在浙东时，为越州诗坛盟主，与严维等联唱，编为《大历年浙东联唱集》二卷，与谢良辅并称“鲍谢”。存诗8首。

忆长安·二月

忆长安，二月时，玄鸟[1]初至禖祠。
百啭宫莺绣羽，千条御柳黄丝。
更有曲江[2]胜地，此来寒食[3]佳期。

注释

①玄鸟：燕子。

②曲江：即曲江池，今西安市东南，曾为长安城人游赏的圣地。

③寒食：寒食节，在清明前一日或二日，夏历冬至后的一百零五日，为纪念介子推。

点评

（陈君明）

初春二月，燕子飞回，百鸟啁啾。柳树只是微微露出黄色叶芽，像花蕾含苞未放，那若有若无的嫩黄色，如同刚出生家禽的鹅黄色的绒毛。但是城里的人都已经感受到了这样微弱的春天的气息，走出户外，见到“高柳夹堤，土膏微润，一望空阔”的春景，祭奠亡人，郊游踏春，往来于路上的行人，应是络绎不绝。充满初春气息的诗意里，诗人为我们勾勒出一幅幅风景画、风俗画，可谓是“诗中有画”也。

舒宏昌 / 绘
《忆长安·二月》

杜奕

杜奕，贞元时人。大历前期曾与诗人鲍防、谢良辅、吕渭等在越州联句唱和。《全唐诗》存诗 1 首。

忆长安·三月

忆长安，三月时，上苑[1]遍是花枝。
青门[2]几场送客，曲水竟日题诗[3]。
骏马金鞭[4]无数，良辰美景追随。

注释

①上苑：指皇家园林。

②青门：汉长安城东南门，本名霸城门，因其门色青，俗称“青门”或“青城门”。青门外有灞桥，汉人送客至此桥，折柳赠别。后又以“青门”泛指游冶、送别之处。

③曲水：古代风俗，于农历三月上巳日（上旬的巳日，魏晋以后始固定为三月三日）就水滨宴饮，认为可祛除不祥，后人因引水环曲成渠，流觞取饮，相与为乐，称为曲水。竟日：整天，终日。

④鞭：一作鞍。

点评

（陈君明）

长安三月，春意已浓，上林苑花开正艳。春天是新的开始，也是外出求学、求官、游历的开始，意味着分别，灞桥折柳，别情依依。文人墨客在水边衔觞赋诗，普通百姓也会唱当时的俗曲民谣，祈福消灾。“泉而茗者，罍而歌者，红装而蹇者”络绎不绝，一派轻松愉快的欢畅景象。同时也向读者展示了古时长安三月的春景和众多风俗。

倪超 / 绘
《忆长安·三月》

丘丹

丘丹，生卒年、字号皆不详。苏州嘉兴（今浙江嘉兴市南）人。约唐德宗建中初前后在世。与韦应物、鲍防、吕渭诸牧守往还，可见是同时人。初为诸暨令。历检校尚书、户部员外郎，兼侍御史。贞元初，隐临平山。贞元十一年（795），户部员外郎丘上卿为碑记德焉。《全唐诗》录存其诗11首。

忆长安·四月

忆长安，四月时，南郊万乘旌旗[1]。
尝酎玉卮更献[2]，含桃丝笼交驰[3]。
芳草落花无限，金张许史[4]相随。

注释

①南郊：城市南面的郊区，指古代天子在京都南面的郊外筑圜丘以祭天的地方。“南郊万乘旌旗”，这里特指帝王祭天的大礼。

②尝酎（zhòu）：祭祀时尝饮新酒。酎，连酿三次的醇酒。卮：酒杯。

③含桃：樱桃的别称。丝笼：古代节日时的一种食品。

④金张许史：汉代的四大家族，后来代指王公贵族。

点评

（陈君明）

祭祀南郊是帝王祭祀天神的大典，是一种对天帝侍奉、享献的仪式，也是历代帝王祭祀典礼中最庄严最隆重的活动。此诗描写了一次皇帝祭祀天神的活动场面。长安四月，春意盎然，百鸟鸣啭，一派欣欣向荣之景。皇帝率领朝廷大臣、王公贵族，浩浩荡荡地来到南郊祭祀上天。祭献的牲礼十分丰富，显示出皇家气派。

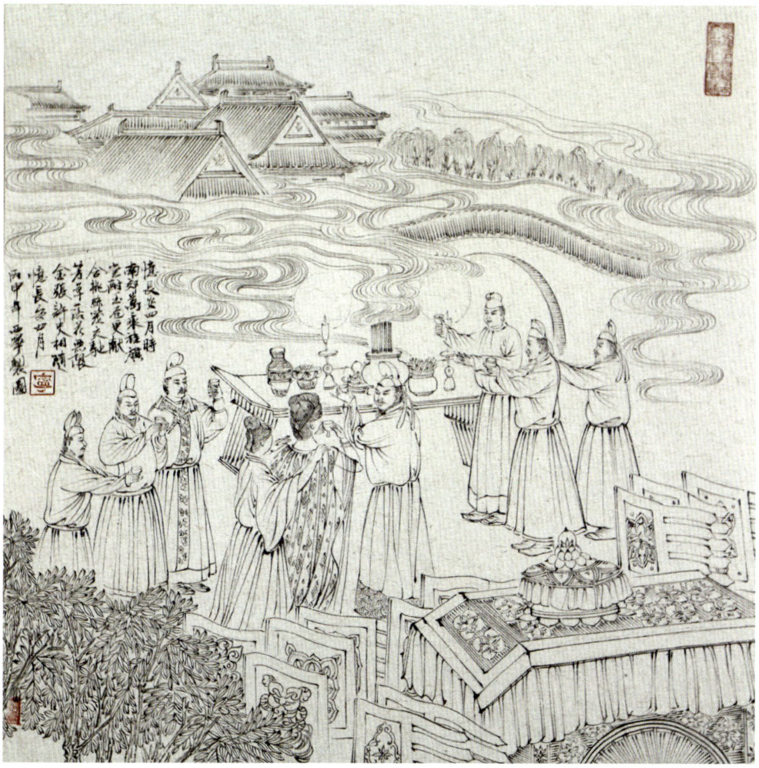

任西宁 / 绘
《忆长安·四月》

严维

严维，字正文，越州（今绍兴）人。唐玄宗天宝中，曾赴京应试，不第。肃宗至德二年(757)，以“辞藻宏丽”进士及第。官终秘书郎。工诗，与当时名辈岑参、刘长卿、皇甫冉、韩翃、李端等交游唱和。《唐才子传》称其“诗情雅重，挹魏晋之风，锻炼铿锵，庶少遗恨”。诗以送别赠酬居多，《酬刘员外见寄》的“柳塘春水漫，花坞夕阳迟”，向称名句。《新唐书·艺文志》著录《严维诗》一卷，《全唐诗》收其诗64首，集为一卷。

忆长安·五月

忆长安，五月时，君王避暑华池[1]。
进膳甘瓜朱李，续命芳兰彩丝[2]。
竞处高明台榭[3]，槐阴柳色通逵[4]。

注释

①华池：即华清池，位于陕西省西安市临潼区骊山南麓。

②“续命”句：我国古代风俗，农历五月五日（端阳节），人们用兰汤沐浴，还用五彩丝线系臂，据说可以避兵祸、鬼魅，令人免生疫病，延年益寿，叫作“续命缕”。

③竞处：处处。高明：高且豁亮。

④通逵：四通八达的大道。

点评

（尹晴）

这是一首写长安五月风物的诗。每到长安城的五月，君王便到骊山的华清池避暑。温泉宫夏季阴凉，更有时鲜的甘瓜朱李可以享用。端午时节，人们争相用兰汤沐浴；用五彩丝线系臂，以避兵祸、鬼魅，免生疫病，延年益寿。五月长安，亭台楼榭处处明亮，畅通大道柳色成荫。诗歌篇幅不长，却涵盖了五月长安城从君王到百姓的生活状况及城中绿柳成荫、大道宽阔的场景，可谓以小见大。

谭卫平 / 绘
《忆长安·五月》

郑概

郑概，唐贞元时诗人。行十六。广德元年（763）至大历五年（770）任浙东节度使，与鲍防、严维等联唱，结集为《大历年浙东联唱集》二卷。《全唐诗》存诗2首。其他情况不详。

忆长安·六月

忆长安，六月时，风台水榭[1]逶迤。
朱果雕笼香透，分明紫禁寒随。
尘惊九衢[2]客散，赭珂滴沥青骊[3]。

注释

①水榭：指建于水边或水上的亭台。榭，一作阁。

②九衢：纵横交错的大道，也指繁华的街市。

③赭珂：泛指精美的玉石装饰。珂，一作汗。青骊：泛指骏马。

点评

（陈君明）

此诗写六月天子畋猎的场面。诗歌并未正面描写天子卫队的雄壮和威武，只说所过之处尘土飞扬，行人四散躲避，一个“散”字侧面写骑马人来势凶猛，像离弦的箭让人躲避不及。队伍声势浩大，场面壮观，骏马身上佩戴的各种色彩华丽的装饰品也相互碰撞，发出清脆的声音。诗人用简练的词句刻画出了“仰手接飞猱，俯身散马蹄。狡捷过猴猿，勇剽若豹螭”的勇士形象，为读者展现出富有动感的狩猎场景。

王犇／绘
《忆长安·六月》

陈元初

陈元初，一作“陈允初”，越州会稽（今浙江绍兴）人。曾在唐天宝末任校书郎，广德元年（763）至大历五年（770）入浙东节度府做幕僚，官至殿中侍御史。曾与鲍防、严维等有联唱，结集为《大历年浙东联唱集》二卷。《全唐诗》中存其诗1首。

忆长安·七月

忆长安，七月时，槐花点散罘罳[1]。
七夕针楼[2]竞出，中元[3]食供初移。
绣毂金鞍[4]无限，游人处处归迟。

注释

①罘罳（fú sī）：设在屋檐或窗上以防鸟雀的金属网或丝网。

②针楼：见《太平御览》："齐武起曾城观，七月七日宫人登之穿针，世谓穿针楼。"后"针楼"引申为妇女所居之楼。

③中元：农历七月十五，被定为地宫圣诞，相传这一天地宫打开地狱之门，已故祖先可回家团圆，因此又叫鬼节，是中国三大冥节中最重要的一个，这一天人们会设道场，放馒头给孤魂野鬼吃。

④绣毂金鞍：毂，车轮中心的圆木，周围与车辐的一端相接，中有圆孔，可以插轴，借指车轮或车。这里用以凸显长安城内的富庶繁华的盛景。

点评

（韩惠欢）

诗人借此诗回忆了长安七月的夏日之景。草木茂盛，槐花飘香，以朵朵槐花入诗，雅致中又不乏生活的气息。每逢七夕，妇女们竞出针楼，或穿针乞巧，或投针验巧，竞相参与七夕活动。由“绣毂金鞍无限”“游人处处归迟”可见长安城内一片繁盛景象。诗人用简练的语句既写出了七月长安夏景之繁盛，也从侧面反映出了长安城内民俗活动的热闹非凡。语言清新，衔接自然，不失为唱和佳作。

倪超 / 绘
《忆长安·七月》

吕渭

吕渭（734—800），字君载，河中（今山西永济蒲州）人，唐肃宗时登进士。759年任太子右庶子，后擢升礼部侍郎，出任潭州刺史兼御史中丞、湖南郡团练观察史，后被赠予尚书右仆射，是代宗李豫年间的高级官员。在湖南执政多年。存诗5首。

忆长安·八月

忆长安，八月时，阙下天高旧仪。
衣冠共颁金镜，犀象对舞丹墀[1]。
更爱终南灞上，可怜秋草碧滋。

注释

①丹墀：宫殿前的红色台阶及台阶上的空地。

点评

（陈君明）

长安的八月已经有了秋天的气息，诗里记述的当也是重大节日之际，皇城威仪，朝堂之上百官穿戴整齐看歌舞表演，“犀象对舞丹墀”，场面宏大、壮观。城内鼓乐喧天，远远眺望，城外秋高气爽，百草丰茂，碧草如丝。比起皇城里的喧闹，这里天高云淡，显得安闲自在。所以诗人说“更爱终南灞上”。

谭卫平／绘
《忆长安·八月》

范灯

范灯，唐贞元时人。其他情况不详。《全唐诗》存诗2首。

忆长安·九月

忆长安，九月时，登高望见昆池①。
上苑初开露菊，芳林正献霜梨。
更想千门万户，月明砧杵②参差。

注释

①昆池：即昆明池，汉武帝于长安近郊所凿，在今西安市长安区斗门镇东南。

②砧杵：亦作“碪杵”。捣衣石和棒槌。

点评

（陈君明）

长安九月，登高望远，长安城秋意渐浓，昆明池呈现出“山映斜阳天接水”的景象，上苑中各色菊花绽放，传出浓浓秋意，也使人在秋日众芳凋零之际感受到生命的蓬勃朝气。夜深人静，月光如水，阵阵捣衣声勾起思妇对远方夫婿的思念。这思念如同月光倾泻在捣衣石上，拂之不去，诗末流露出淡淡的哀愁，有多少丈夫此时戍守边关，有多少妻子正在给远方的征人准备冬衣，在这登高怀人的九月，更徒增了彼此的思念和哀伤。

刘畅 / 绘

《忆长安·九月》

樊珣

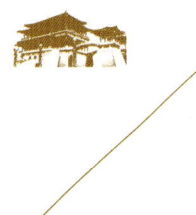

樊珣，贞元时人。在浙东节度幕，与鲍防、严维等联唱，结集为《大历年浙东联唱集》二卷。大历十二年（777）在润州句容生活，余不详。《全唐诗》存诗2首。

忆长安·十月

忆长安，十月时，华清士马相驰。
万国来朝汉阙[①]，五陵共猎秦祠。
昼夜歌钟不歇，山河四塞京师。

注释

①汉阙：汉代石阙，一种建筑形式，这里指代汉朝中央政府。

点评

（陈君明）

大唐帝国有着兼容并包的气度，加上国势强盛，四海归顺，与许多国家都有交往，崇高的国际地位和辉煌的经济文化成就，令亚洲各国纷纷前来进行贸易和文化的交流。此诗展现金秋十月万国来朝的盛景。长安十月，正值狩猎佳期，万马奔腾在长安的大地上，呼声震天，歌舞钟磬彻夜不休。万国来朝，德化远播。如此强盛的国力与开放、包容的心态，正是大国的自信。诗人借此诗传递给读者古长安的盛唐气象，表现出非凡的气度。

蔡学海／绘
《忆长安·十月》

刘蓄

刘蓄，唐代人，天宝六载（747）进士，其他情况不详。

忆长安·十一月

忆长安，子月时，千官贺至丹墀。
御苑雪开琼树，龙堂[1]冰作瑶池。
兽炭毡炉正好，貂裘狐白相宜。

注释

①龙堂：画有蛟龙之堂，这里指华美壮丽的宫殿。

点评

（冯超）

冬日既临，大雪纷纷，千官来贺之际，十一月的长安城已是一片冰雪世界。御苑之中，银装素裹；殿堂之前，瑶池冰封。在这寒冷的冬日里，只求抱炭火毡炉，袭狐裘锦衣，愿得冬日之暖。

王犇／绘
《忆长安·十一月》

孟郊

孟郊（751—814），字东野，湖州武康（今浙江德清）人。早年在江南与皎然、陆羽等交往，又曾隐居嵩山。贞元八年至九年（792—793），两应进士试，皆落榜；贞元十二年（796）登第。十六年（800 年），选为溧阳县（今江苏溧阳市）尉。元和元年（806），入河南尹郑馀庆幕，为河南水陆运从事、试协律郎，从此定居洛阳。元和九年（814），郑馀庆任山南西道节度使，召孟郊为兴元军参谋、试大理评事。孟郊在赴兴元（今陕西汉中市）途中，卒于阌乡（在今河南灵宝县境）。友人张籍等私谥其为“贞曜先生”。现存《孟东野诗集》10 卷。今编诗 10 卷。

长安早春

旭日朱楼光，东风不惊[1]尘。
公子醉未起，美人争探春[2]。
探春不为桑，探春不为麦，
日日出西园[3]，只望花柳色，
乃知田家春，不入五侯宅[4]。

注释

①惊：一作“起”。

②探春：早春郊游。

③西园：魏邺都的园林，为游宴之地。此泛指贵族园林。

④五侯宅：泛指权贵之家。汉成帝时，外戚王谭、王商、王立、王根、王逢时五人同日封侯，世称“五侯”。

点评

（杜少静）

《长安早春》是孟郊写于初春的一首田园诗歌，为五言古诗。长安早春，王孙贵族们纷纷踏春，赏花柳之余，吟诗作词。“一年之计在于春”，于田家而言，春天是播种育苗的季

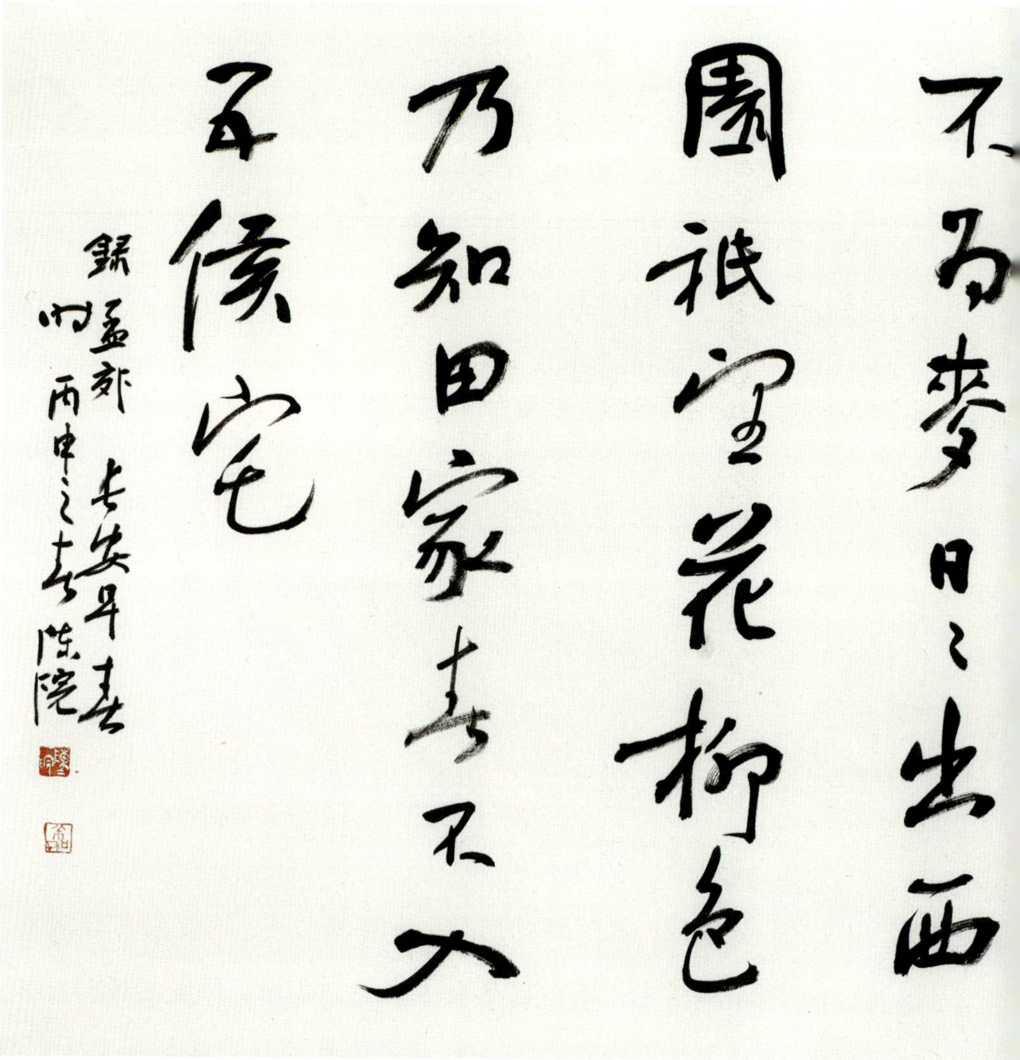

陈院／书
孟郊《长安早春》

节。此诗既写长安豪贵眼中的春天，也写田家的春色，诗末借“乃知田家春，不入五侯宅”来暗示“田家春”之不同于宫苑之春。诗人所爱，田家春也。全诗角度新颖，意蕴深远。

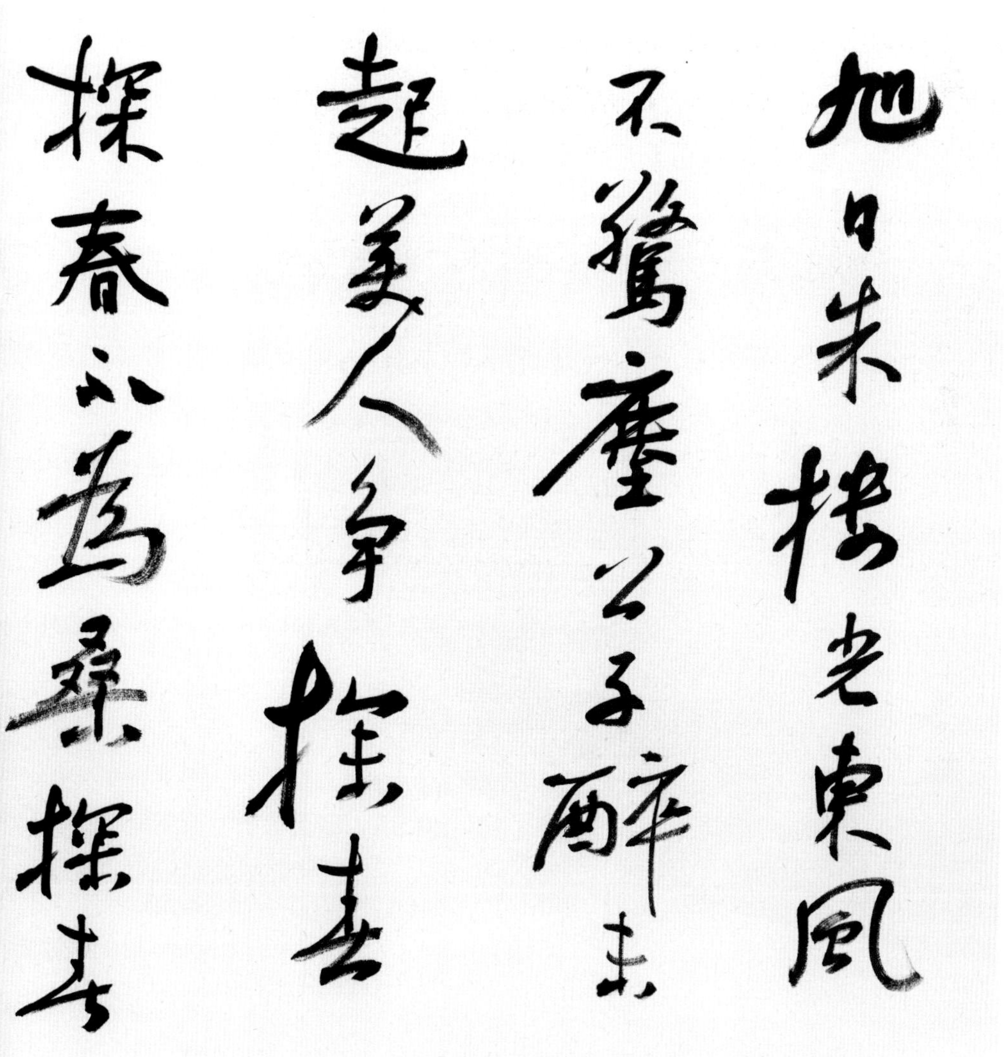

杨巨源

杨巨源（755—？），唐代诗人。字景山，后改名巨济。河中治所（今山西永济）人。贞元五年（789）进士。初为张弘靖从事，由秘书郎擢太常博士，迁虞部员外郎。出为凤翔少尹，复召授国子司业。长庆四年（824），辞官退休，执政请以为河中少尹，食其禄终身。有诗文集5卷，《全唐诗》存其诗1卷。

城东早春

诗家清景[①]在新春，绿柳才黄半未匀。
若待上林花似锦，出门俱是看花人。

注释

①清景：美景。

点评

（韩惠欢）

早春时节，新柳初生，青黄不均，正是出游踏青的好时节。诗末写道，若待上林苑繁花似锦之时再去踏青，那时春游赏花之人将会颇多，恐怕春游之闲适将不在。在此诗人借早春赏花之事，意在告诫读者凡事要把握机遇，以免错失宝贵的时机。全诗语言简洁，笔触细腻，既描绘早春欣欣向荣之景，也借赏花事提炼生活哲理，不失为赏春佳作。

刘畅 / 绘
《城东早春》

元稹

元稹（779—831），字微之，河南府（今河南洛阳）人，唐朝著名诗人。元和四年（809）为监察御史。因触犯宦官权贵，次年贬江陵府士曹参军。后历通州司马、虢州长史。元和十四年（819）任膳部员外郎。长庆元年（821）迁中书舍人，充翰林院承旨。大和三年（829）为尚书左丞，五年，逝于武昌军节度使任上，年五十三，赠尚书右仆射。创作以诗成就最大，其诗辞浅意哀，仿佛孤凤悲吟，极为扣人心扉、动人肺腑。元稹乐府诗创作，多受张籍、王建的影响，而其“新题乐府”则直接缘于李绅。现存诗380余首，收录诗赋、诏册、铭诔、论议等共100卷，留世有《元氏长庆集》。

和乐天秋题曲江[①]

十载定交契，七年镇[②]相随。
长安最多处，多是曲江池。
梅杏春尚小，芰荷秋已衰。
共爱寥落境，相将[③]偏此时。
绵绵红蓼水，扬扬[④]白鹭鹚。
诗句偶未得，酒杯聊久持。
今来云雨旷[⑤]，旧赏魂梦知。
况乃江枫夕[⑥]，和君秋兴诗。

注释

①本诗为元和五年（810）作。

②镇：常。

③相将：相偕、相共。

④扬扬：翩然飞动的样子。

⑤旷：远隔，分别。

⑥本句源于《楚辞·招魂》：“湛湛江水兮上有枫，目极千里兮伤春心。”

点评

（杜少静）

曲江的四季景色成为唐代文人写作时的极好对象和绝佳素材，而曲江的秋色似乎最能牵动诗人们的文思。此诗便为元稹秋日游曲江时，与白居易的唱和之作。全诗以极精练的语言，为我们勾画了秋日曲江的美丽风光，也表达了诗人和友人白居易之间的深情厚谊。

王犇 / 绘
《秋题曲江诗意》

王建

王建（约767—831），字仲初，颍川（今河南许昌）人。家贫，四十岁以后，“白发初为吏”，沉沦于下僚，曾入多人幕，任县丞、司马之类，世称王司马。他写了大量的乐府，同情百姓疾苦，与张籍齐名。他写的宫词百首，在传统的宫怨之外，还广泛地描绘宫中风物，是研究唐代宫廷生活的重要材料。《全唐诗》收录其诗395首。

华清宫前柳

杨柳宫前忽地春，在先惊动探春人。
晓来唯欠骊山雨，洗却枝头绿上尘。

点评

（陈君明）

华清宫前，杨柳新绿，草木萌芽，惊醒赏春之人。人们竞相出游，车马人迹踏起的风尘沾染了嫩绿的柳芽，急需一场春雨洗净树梢，使其“娟然如拭，鲜妍明媚，如倩女之靧（huì，洗脸）面，而髻鬟之始掠也”。全诗笔触细腻，清新自然，以通俗的语言表达出对初春的喜爱之情。

倪超／绘
《华清宫前柳》

韩愈

韩愈（768—824），字退之，河南河阳（今河南孟州市）人。自称郡望昌黎，世称“韩昌黎”。幼孤，由嫂抚养，刻苦自学，精通六经、百家之学。贞元八年（792），韩愈登进士第，两任节度推官，累官监察御史。贞元十九年（803），因论事而被贬阳山。后历都官员外郎、史馆修撰、中书舍人等职。元和十四年（819），因谏迎佛骨一事被贬至潮州。晚年官至吏部侍郎，人称“韩吏部”。长庆四年（824），韩愈病逝，年五十七，追赠礼部尚书，谥号“文”，故又称“韩文公”。韩愈是唐代古文运动的倡导者，被后人尊为“唐宋八大家”之首，与柳宗元并称“韩柳”。后人将其与柳宗元、欧阳修和苏轼合称“千古文章四大家”。他提出的“文道合一”“气盛言宜”“务去陈言”“文从字顺”等散文的写作理论，对后人很有指导意义。著有文集40卷、《顺宗实录》3卷等，并传于世。

早春呈水部张十八员外①

天街②小雨润如酥，草色遥看近却无。
最是一年春好处，绝胜烟柳满皇都。

注释

①水部张十八员外：指张籍，因排行十八，故称。

②天街：指长安宫城承天门内南北向大街——承天门街，街东西皆百僚廨署。

点评

（刘丹）

此诗是诗人于长庆三年（823）春，写给水部张十八员外张籍的。名曰赠人，实则以写景胜。此诗写京城长安早春的美好景色，认为早春比晚春的风光好。内含哲理，表现了诗人细致的观察力。小诗随物赋形，惟妙惟肖，耐人寻味。韩愈的诗以雄浑瑰怪见长，然而此诗却显得清新自然、明丽唯美。诗中“天街小雨润如酥，草色遥看近却无”一联写出了早春的神韵，生动绝妙，堪称千古绝唱。

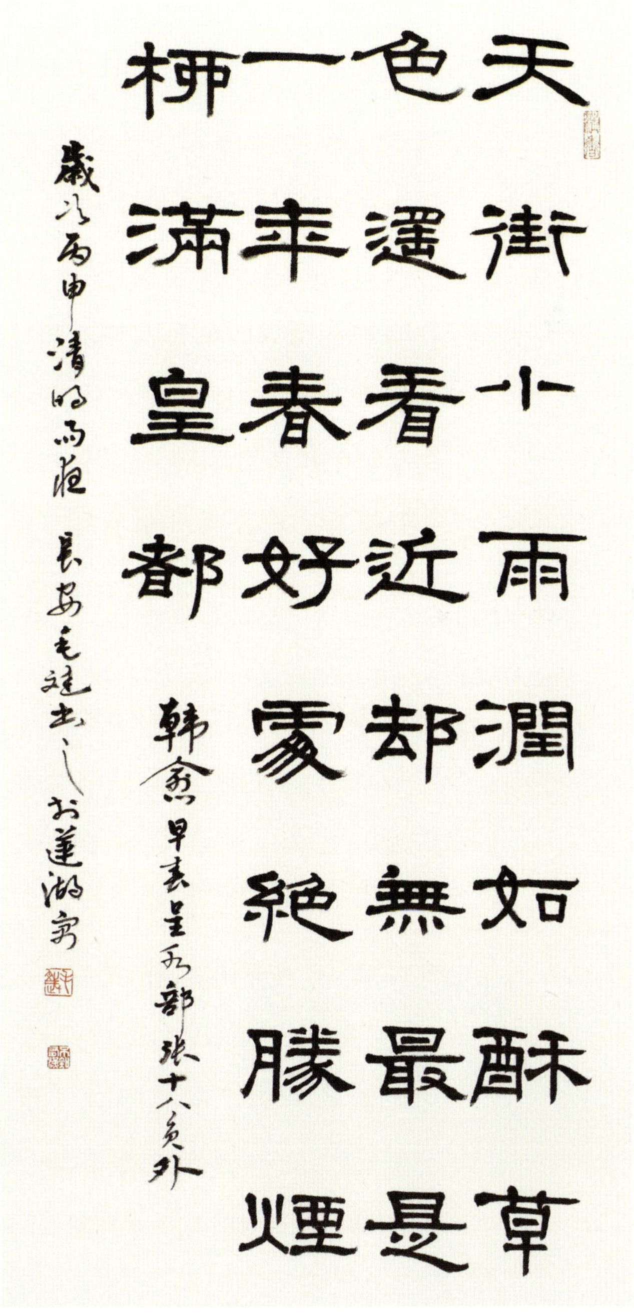

毛斌／书
韩愈《早春呈水部张十八员外》

贾岛

贾岛（779—843），字浪仙，一作阆仙，范阳（今河北涿洲市）人。先世名爵不详。早年曾为僧，法号无本。宪宗元和年间（806—820）在洛阳以诗文投谒韩愈，后随愈入长安，返俗应举，然终生未第。文宗开成二年（837），坐飞谤责授遂州长江（今四川蓬溪西）主簿，世称贾长江。3年期满，迁普州司仓参军，武宗会昌三年（843）卒于任所。贾岛诗以苦吟著名，曾有吟诗冲犯韩愈之“推敲”典故流传。其诗宗法韩、孟，喜为咏怀述志、刻琢穷苦之言。生新瘦硬，与孟郊有“郊寒岛瘦”之称。元和后则专攻五律，独树一帜，上承大历诸子而变格入僻，多吟咏性情、刻画景物之作，尤喜写“萤火”“蚁穴”“行蛇”“怪禽”等狭小暗僻之事物，诗风清奇僻苦、峭直刻深。贾岛诗杰出于贞元、元和诗歌极盛之后，开晚唐尖新狭僻一派之诗风，对后世影响颇大。

冬月长安雨中见终南山

秋节新已尽，雨疏露山雪。
西峰稍觉明①，残滴犹未绝②。
气侵瀑布水，冻著白云穴③。
今朝灞浐雁，何夕潇湘月。
想彼石房人④，对雪扉不闭。

注释

①觉明：天始转晴。

②残滴犹未绝：久雨难晴。

③白云穴：似指隐者居所。

④石房人：即隐者。

点评

（金晓）

这首诗写作者在长安城里下着雨的冬月时刻，却欣赏到了终南山里下着雪的美丽景色，由此联想在终南山里隐居的人，此刻该是对雪开扉，悠然自得地欣赏这大自然的绝美作品，隐隐向我们传达作者的歆羡之意。此诗第一至三句对终南山的气候环境、自然景观做了细致的描写，“今朝”“何夕”二句想雁之远征，别长安，临潇湘，秀发爽朗，岛集中有数之作。最后一句该是作者的翩翩联想，想是自己也能如此该有多好，也暗暗表达出作者的羡慕之情。

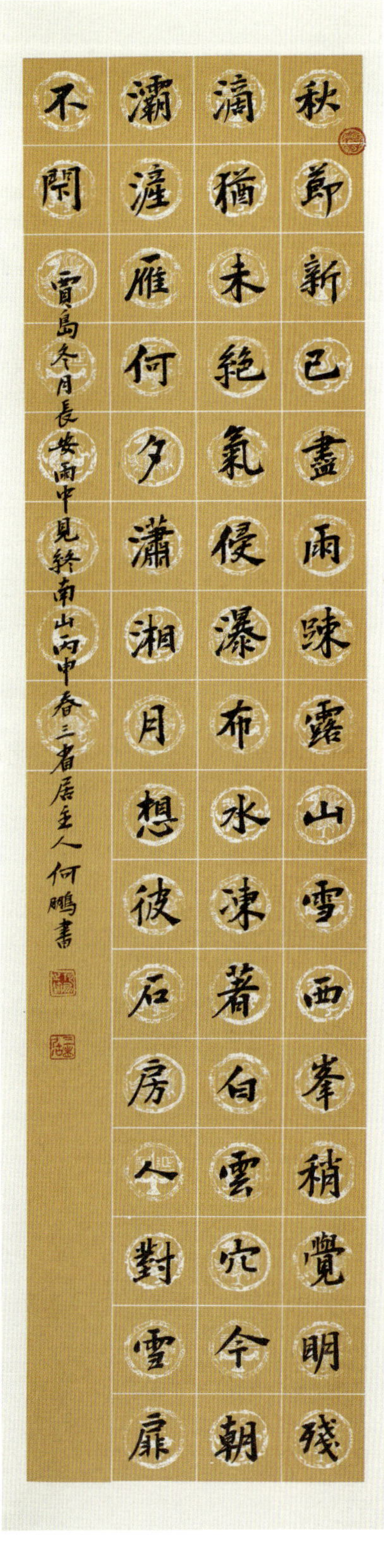

何鹏／书
贾岛《冬月长安雨中见终南山》

沈亚之

沈亚之（781—832），字下贤，浙江吴兴（今属湖州）人，曾被诗人李贺称为“吴兴才人”。元和十年（815）进士，历殿中丞御史、内供奉。大和初，为德州行营使者柏耆判官，后贬为南康尉，官终郢州掾。作有传奇《湘中怨》《异梦录》《秦梦记》等。

春色满皇州

何处春辉好，偏宜在雍州[1]。
花明夹城[2]道，柳暗曲江头。
风软游丝[3]重，光融瑞气浮。
斗鸡怜短草，乳燕傍高楼。
绣毂盈香陌，新泉溢御沟。
回看日欲暮，还骑似川流。

注释

①偏宜：最宜，特别合适。雍州：隋朝统一后，以长安及其附近地区为雍州，隋炀帝改为京兆郡，唐朝建立后，又改为雍州，唐玄宗设立京兆府。

②夹城：两边筑有高墙的通道。《旧唐书·玄宗上》有：“（开元二十年六月）遣范安及於长安广万花楼，筑夹城至芙蓉园。”

③游丝：这里指缭绕的炉烟。

点评

（冯超）

此诗描写了诗人春游长安城外所见之景。诗首以“春辉”“雍州”交代了时间和地点。从夹城到曲江，先写了柳暗花明、风软气清的静景；随后又描摹了斗鸡乳燕，为全诗增添了动感与灵气；再写夕阳中的绣毂香陌，营造出一幅绝美的夕阳晚归图。诗尾一句“回看日欲暮，还骑似川流”点明全诗主旨，表达了诗人对美好时光的留恋和白驹过隙、韶光易逝的感慨。

刘畅／绘
《春色满皇州》

张祜

张祜（785—852），字承吉，邢台清河（今属河北）人，一说南阳（今属河南）人。初依李光颜，寓姑苏，曾谒白居易，后至长安。长庆中令狐楚表荐之，为内臣所抑，一说为元稹所抑，遂至淮南。唐武宗会昌年间（841—846）与杜牧游。性耿介不容物，数受召幕府，辄自劾去。爱丹阳曲阿地，筑室隐居以终。今存其诗60余首。以宫词著名，五言律诗成就最高。代表作有《雁门太守行》《何满子》。

正月十五夜[1]灯

千门开锁万灯明，正月中旬动帝京[2]。
三百内人[3]连袖舞，一时天上著词声[4]。

注释

①正月十五夜：即上元节，亦即今之元宵节。

②帝京：指当时的都城长安。

③内人：宫中的舞女。

④著：同“着”，意为“有”的意思。此句谓歌声上彻于天。

点评

（姚龙雪）

此诗描写了元宵佳节之际，长安城内热闹繁华的景象。前两句视野开阔，一眼望去，长安城内气势非凡。诗人用“千”“万”两个概数点明出门赏灯人数之众，灯盏种类个数之多。后两句将目光锁定室内，“三百”“连袖”再次展现节日的盛景，这欢歌乐舞响彻天际。语言明白晓畅、通俗易懂，由远及近、由外到内，展现出唐朝的繁盛。

王珠珠 / 绘
《正月十五夜灯》

杜牧

杜牧（803—853），字牧之，京兆万年（今陕西西安）人。杜佑之孙。大和二年（828），登进士第，又登贤良方正能直言极谏科，授弘文馆校书。沈传师为江西观察使，辟杜牧为团练巡官；沈徙镇宣歙，牧亦从之。府罢，淮南节度使牛僧孺辟为掌书记。此时的杜牧颇好游宴，纵情声色。九年（835），入朝为监察御史，旋分司东都。开成中，历宣州团练判官、左补阙、史馆修撰、膳部员外郎等职。会昌二年（842），出守黄州，历池、睦二州刺史。大中二年（848），入为司勋员外郎、史馆修撰，复出为湖州刺史，终官中书舍人。牧知兵，善古文。工诗，尤擅七言近体，清丽俊爽，自成一家，与李商隐齐名，时号“小李杜”。其甥裴延翰集其诗文为《樊川文集》20卷，今存。

长安秋望

楼倚霜树外，镜天无一毫[1]。
南山[2]与秋色，气势两相高。

注释

①毫：本指细长而尖的毛，此处借指非常细小的东西。

②南山：即终南山。

点评

（姚龙雪）

这首诗描写长安秋景。“南山与秋色，气势两相高”二句颇有神韵，诗人登楼远望，看到南山峻拔入云，好像要和辽阔无边的秋色一争高下。秋色本是抽象虚泛的，作者巧妙地借用南山这一具体有形之景衬秋色之高远无极，不但使读者感受到“秋色”之“高”，而且连其气势、精神也一并展现出来了。此诗意境高远、气势健举。

罗春波／绘
《长安秋望》

过华清宫绝句

长安回望绣[①]成堆，山顶千门次第[②]开。
一骑红尘妃子笑，无人知是荔枝来。

注释

①绣：锦绣，形容草木郁郁葱葱。

②次第：依次。

点评

（高寒）

《过华清宫绝句三首》是诗人途径华清宫时所写的一组咏史诗，此诗为其一。前两句写景，起句描写骊山风景，“绣成堆”一语双关，既指骊山两旁的绣岭，又形容骊山的美不胜收；

次句镜头向前推进，展现出雄伟壮丽的行宫。后两句先给出“一骑红尘妃子笑”这两个貌似不相干的特写镜头，制造悬念，随后以“荔枝来”道出原委。此诗言有尽而意无穷，诗人不明说玄宗的荒淫好色，而是形象地用“一骑红尘”与“妃子笑”的鲜明对比侧面烘托，更具讽刺意味。全诗朴素自然，含蓄有力，寓意深远，是唐人咏史绝句中的佳作。

倪超 / 绘
《过华清宫》

阿房宫赋（节选）

呜呼！
灭六国者，六国也，非秦也。
族秦者，秦也，非天下也。
嗟夫！
使六国各爱其人，则足以拒秦；
使秦复爱六国之人，则递三世可至万世而为君，
谁得而族灭也？
秦人不暇自哀，而后人哀之；
后人哀之而不鉴之，亦使后人而复哀后人也。

点评

（冯超）

《阿房宫赋》是杜牧乃至整个唐代最脍炙人口的一篇赋。赋文气势雄健，辞藻华美。此赋作于唐敬宗宝历元年（825）。作者曾说：“宝历大起宫室，广声色，故作《阿房宫赋》。”很显然，这首赋是以秦始皇大修阿房宫以及最后阿房宫被焚毁为题，意在警示后人，一定要

一心为政，切莫重蹈覆辙。近期，习近平总书记就曾引用此赋中的名句：“秦人不暇自哀，而后人哀之；后人哀之而不鉴之，亦使后人而复哀后人也”，表达了对清明政治的向往。

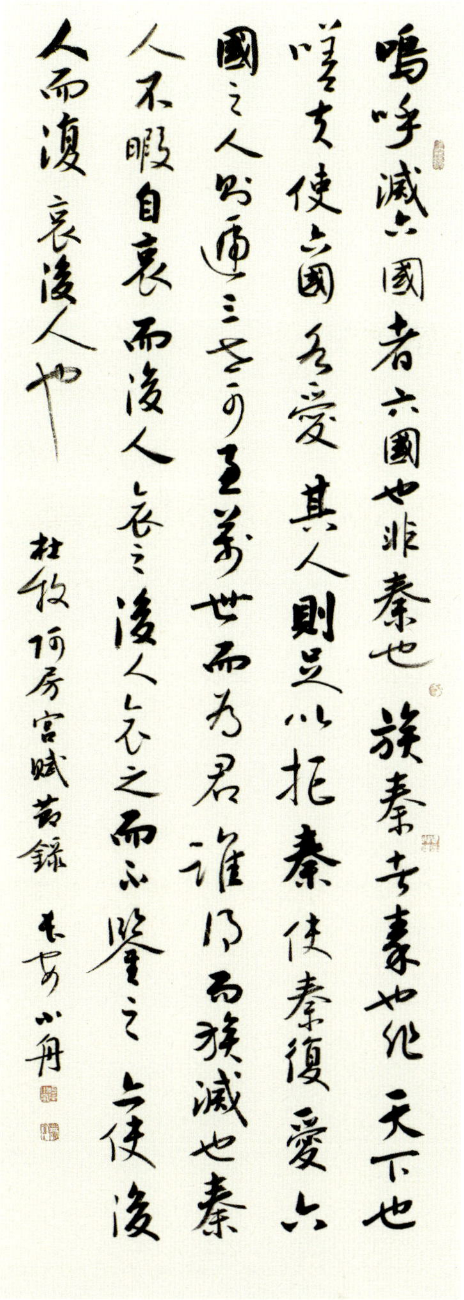

呼延小舟／书

杜牧《阿房宫赋》（节选）

李频

李频（818—876），字德新，寿昌长汀源（今浙江建德李家镇）人。幼读诗书，博览强记，领悟颇多。唐大中元年（847），寿昌县令穆君游灵栖洞，即景吟诗：“一径入双崖，初疑有几家。行穷人不见，坐久日空斜。”得此四句后稍顿未续。时李频从行，续吟：“石上生灵笋，池中落异花。终须结茅屋，到此学餐霞。”穆君大为赞赏。

乐游苑春望

五陵佳气晚氤氲[1]，霸业雄图势自分。
秦地山河连楚塞，汉家宫殿入青云。
未央树色春中见，长乐钟声月下闻。
无那杨华起愁思[2]，满天飘落雪纷纷。

注释

①氤氲（yīn yūn）：云雾朦胧貌。

②无那：即无奈。杨华：即杨花，“华”通“花”。杨树之实成熟开裂后，种子借助白絮在空中飘荡。古诗文中杨花与柳絮常通用。

点评

（金晓）

诗人在春天时来到乐游苑，于是写下此诗作为留念。此诗大大赞扬了汉家天下，从“五陵”气象俱佳开始说起，再说“汉家宫殿”巍峨挺拔“入青云”。未央宫的树木春意盎然、万木吐翠，长乐宫中夜深也能听见钟声。怎奈杨絮“起愁思”，漫天飘扬，犹如落雪纷纷，运用拟人手法，使得诗歌形象生动。

谭卫平 / 绘
《乐游苑春望》

罗隐

罗隐（833—909），字昭谏，原名横，因屡考进士不中，改名为隐，新城（今浙江富阳市新登镇）人，唐末五代著名的道家诗人，著有《谗书》及《太平两同书》等。黄巢起义后，避乱隐居九华山，光启三年（887），55岁时归乡依吴越王钱镠，历任钱塘令、司勋郎中、给事中等职。五代后梁开平三年（909）去世，享年77岁。他的诗多用口语，通俗易懂。有《罗昭谏集》传世。

柳

灞岸晴来送别频，相偎相倚不胜春。
自家飞絮犹无定，争解垂丝绊路人。

点评

（姚龙雪）

前两句点明时间地点，暮春时节，灞桥河畔，艳阳高照，来来往往的离人折柳以送别。面对这熙熙攘攘的送别场景，柳树也似乎颇通情义，与即将出行的人们相偎相依。诗人用拟人手法，赋予蒲柳以人的感情，草木尚且有情，何况人乎？第三句笔锋一转，感慨杨柳连自身命运都无法掌握，漂泊无定，怎有闲情逸致考虑他人心绪？还以“垂丝绊路人”借物抒情，表达诗人对自身坎坷命运的悲叹。全诗名为咏柳，可除了题目外竟无一字直接写柳，可谓“不着一字，尽得风流”。

刘畅／绘
《柳》

韦庄

韦庄（约836–910），字端己，杜陵（今属陕西西安）人。宰相韦待价（一说韦见素）之后，诗人韦应物的四世孙。中和三年（883）赴京应举，在洛阳写成《秦妇吟》，时人号为“秦妇吟秀才”。其后十余年，韦庄辗转于越中、江西及两湖地区。唐昭宗乾宁元年（894）进士及第，授校书郎。光化三年（900）迁左补阙。天复元年（901），投奔西蜀王建，任掌书记。唐灭亡后，与诸将拥建称帝，为左散骑常侍，判中书门下事，官至吏部侍郎同平章事。前蜀武成三年（910）八月卒，谥“文靖”。韦庄工诗善词，诗以近体见长，词风清丽，与温庭筠同属花间派，并称“温韦”。著有《浣花集》。

长安春

长安二月多香尘，六街[①]车马声辚辚。
家家楼上如花人，千枝万枝红艳新。
帘间笑语自相问，何人占得长安春？
长安春色本无主，古来尽属红楼女[②]。
如今无奈杏园人[③]，骏马轻车拥将去。

注释

①六街：长安城中从左至右的六条大街。

②红楼女：指富贵人家的女子。

③杏园人：指进士及第者。杏园，在曲江池的西边。

点评

（杜文静）

此诗以红楼女为衬托，写出了新科进士的春风得意。在这首诗中，前八句极写如花之女从来就独占长安春色，可以说作者是不吝笔墨、浓墨重彩。后两句紧接着写轻车骏马的登第进士夺此春去，连千娇百媚、自古独占春色的红楼女都无可奈何了。虽然作者最后才点明主旨，而且仅有短短两句话，但这也正是诗人的高明之处。无论前八句写红楼女如何占尽春色，但只要“无奈杏园人”之语一出，红楼女的风光顿时显得是那么脆弱无力。此诗作者运用了独特的艺术手法写出了登科进士的“春风得意”。

王珠珠 / 绘
《长安春诗意》

长安清明

蚤[1]是伤春梦雨天，可堪芳草更芊芊[2]。
内官初赐清明火[3]，上相闲分白打钱[4]。
紫陌乱嘶红叱拨[5]，绿杨高映画秋千。
游人记得承平[6]事，暗喜风光似昔年。

注释

①蚤：通“早”。

②芊芊：形容草木茂盛的样子。

③内官：指宦官。清明火：古代寒食禁火，清明日内廷取榆柳木赐近臣、戚里，以顺阳气。

④白打钱：指蹴踘得胜所赢的钱。《事物绀珠》：“两人对踢为白打，三人角踢为官场，胜者有采。”

⑤红叱拨：马名，大宛所产汗血马的一种。

⑥承平：太平。

点评

（杜文静）

清明时节，正是梦雨伤春之时，而青青芳草又极芊绵，惹人喜爱，此情此景，让人如何忍得住？长安繁华之地，内官初赐清明之火，上相分白打之钱；紫陌路上，骏马乱叫嘶鸣，绿杨丛里，秋千上下飞舞。这些都是游人嬉戏之乐，此皆旧日升平之事，游人仍然记得，并暗自欢喜，虽盛世不在，今当乱离之世，然自然风光却与盛世无异。

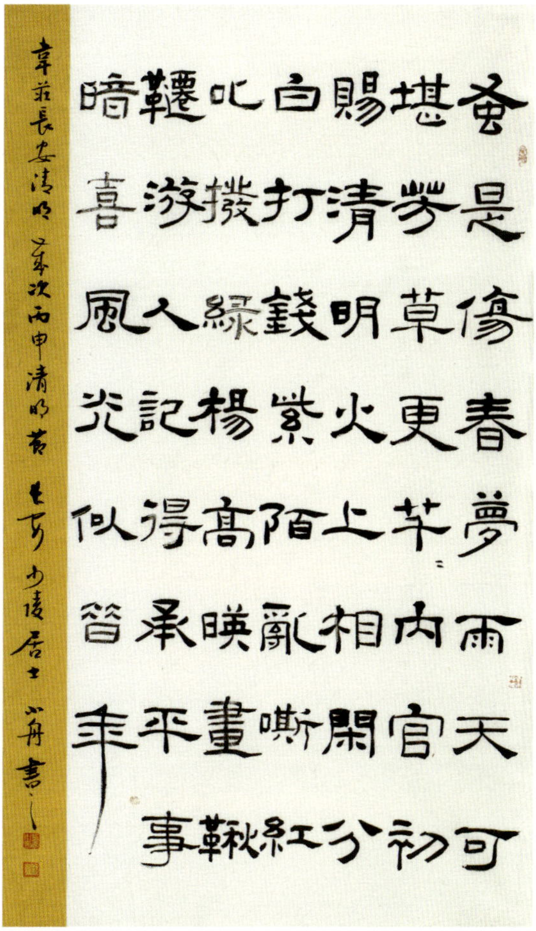

呼延小舟／书
韦庄《长安清明》

司空图

司空图（837—908），字表圣，自号知非子，又号耐辱居士。河中虞乡（今山西运城永济）人。晚唐诗人、诗论家。唐懿宗咸通十年（869）擢进士上第，曾被召为殿中侍御史，天复四年（904），朱全忠召为礼部尚书，司空图佯装老朽不任事，被放还。后梁开平二年（908），唐哀帝被弑，绝食而死，终年72岁。司空图成就主要在诗论，其《二十四诗品》为不朽之作。

牛头寺[1]

终南最佳处，禅诵出青霄。
群木澄幽寂，疏烟泛泬寥[2]。

注释

①牛头寺：在长安南终南山。

②泬（jué）寥：指高朗空旷的天空。

点评

（姚龙雪）

此诗语言简洁质朴，整首诗的韵律与诗中所要表达的禅意高度统一，融为一体。从首句的平白如话中可以看出诗人平静悠然的心境，简单的五个字——“禅诵出青霄”，构造了一幅优美的深山寺庙的图景。一个“出”字让牛头寺的禅诵与山中的青霄联系起来，情与景达到了完美的结合。“澄”字和“泛”字的绝妙选用让这首小巧的诗显得玲珑生动。

罗春波 / 绘
《牛头寺》

郑谷

郑谷（851—910），字守愚，袁州宜春（今江西宜春）人。官至都官郎中，人称“郑都官”。又以《鹧鸪》诗得名，时称“郑鹧鸪”。幼聪颖，自骑竹之年，即有赋咏。及冠，应进士举，游举场凡16年。与薛能、李频唱和。又与张乔、许棠、周繇、温宪等交游，称“咸通十哲”。僖宗广明元年（880），黄巢入长安，谷出奔。光启三年（887）登进士第，复有西蜀荆楚之游。昭宗景福二年（893）释褐授鄠县尉，摄京兆参军，迁右拾遗、右补阙。乾宁四年（897），转都官郎中，寓居云台道舍，自编歌诗3卷，名《云台编》。天复三年（903）左右，归宜春，与诗僧齐己游处唱和，齐己称其为“一字师”。入梁，卒。其诗“清婉明白”，盛传于世。欧阳修称“其诗极有意思，亦多佳句，但其格不高。以其易晓，人家都以教小儿”。其诗多写景咏物之作，表现士大夫的闲情逸致。有《云台编》《宜阳集》。

题兴善寺[①]

寺在帝城阴，清虚胜二林[②]。
藓侵隋画[③]暗，茶助越瓯[④]深。
巢鹤和钟唳，诗僧倚锡[⑤]吟。
烟莎后池水，前迹[⑥]杳难寻。

注释

①兴善寺：初名遵善寺，又曾称大兴善寺，在今西安市城南。

②二林：指庐山东林、西林二寺。

③隋画：兴善寺壁画为隋画家刘乌所画。

④越瓯：越地所产茶杯。

⑤锡：锡杖，禅杖。

⑥前迹：指大历十才子行吟之迹。

点评

（刘丹）

这实际上是首纪游诗。作者先写未入寺前对寺的印象，坐落在长安城南的兴善寺，听人说那里清幽恬淡的气氛简直胜过庐山的东林、西林二寺。接着较为细致地描述了参观寺院的情景，诗歌通过侵墙的苔藓、暗淡的隋画、迷茫的烟雾、荒芜的后池等一幅幅画面，以及寺院的钟声、诗僧的低吟、白鹤与莎鸡的鸣叫等种种声音，生动而充分地表现了寺院的冷寂、衰残，从中流露出他的几多感慨。

蔡学海 / 绘
《题兴善寺》

皮日休

皮日休（约838—约883），字袭美，一字逸少，复州竟陵（今湖北天门）人。曾居住在鹿门山，自号鹿门子，又号间气布衣、醉吟先生、醉士等。与陆龟蒙齐名，世称“皮陆”。咸通八年（867）进士及第，在唐时历任苏州军事判官、著作佐郎、太常博士、毗陵副使。后参加黄巢起义，或言“陷巢贼中”，任翰林学士，起义失败后不知所踪。诗文兼有奇朴二态，且多为同情民间疾苦之作。被鲁迅赞誉为唐末“一塌糊涂的泥塘里的光彩和锋芒”。《新唐书·艺文志》录有《皮日休集》《皮子》《皮氏鹿门家钞》多部。

登第后寒食杏园有宴因寄录事宋垂文同年[1]

雨洗清明万象鲜，满城车马簇红筵。
恩荣虽得陪高会[2]，科禁惟忧犯列仙[3]。

注释

①登第：登科。杏园：园名，故址在今陕西省西安市南郊大雁塔南，唐代新科进士赐宴之地；后泛指新科进士宴游处。录事：官名。垂文：指留下文章。同年：古时称科举制度同榜的人为同年。

②恩荣：谓受皇帝恩宠的荣耀。高会：盛大宴会，泛指大规模的聚会。

③科禁：戒律，禁令，指宴会上的礼仪、禁令等；此处指唐代关于寒食节不得举火的禁令。列仙：指参加宴会的进士，古代将科举及第称之为登仙。

当醉不知开火[4]日，正贫那似看花[5]年。
纵来恐被青娥[6]笑，未纳春风一宴钱。

注释

④开火：寒食节禁火三日，节后开火。

⑤看花：唐时进士及第者有在长安看花的风俗。

⑥青娥：指美丽的少女，此处指歌伎。

点评

（姚龙雪）

春雨初霁，杏园一片欣欣向荣，往日车水马龙的繁华景象再现。在这番盛年美景面前，即便科举及第得以参加杏园宴会，诗人却不敢随心所欲，唯恐一不小心触犯了寒食禁火的律令。值此杏园看花之际，如果醉得不省人事，不知开火日为何日，恐怕会为青楼女子所不齿。由于寒食节的缘故，游园盛会亦不得尽兴，委婉地表达了对寒食节禁火的不悦。

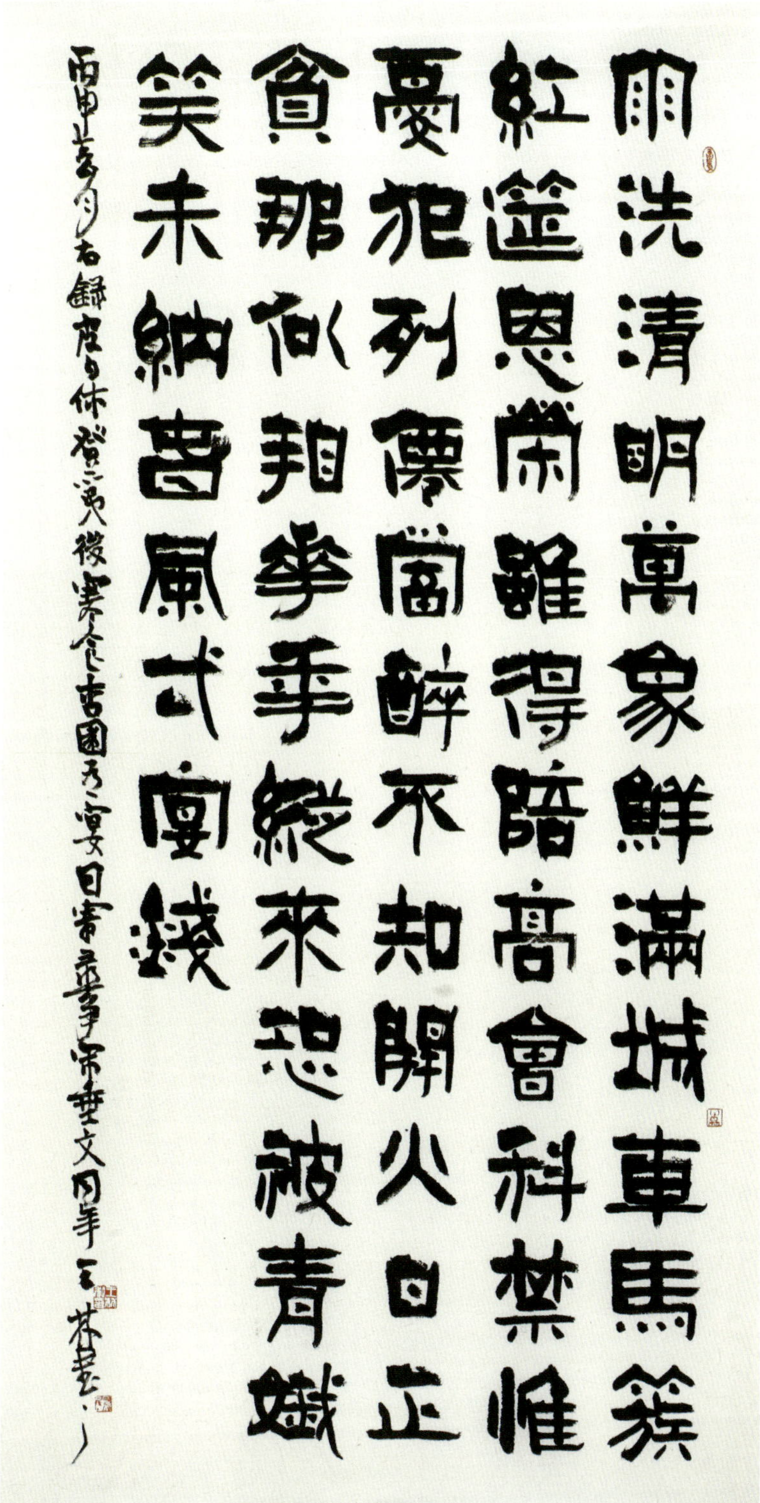

王林／书

皮日休《登第后寒食杏园有宴因寄录事宋垂文同年》

徐寅

徐寅（860—929），寅一作夤，字昭梦，莆田（今属福建）人。唐昭宗乾宁元年（894）登进士第，授秘书省正字。后客游汴梁朱全忠幕府二年，归闽，王审知辟为掌书记。因王审知礼待简略，遂拂衣而去，归隐延寿溪别墅，在延寿溪赋闲垂钓。现在溪上有片石微露之处，称为“钓矶”，据说是他的遗迹。徐寅在晚唐诗名甚重，以七律见长。寅工诗能文，著述甚多，有《探龙集》《钓矶集》，均佚。元时裔孙徐子元辑成《钓矶文集》10卷行世。现存《钓矶文集》10卷、《徐正字诗赋》2卷、《雅道机要》1卷。今《全唐诗》编诗4卷。

放榜日[1]

喧喧车马欲朝天，人探东堂榜已悬。
万里便随金鸑鷟[2]，三台仍借玉连钱[3]。
花浮酒影彤霞烂，日照衫光瑞色鲜。
十二街[4]前楼阁上，卷帘谁不看神仙[5]？

注释

①此诗作于乾宁元年（894）二月进士试放榜日，作者及第。

②鸑鷟（yuè zhuó）：凤凰的别称，此处指代皇亲贵族。

③三台：指位列三公的人。《晋书·天文志》记载："在人曰三公，在天曰三台。"玉连钱：马名，这里代指宝马。

④十二街：指长安城的十二条大街。

⑤神仙：指新科进士。唐人以成仙喻登科，故云。

点评

（杜文静）

作者作此诗时，科考及第，金榜题名。此诗正是作者及第后喜悦得意心情的记录。首联写出了放榜时的热闹景象。车马喧喧，此时正是文武百官上朝的时刻，也是应考举子打探放榜消息的时间，更有争相观看新中进士的人们，因此热闹非凡、人声鼎沸。颔联紧承上联，写人们不顾路途遥远，或骑马、或乘车，纷纷来看新中进士的榜单。颈联写新中进士们欢快畅饮。由于此时心情是愉悦的，所以在他们眼中，花影灿烂，日含瑞色，他们此刻是最春风得意之人。尾联写长安城中，几乎人人都要卷起帘子来看看这些神仙般的新科进士们。全诗语言流畅，行文自然，是作者真实感情的自然流露。

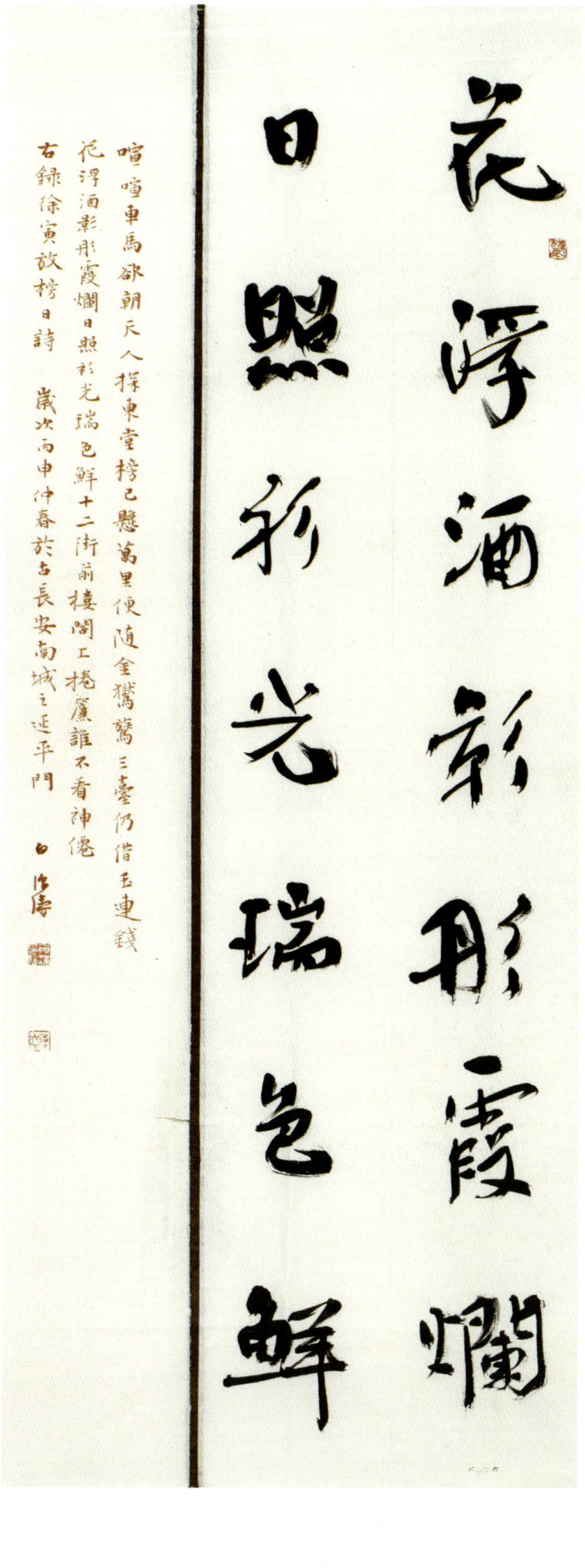
花浮酒影彤霞爛
日照衫光瑞色鮮
喧喧車馬欲朝天人探東堂榜已懸萬里便隨金鸑鷟三臺仍借玉連錢
花浮酒影彤霞爛日照衫光瑞色鮮十二街前樓閣上捲簾誰不看神仙
右錄徐寅放榜日詩
歲次丙申仲春於古長安南城之延平門
白浪濤

白浪涛／书
徐寅《放榜日》

刘沧

刘沧（约867年前后在世），字蕴灵，汶阳（今属山东泰安）人。生卒年均不详，比杜牧、许浑年辈略晚，约咸通（860—874）前后在世。体貌魁梧，尚气节，善饮酒，好谈古今，令人终日倾听不倦。唐宣宗大中八年（854），刘沧与李频同榜登进士第。调华原尉，迁龙门令。刘沧著有诗集一卷传于世。据《唐才子传》，刘沧屡举进士不第，得第时已白发苍苍。

看榜日

禁漏初停兰省开①，列仙名目上清来②。
飞鸣晓日莺声远，变化春风鹤影回。
广陌万人生喜色，曲江千树发寒梅。
青云已是酬恩处，莫惜芳时醉酒杯。

注释

①漏：又称宫漏，古代宫中的计时器。兰省：尚书省之别称，唐代科举考试事归尚书省礼部掌管。

②列仙：唐人以成仙喻登科，此处借喻登第的进士。上清：道家认为除人、天两届外，尚有三清境，上清即一，神仙所居；此喻指皇宫。

点评

（金晓）

这首诗写科举考试公布考试成绩那一天的情形。放榜时间到了（禁漏初停），尚书礼部准时打开大门，将及第上榜之人的名单（列仙名目）张贴出来，于是就到有人欢喜有人愁的时候，不管结果怎样，最后都是以“醉酒杯”来对自己的学子生涯做一个回答。“万人生喜色”与“千树发寒梅”衬托出诗人晚年及第的喜悦之情。

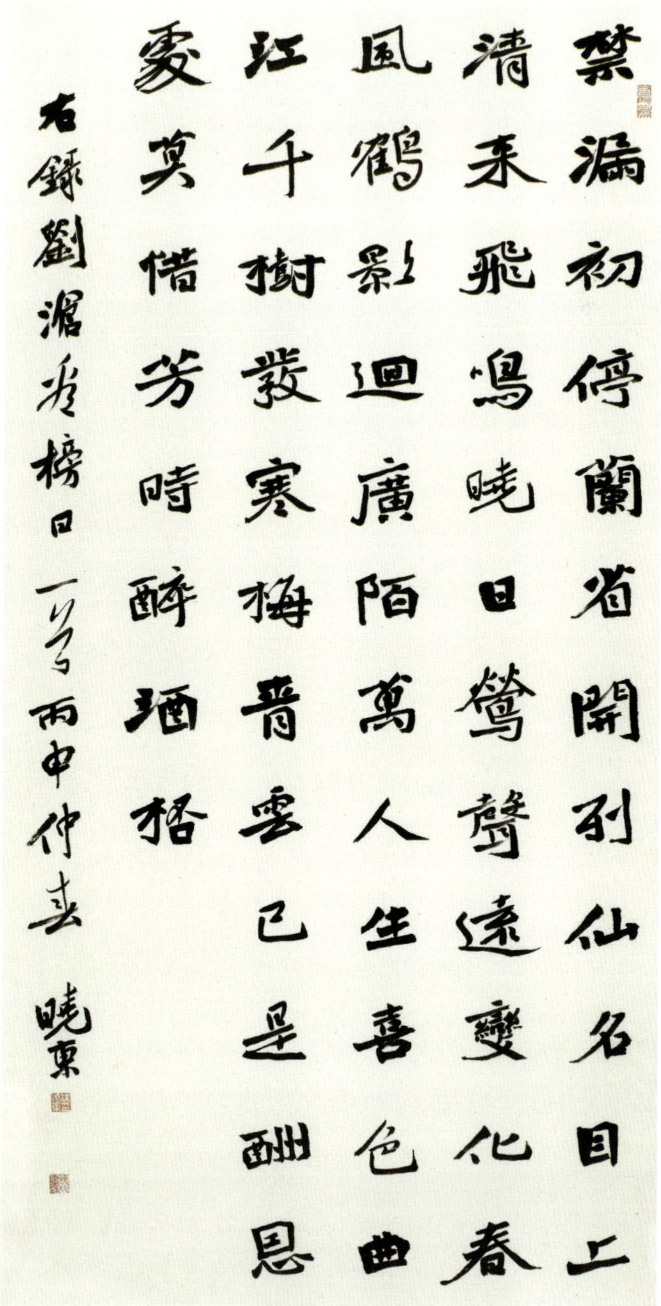
禁漏初停蘭省開列仙名目上
清來飛鳴曉日鶯聲遠變化春
風鶴影迴廣陌萬人生喜色曲
江千樹發寒梅青雲已是酬恩
處莫惜芳時醉酒桮
右錄劉滄看榜日
一六年丙申仲春
曉東

徐晓东／书
刘沧《看榜日》

郑愔

郑愔（？—710），唐诗人。字文靖，河北沧县（属沧州）人。十七岁举进士。武后时，张易之兄弟荐为殿中侍御史，张易之下台后，被贬为宣州司户。唐中宗时，任中书舍人，太常少卿，与崔日用、冉祖雍等佞附武三思，人称“崔、冉、郑，辞书时政”。唐初流行《桑条歌》，其词有“桑条韦也”之句；韦后妄图篡位，以《桑条歌》为其“受命”佐证。愔迎合韦后之意，作《桑条乐词》十首进献，擢升吏部侍郎。景龙三年（709）二月，升任宰相；六月，因贪赃贬为江州司马。翌年勾结谯王李重福阴谋叛乱，预推重福为天子，愔自任右丞相，不久败亡。

奉和幸大荐福寺

旧邸三乘[1]辟，佳辰万骑留。
兰图奉叶偈，芝盖拂花楼。
国会人王法，宫还天帝游。
紫云成宝界[2]，白水作禅流。
雁塔昌基远，鹦林睿藻抽[3]。
欣承大风曲[4]，窃预小童讴。

注释

①三乘：即声闻乘、缘觉乘、菩萨乘，为佛教用语，即运载众生渡越生死到涅槃彼岸之三种法门。

②紫云：紫色云彩，古为祥瑞之兆。宝界：佛教语，即净土世界。

③鹦林：鹦鹉聚集的树林，此指禅林坐落之处。睿藻：指皇帝或后妃所作的诗文。

④大风曲：即《大风歌》。

点评

（朱琳）

本诗是一首奉和应制诗。诗歌首句对仗工整，“旧邸”与“佳辰”，“三乘辟”与“万骑留”，“三乘”引出曾经的故宅如今成为佛法圣地，“万骑留”写出参加佛会时的盛大场面。接着诗人对寺院的景物进行了描写，楼阁高耸，尽显威严气象，白云流水，一片空幽景象。最后两句写梵音悠扬，显示出佛教的兴盛，以及众人对佛法的虔诚。

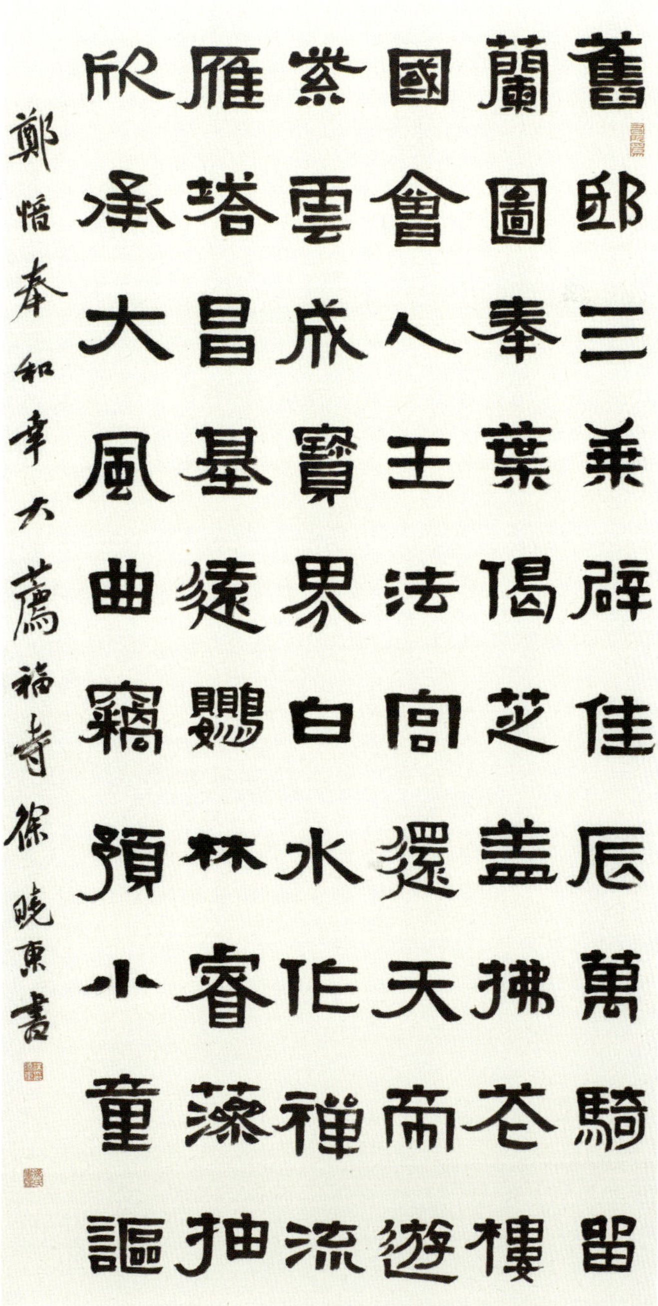

徐晓东／书
郑愔《奉和幸大荐福寺》

陆畅

陆畅，生卒年不详。字达夫，湖州（今属浙江）人。早年受知于西川节度使韦皋，因献《蜀道易》诗以美之。宪宗元和元年（806）登进士第，官太子率府参军，迁殿中侍御史。穆宗长庆元年（821）自秘书丞出为江西观察使王仲舒判官。文宗大和九年（835）迁凤翔行军司马。其诗多写景咏物，诗风冲淡平易。

长安新晴

九重[①]深浅人不知，金殿玉楼[②]倚朝日。
一夜城中新雨晴，御沟流得宫花出[③]。

注释

①九重：《九辩》有“君门九重”之语，形容天子居处，深不可及。后因用“九重门”代指皇宫。

②金殿玉楼：指宫中殿堂、楼阁。

③御沟：流经宫中的水沟。宫花：宫内园中的落花。

点评

（杜少静）

此诗写长安雨后的景象。皇帝居住的宫殿，其深浅外面的人们是不得而知的，宫中的殿台、楼阁仿佛每天都矗立在朝阳中。长安城中，下了一整夜的雨早晨终于停止，流经皇宫的水沟带出了宫内园中的落花。对于皇宫外的普通人来说，皇宫内部是一个完全神秘而不可知也不可接触的世界，人们只能在一场雨后，才可以看到御沟水带出的宫内落花。

王犇／绘
《长安新晴》

崔护

崔护，生卒年不详。字殷功，清河东武城（今山东武城西北）人。德宗贞元十二年（796）进士及第。宪宗元和元年（806）四月与元稹、白居易等同登才识兼茂明于体用科，试后例应授官但失载。文宗大和三年（829）为京兆尹，同年七月为御史大夫、岭南节度使。诸书皆谓崔护卒于岭南节度使任，考崔护岭南之后任为李谅，李谅赴岭南任在大和五年（831）二月，则崔护卒年或即在大和四、五年之际。曾封武城县子。《全唐诗》存诗6首（其中3首尚有争议）。

题都城南庄[1]

去年今日此门中，人面桃花相映红。
人面不知何处去，桃花依旧笑春风。

注释

①都城：指当时的京都长安。南庄：即长安城城南的村庄。

点评

（刘丹）

这是一首具有故事情节的抒情诗。前后分两部分，各写了一个不同的场面。前两句写的是郊游巧遇，“人面桃花”光彩照人、脉脉含情、欲语还休，场景十分动人。后两句写的是重访不遇，春色如故，“桃花依旧”，重门深锁，“人面”消失，景象引人惆怅。诗人通过“去年”与“今日”同时同地同景但故人已不在的对比手法，表达了物是人非的惆怅之感。本诗糅合了诗人的人生体验，传递出偶遇的美好事物错过了便不可失而复得的感悟。

倪超 / 绘

《人面桃花相映红》

许玫

许玫，生卒年不详。盐官（今浙江海宁西南）人。文宗大和元年（827）登进士第，曾为桂管观察使幕府从事。与张祜友善，赴桂州时，祜有诗赠之。

题雁塔

宝轮金地压人寰①，独坐苍冥启玉关②。
北岭风烟开魏阙③，南轩气象镇商山④。
灞陵⑤车马垂杨里⑤，京国城池落照间。
暂放尘心游物外，六街⑥钟鼓又催还。

注释

①宝轮：指塔上的相轮。金地：指佛寺。

②苍冥：苍天，指佛塔的最高层。玉关：仙人居住的门关，指佛塔最高层的门窗。

③魏阙：宫门上巍然高出的观楼，因常被用来悬挂法令，指代朝廷。

④商山：在今陕西商洛市商州区东。

⑤灞陵：即霸陵，汉文帝的陵寝。位于今西安市东灞河南岸，白鹿原北麓。

⑥六街：唐长安城左右的六条大街。

点评

（高寒）

此诗描写了大雁塔及其周围景物。首联连用“压”“坐”“启”这三个动词表现出大雁塔的宏伟气势，中间两联从正面描写京城及周围之胜景，尾联诗人赞叹虽想游心物外，却仍被长安城中的钟鼓声所吸引，又从侧面衬托出长安城之繁华。整首诗流露出诗人对长安的喜爱和赞美之情。

刘忠 / 绘
《大雁塔》

咏西安诗词名篇精选

YONG XI'AN
SHICI MINGPIAN JINGXUAN

下册

《咏西安》丛书编委会 编著

西安出版社
西安曲江出版传媒股份有限公司

图书在版编目（CIP）数据

咏西安诗词名篇精选 ：全 2 册 / 《咏西安》编委会编著. -- 西安 : 西安出版社， 2016.4（2017.6 重印）
ISBN 978-7-5541-1440-7

Ⅰ. ①咏… Ⅱ. ①咏… Ⅲ. ①古典诗歌－诗集－中国 Ⅳ. ① I222

中国版本图书馆 CIP 数据核字（2016）第 080395 号

咏西安诗词名篇精选（全 2 册）

编　　著：《咏西安》丛书编委会
策　　划：屈炳耀 史鹏钊
责任编辑：张增兰 范婷婷 王玉民
责任校对：陈　辉 张忝甜
装帧设计：辛梦东
印制统筹：宋丽娟
出　　版：西安出版社
（西安市长安北路 56 号）
电　　话：(029)85253740
邮政编码：710061
网　　址：www.xacbs.com
发　　行：西安曲江出版传媒股份有限公司
（西安曲江新区雁南五路 1868 号影视演艺大厦 14 层 11401、11402 室）
印　　刷：陕西龙山海天艺术印务有限公司
开　　本：787mm×1092mm　1/16
印　　张：38.5
字　　数：200 千
版　　次：2016 年 6 月第 1 版
印　　次：2017 年 6 月第 2 次印刷
书　　号：ISBN 978-7-5541-1440-7
定　　价：128.00 元（全 2 册）

《咏西安诗词名篇精选》编委会

主　编：王作权

副主编：党怀兴　李继凯　李伯钧

编　委：高益荣　李孝仓　刘银昌

王　犇　王　欣　刘　勇

目录

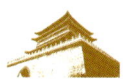

咏西安

诗词名篇精选

YONG XI'AN
SHICI MINGPIAN JINGXUAN

下册

王禹偁

王禹偁（chēng）（954—1001），字元之，济州钜野（今山东巨野）人。北宋诗人、散文家。太平兴国八年（983）进士，历任右拾遗、左司谏、知制诰、翰林学士。敢于直言讽谏，因此屡受贬谪。宋真宗即位，召还，复知制诰。后贬至黄州，故世称“王黄州”，后迁蕲州病卒。王禹偁为北宋诗文革新运动的先驱，文尚韩愈、柳宗元，诗崇杜甫、白居易，多反映社会现实，风格清新平易。有《小畜集》《小畜外集》。

题楼观台

罢归关令[①]存遗宅，羽驾真人有故丘[②]。
水石自含仙气爽，烟云常许世人游。
悠悠天道[③]推终始，扰扰尘缨[④]滞去留。
君看一官容易舍，老来栖止占山陬[⑤]。

注释

①关令：古代司关的官员。后人诗文中也专指关令尹喜。相传周康王时，函谷关令尹喜在终南山中结草为楼，以观天象，称为草楼观，后遇老子得道成仙。

②羽驾真人：道家称存养本性或修真得道的人，亦泛称“成仙”之人；这里指老子。故丘：指老子墓，故址今在西楼观山峰。

③悠悠天道：深远的天道、天理。

④扰扰尘缨：比喻纷乱的俗尘之事。

⑤山陬（zōu）：山角落。这里指偏僻处。

点评

（张艳）

诗人一生拥有积极入世的政治抱负，此首诗歌富有仙气，“关令”、“羽驾真人”以及颔联中的“水石自含仙气爽”、“烟云”都与道家紧密相连。“天道推终始”，可以看出诗人的仙道之说，认为天理支配着人类的命运与意志，但是面对纷乱的现实世界，诗人又不得不承认，尘世如同枷锁一般束缚着他的言行，不可任意来去。但是感官一转，面对着悠然自得的幽境，诗人又希望能占用这灵山一角来终老此生。

范朋杰／绘
《题楼观台》

魏野

魏野（960—1019），字仲先，号草堂居士。北宋诗人。原籍蜀，后迁居陕州（今河南陕县），终生未仕。其诗效法姚合、贾岛，苦力求工，诗风清淡朴实。天禧三年（1019）卒，赠秘书省著作郎。有《草堂集》《钜鹿东观集》等。

长乐[1]亭

长安长乐古为坡，新创离亭[2]景致多。
从此祖筵[3]休别唱，记中自有断肠歌。

注释

①长乐：即长乐宫。西汉高帝（前 206—前 195）时，依秦兴乐宫改建而成，为西汉主要宫殿之一，在汉长安城东南隅（今陕西西安北未央区丰景路附近）。汉惠帝后，为太后居地。

②离亭：古代建于离城稍远的道旁供人歇息的亭子。古人往往于此送别。

③祖筵：送行的酒席。

点评

（张艳）

古时长安长乐与今日离亭形成鲜明对比，反差强烈，渲染出离别之感。“从此祖筵休别唱，记中自有断肠歌”，看似平和之态，但是掩饰不住内心凄惨悲戚的伤感，“断肠”一词已达极致，表达了诗人在送别朋友之际的依依不舍之情。

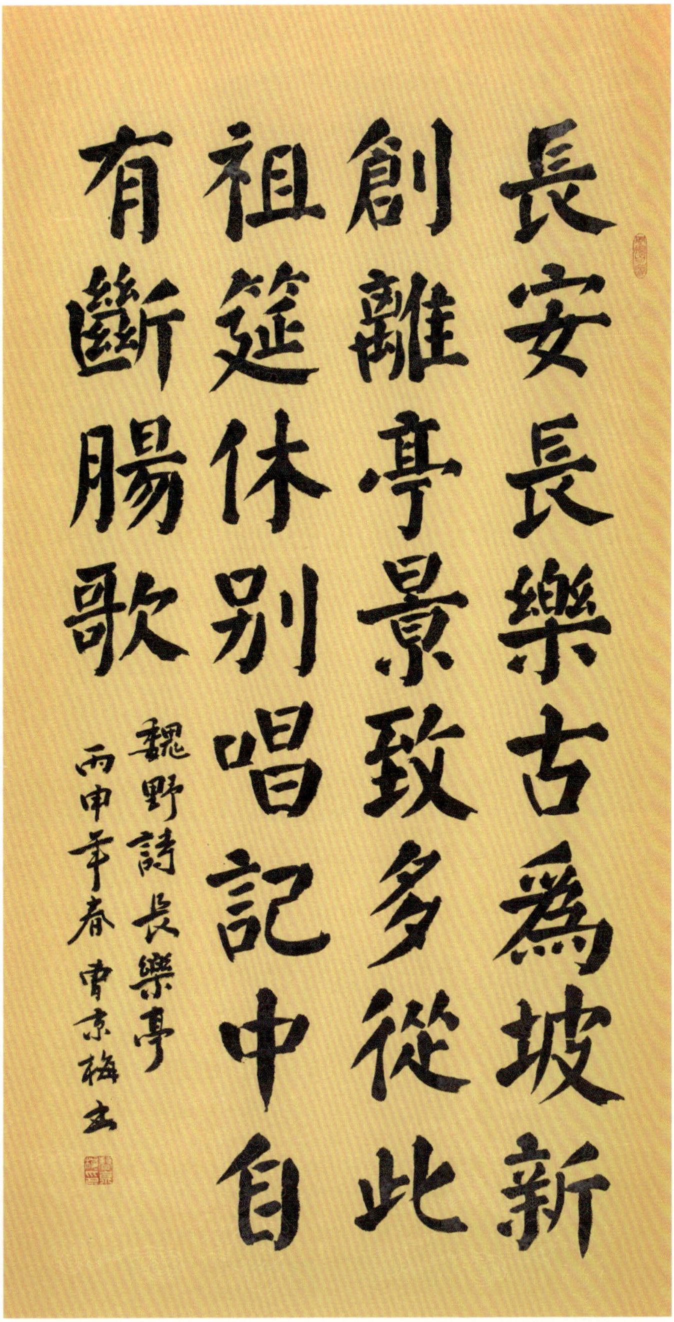

曹京梅／书
魏野《长乐亭》

寇准

寇准（961—1023），字平仲。华州下邽（今陕西渭南）人。北宋政治家、诗人。太平兴国五年（980）进士，授大理评事、除巴东令，改大名府成安县。累迁殿中丞、通判郓州。召试学士院，授右正言、直史馆，为三司度支推官，转盐铁判官。历同知枢密院事、参知政事。后两度入相，一任枢密使，出为使相。乾兴元年（1022）数被贬谪，终雷州司户参军。天圣元年（1023）九月，病逝于雷州。皇祐四年（1052），宋仁宗诏谥“忠愍”，复爵“莱国公”，追赠中书令，后人多称“寇忠愍”“寇莱公”。有《寇忠愍诗集》3卷传世。

长安春日

淡淡秦云薄似罗①，灞桥杨柳拂烟波②。
夕阳楼上山重叠，未抵愁春一倍多。

注释

①罗：丝织物的一种，质地轻薄轻盈。

②烟波：指烟雾苍茫的水面。

点评

（张艳）

淡淡秦云、微微烟波，意境淡远，灞桥杨柳给人以依依惜别之感，前两句奠定了全诗的感伤基调。夕阳西下，映照起重重叠叠的山峦，可山峰纵是再高、再多，也抵不过诗人内心的伤感。淡淡云雾与诗人浓郁的愁春、伤春之感形成对比，愈发衬托出诗人的万千愁绪。

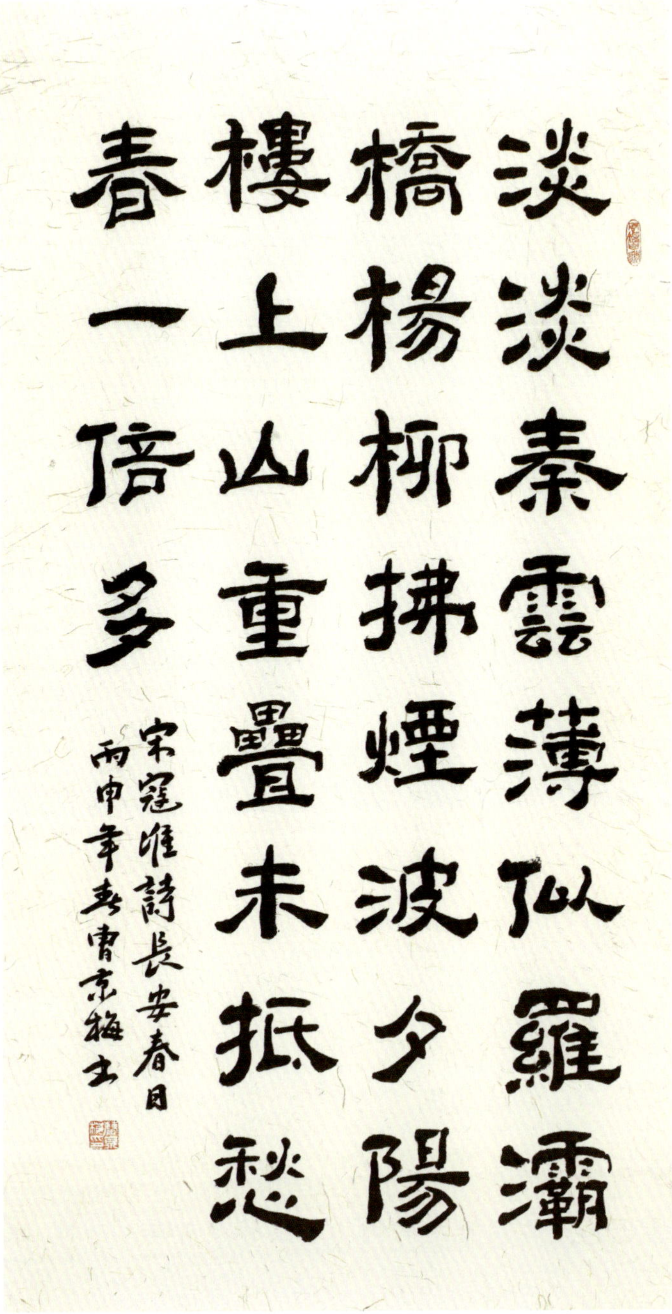
淡淡秦雲薄似羅灞
橋楊柳拂煙波夕陽
樓上山重疊未抵愁
春一倍多
宋寇準詩長安春日
丙申年春曹京梅书

曹京梅／书
寇准《长安春日》

长安春望感怀

灞岸[1]春波远，秦川暮雨[2]微。
凭高正愁绝[3]，烟树更斜晖[4]。

注释

①灞岸：灞水之岸。

②暮雨：傍晚的雨。

③凭高：登临高处。愁绝：极端忧愁。

④烟树：云烟缭绕的树木、丛林。斜晖：一作“斜辉”；指傍晚西斜的阳光。

点评

（张艳）

作者歌咏了灞水岸边的景物风光，“春波远”“暮雨微”，这些景色均含有感伤的愁思。作者心中的这份感情就像那岸边的烟雨一样绵绵不断。而“凭高正愁绝”正式将愁情展示出来，何种程度又能与一个“绝”字相比呢？“烟树”“斜晖”，这日暮之景物便衬托出了作者心中的愁伤之情。

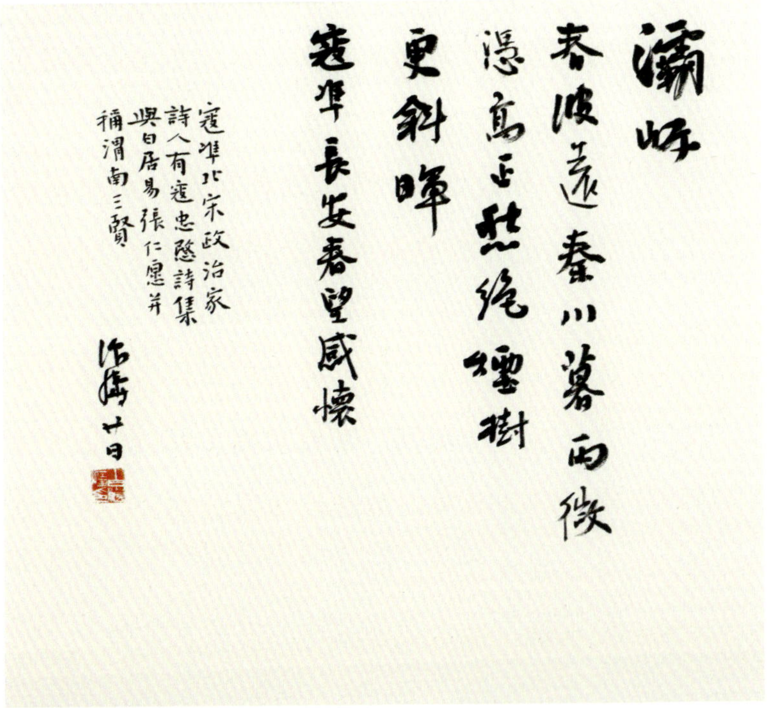

白浪涛 / 书
寇准《长安春望感怀》

柳永

柳永（约984—1053），原名三变，字景庄，后改名柳永，字耆卿，因排行第七，又称柳七。福建崇安人。北宋第一位专力写词的作家，婉约派代表人物。其词多描写市井风光和歌伎的愁苦生活，以俚语入词，使词向通俗化、口语化方向发展。咸平五年（1002），柳永离开家乡，流寓杭州、苏州，沉醉于听歌买笑的浪漫生活之中。大中祥符元年（1008），柳永进京参加科举，屡试不中，遂一心填词。景祐元年（1034），柳永暮年进士及第。历任睦州团练推官、余杭县令、晓峰盐碱、泗州判官等职，以屯田员外郎致仕，故世称柳屯田。有《乐章集》。

少年游

长安古道马迟迟①，高柳乱蝉楼②。
夕阳岛③外，秋风原上④，目断四天垂⑤。
归云一去无踪迹⑥，何处是前期⑦？
狎兴⑧生疏，酒徒萧索⑨，不似少年时⑩。

注释

①迟迟：行走缓慢的样子。

②乱蝉楼：一作“乱蝉嘶”。

③岛：指河流中的洲岛。

④原上：这里指乐游原上。乐游原秦时为宜春苑，汉宣帝时改建乐游苑。唐代称曲江，为长安士女游赏胜地。故址在今西安市东南。

⑤目断：极目望到尽头。四天垂：指四周夜幕降临。

⑥“归云”句：此句一作“归去一云无踪迹”。归云：飘逝的云彩；比喻往事不可复返。

⑦前期：先前的期约。

⑧狎兴：游乐的兴致。狎：亲昵而轻佻。

⑨酒徒：酒友。萧索：零散，寂寞。

⑩少年时：一作“去年时”。

点评

（刘睿婕）

这首词是柳永晚年来到长安，看到昔日的古都如今盛景不再，想到了过往诸事，无限感慨。上片主要是写景，展现古朴雄浑之意，还透露着一丝惆怅与悲壮，恰与关中的气质相吻合。马行迟缓，秋蝉嘶鸣，都渲染了一种凄凉的氛围。“夕阳”“秋风”“目断”都表达了

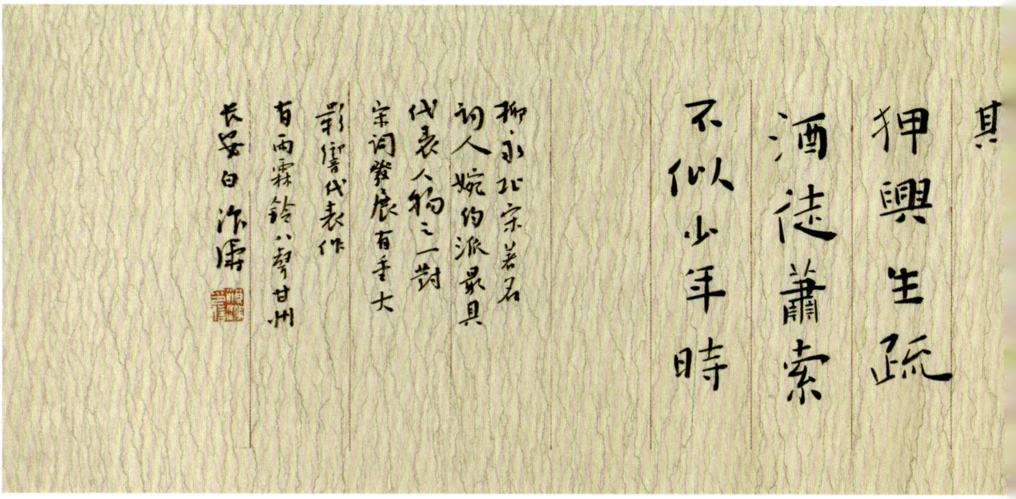

白浪涛 / 书
柳永《少年游》

词人的低落心境。下片是词人对自己年少时光的怀念与叹息，过去的日子一去不复返。如今的老大迟暮早已不能和昔日的年少轻狂相提并论，只剩下了对眼前的伤感和对过往的感慨。该词采用白描手法，语言朴素，寓情于景，是一首艺术成就很高的佳作。

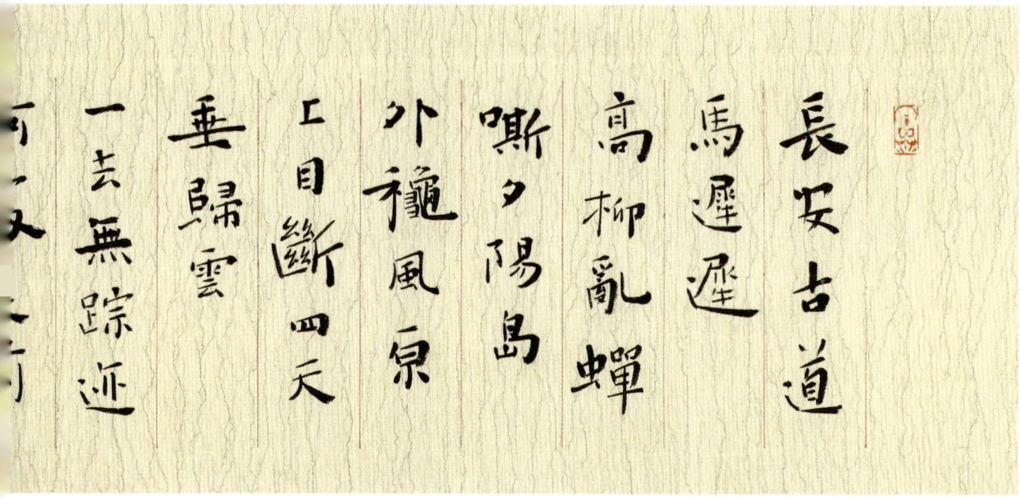

欧阳修

欧阳修（1007—1072），字永叔，号醉翁，晚号六一居士。吉州永丰（今属江西吉安）人，因吉州原属庐陵郡，以“庐陵欧阳修”自称。北宋政治家、文学家。天圣八年（1030）进士。历官擢知制诰、翰林学士、枢密副使、参知政事、兵部尚书、太子少师等。卒后赠太子太师、楚国公，谥号“文忠”，世称“欧阳文忠公”。在文学上，与韩愈、柳宗元和苏轼合称“千古文章四大家”，又与韩愈、柳宗元、苏轼、苏洵、苏辙、王安石、曾巩合称“唐宋八大家”。有《六一居士集》。

蓝田

归轩[1]才入蓝田关，逢人先问蓝田山。
右丞[2]旧墅已陈迹，荒途虎迹稀人烟。
古城尚照古时月，但有辋口无沦涟[3]。
宫槐文杏总芜没[4]，畴复知有开元年。
浮方变灭一转眼，古今同尽谁愚贤。
驻颜餐玉亦虚诞[5]，祇今何处求琼田[6]。

注释

①轩：古代一种有围棚或帷幕的车。

②右丞：诗人王维，因其官至尚书右丞，故有此称。

③辋口：地名，唐代诗人王维蓝田别业所在地。沦涟：水波，微波。

④宫槐文杏：指王维辋川别业宫槐陌和文杏馆两处景点。芜没：掩没于荒草间，湮灭。

⑤驻颜：使容颜不衰老。餐玉：服食玉屑；古代传说仙家以此延寿。

⑥祇今：如今。琼田：传说中能生灵草的田地。

点评

（刘睿婕）

这是一首借景怀古的诗歌，诗人由南方归来，车行至蓝田，面对眼前的美好山水，自然而然想起了当年在辋川隐居的著名诗人王维。诗中颔联写王维故居如今已是人迹罕至的苍凉之境，当年所居之屋也成为了旧迹。而后诗人联想到了蓝田之地以外依旧风光如故，唯有王维故居的宫槐陌和文杏馆两处盛景却无人知晓，日渐湮没。此情此景已经无法与昔日王维的辉煌相提并论，诗人难免心生感慨，感叹世事无常、浮生变幻。

温中良 / 绘
《蓝田》

程颢

程颢（1032—1085），字伯淳，世称“明道先生”，诗人，曾任户县主簿。嘉祐年间进士，神宗朝任太子中允监察御史里行。反对王安石新政。学术上，程颢提出“天者，理也”和“只心便是天，尽之便知性”的命题，承认“天地万物之理，无独必有对”。元祐元年（1086），宋哲宗即位，召其为宗正丞，未行而卒。程颢曾和其弟程颐学于周敦颐，同为北宋理学的奠基者，世称“二程”。其学说在理学发展史上占有重要地位，后来为朱熹所继承和发展，世称“程朱学派”。其所亲撰有《定性书》《识仁篇》等，后人集其言论所编的著述书籍《遗书》《文集》等，皆收入《二程全书》。

游紫阁山[1]

仙掌[2]远相招，萦纡[3]渡石桥。
暝云生涧底，寒雨下山腰。
树色千层乱，天形一罅[4]遥。
吏纷难久驻，回首羡渔樵。

注释

①紫阁山：原名紫盖山，古时为终南名山之首。

②仙掌：华山仙人掌峰的省称。

③萦纡：盘旋环绕。

④罅（xià）：缝隙，裂缝。

点评

（李菲菲）

首句写紫阁山的地理位置，它与华山的仙人掌峰遥遥相对。三四句写只有非常高耸的山势，才会出现白云浮于山涧、山腰降雨的奇景。“羡渔樵”表达诗人对隐逸生活的向往。前三联写景，后一联点明主旨，表明了诗人即便是身在官场，也不忘享受归隐山林的仙家道趣。

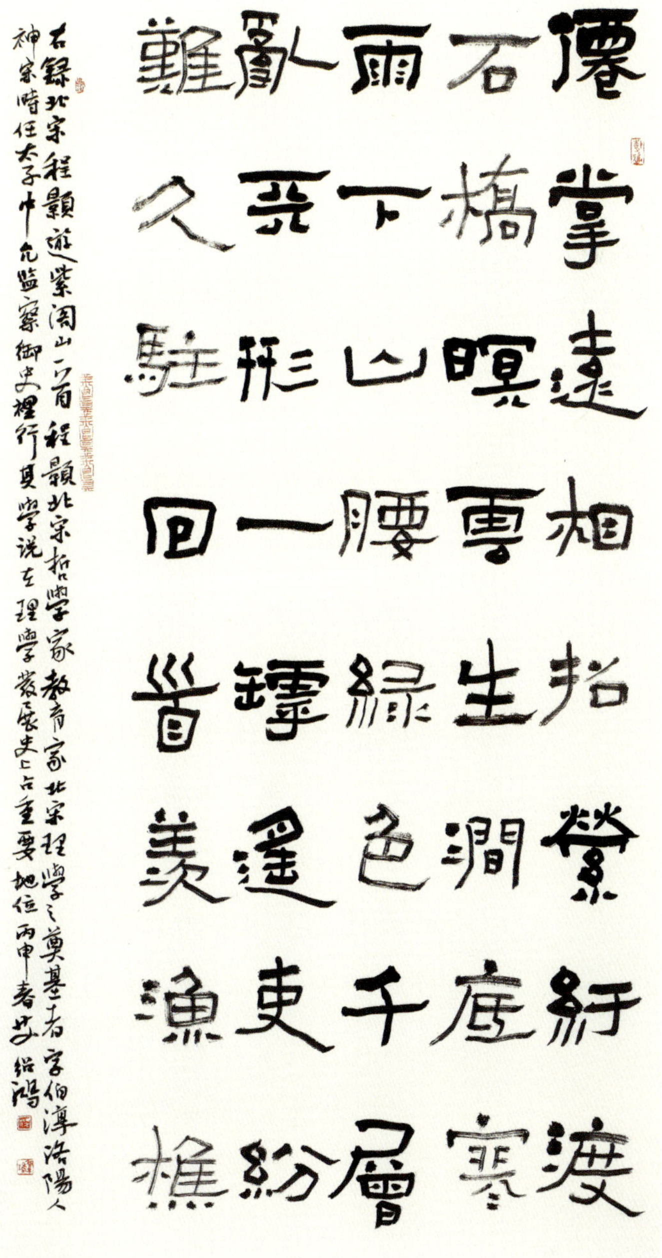

艾绍鸿／书
程颢《游紫阁山》

苏轼

苏轼（1037—1101），字子瞻，又字和仲，号东坡居士，自号道人，世称“苏仙”。卒后赠太师，谥号“文忠”。北宋眉州眉山（今属四川）人。宋代文学家。宋仁宗嘉祐二年（1057）进士。授中书舍人、翰林学士。后历任端明殿学士、礼部尚书。一生仕途屡遭贬谪。在文学上，诗、文、词、书、画兼能。其文的创作，居“唐宋八大家”之列。其诗题材广阔，清新豪健，善用夸张比喻，独具风格，与黄庭坚并称“苏黄”。其词开豪放一派，与辛弃疾同是豪放派代表，并称“苏辛”。有《东坡七集》《东坡易传》《东坡乐府》等传世。

留题仙游潭中兴寺[1]

寺东有玉女洞，洞南有马融[2]读书石室，过潭而南，山石益奇，潭上有桥，畏其险，不敢渡。

注释

①仙游潭：潭名，在今陕西省西安市周至县南中兴寺及仙游寺之间，又名黑水潭、五龙潭。中兴寺：即仙游北寺。

②马融：字季长，扶风茂陵（今陕西兴平东北）人。东汉名将马援的从孙，尤长于古文经学。他设帐授徒，门人常有千人之多，卢植、郑玄都是其门徒。

③阴阴：幽暗貌，形容树木茂盛。

清潭百尺皎无泥，山木阴阴[3]谷鸟啼。
蜀客曾游明月峡[4]，秦人今在武陵溪[5]。
独攀书室窥岩窦[6]，还访仙姝款石闺[7]。
犹有爱山心未至，不将双脚踏飞梯[8]。

注释

④明月峡：峡谷名，在四川广元西陵峡东段。

⑤武陵溪：一作“武陵源”。语出晋陶潜《桃花源记》，后多以“武陵源”借指避世隐居的地方。

⑥岩窦：即岩穴。

⑦仙姝：仙女；亦常指美貌的女子。石闺：谓仙女居住的岩洞。

⑧飞梯：指渡潭桥。

点评

（李菲菲）

这是一首题赞诗，也是一首述游诗。诗的首联即写仙游寺奇特的地理环境，“清潭”“皎无泥”“谷鸟啼”，给人以世外桃源之感。颔联诗人通过用典，写自己也如陶潜笔下的武陵人，进入了与世隔绝的世外桃源之中，含蓄地透露了自己的人生态度。随着游历的深入，诗人造访了东汉马融读书的石室以及玉女洞，最后两句以尚有佳景未达，只得败兴而归结束。诗的用典自然贴切，绘景别有韵味，展现了诗人纵情山水的闲情逸致。

孙宏涛 / 绘
《游中兴寺》

苏辙

苏辙（1039—1112），字子由，眉州眉山（今属四川）人。嘉祐二年（1057）与其兄苏轼同登进士科。神宗朝，为制置三司条例司属官。因反对王安石变法，出为河南推官。哲宗时，召为秘书省校书郎。元祐元年（1086）为右司谏，历官御史中丞、尚书右丞、门下侍郎。因事忤哲宗及元丰诸臣，出知汝州、再谪雷州安置，移循州。徽宗立，徙永州、岳州，复太中大夫，又降居许州，致仕。自号“颍滨遗老”。卒后谥“文定”。唐宋八大家之一，与父洵、兄轼齐名，合称“三苏”。有《栾城集》等传世。

次韵[1]子瞻题仙游潭中兴寺

潭边沙水不成泥，潭上孤禽挂险[2]啼。
缭绕飞桥[3]能试客，蒙茸[4]翠蔓巧藏溪。
云为绛帐马融室，石作屏风玉女闺。
仙果知君今未足，临潭脚战[5]怕长梯。

注释

①次韵：指古体诗词写作的一种方式，按照原诗的韵和用韵的次序来和诗。

②挂险：形容仙游潭地势艰险。

③缭绕飞桥：木桥摇摇晃晃不稳定。

④蒙茸：茂密杂乱貌。

⑤战：颤抖。

点评

（林贤）

本诗是一首次韵山水游历的诗歌。讲述诗人与兄长苏轼及友人一同游玩仙游潭时的见闻感受。沙水脱泥，木晃飞桥，仙游潭地势险峻，潭上横一木桥，苏轼恐惧而不敢上桥。这首诗记叙了一件趣事，表达了诗人与亲友游历的喜悦之情。

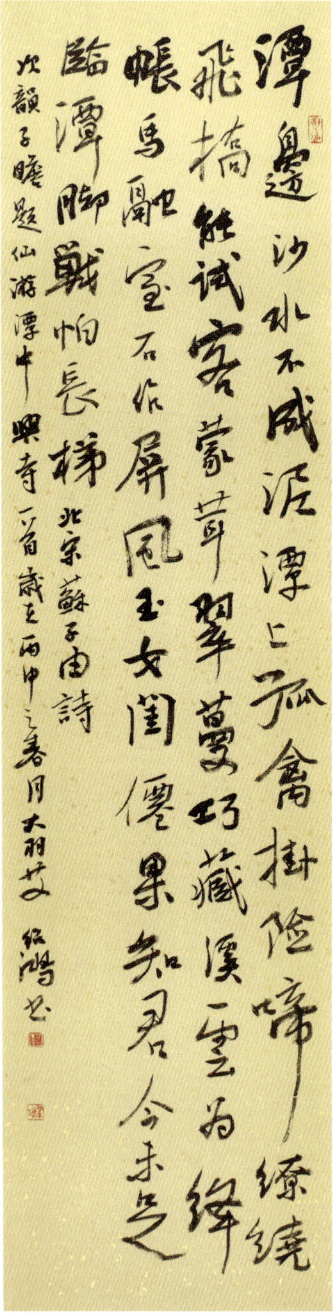

艾绍鸿 / 书
苏辙《次韵子瞻题仙游潭中兴寺》

闻子瞻重游南山

终南重到已春回，山木缘崖绿似苔。
谷鸟鸣呼嘲独往，野人[1]笑语记曾来。
定邀道士弹鸣鹿[2]，谁与溪堂[3]共酒杯。
应有新诗还寄我，与君和取当游陪。

注释

①野人：上古谓居国城之郊野的人为野人，此处指山中居民。

②道士：有道之士，道德品质高尚的人。鸣鹿：即《诗经·小雅·鹿鸣》。

③溪堂：临溪的堂舍。

点评

（林贤）

诗人听闻兄长重游终南山，作此诗以纪念。此时的南山已是春天，山木发芽。谷鸟低鸣，野人笑语，颔联对仗工整。颈联回忆上次一同游玩南山，与道士谈论饮酒，好不惬意。尾联表达诗人对兄长的期待，如有新诗作定要寄送给自己，自己带着这些诗作去游历的时候，就像是有兄长相陪。本诗表现了兄弟二人的手足情深。

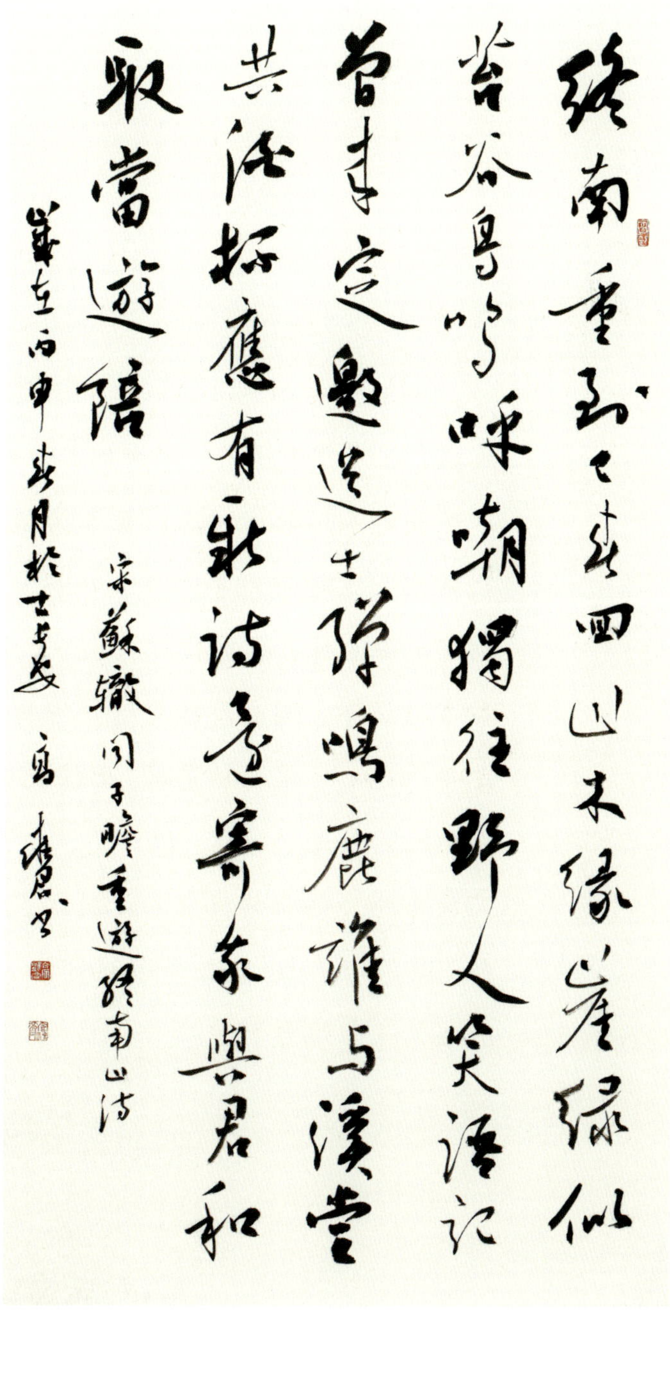

高雍君／书
苏辙《闻子瞻重游南山》

秦观

秦观（1049—1100），字少游，一字太虚，别号邗沟居士，学者称其淮海居士。江苏高邮人。北宋词人，被尊为婉约派一代词宗。宋神宗元丰八年（1085）进士，初任定海主簿、蔡州教授。后任太学博士、秘书省正字、国史院编修官。宋哲宗绍圣元年（1094），坐元祐党籍，出任杭州通判，又被贬为监处州酒税，徙郴州，编管横州，又徙雷州。他与黄庭坚、晁补之、张耒合称“苏门四学士”，颇得苏轼赏识。有《淮海集》《长短句》等。

忆秦娥·曲江花并诗

帝城东畔富韶华[①]，满路飘香烂彩霞。
多少风流年少客，马蹄踏遍曲江花。

曲江花。宜春十里锦云遮。
锦云遮。水边院落，山下人家。
茸茸细草承香车。金鞍玉勒[②]争年华。
争年华。酒楼青旆[③]，歌板红牙[④]。

注释

①韶华：美好的时光；也指春光。

②玉勒：玉饰的马衔。

③青旆：指酒旗。

④红牙：乐器名。即檀木制的拍板，用以调节乐曲的节拍。

点评

（林贤）

这组诗词的内容与意境相似，描写帝城曲江风景之美，风流少年流连忘返。诗与词皆从曲江风景入手，描摹帝城东畔锦云所遮之地有美好风景，茸茸细草，满路飘香，百姓临水而居，房屋依山而建，呈现出一幅美丽画卷。诗词的下半部分描写风流少年争相前往曲江，有力地衬托出曲江风景之美。诗词皆优美明快，辞藻凝练。

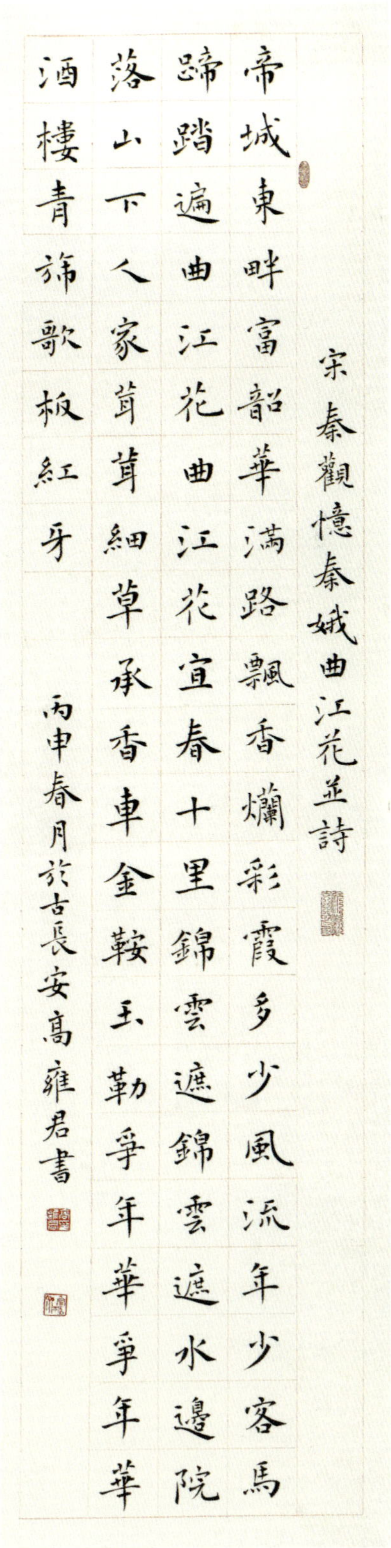
宋秦觀憶秦娥曲江花並詩
帝城東畔富韶華滿路飄香爛彩霞多少風流年少客馬
蹄踏遍曲江花曲江花宜春十里錦雲遮錦雲遮水邊院
落山下人家茸茸細草承香車金鞍玉勒爭年華爭年華
酒樓青旆歌板紅牙
丙申春月於古長安高雍君書

高雍君／书
秦观《忆秦娥·曲江花并诗》

吴激

吴激（1090—1142），字彦高，自号东山散人，建州（今福建建瓯）人。北宋宰相吴栻之子，书画家米芾之婿。奉宋命使金被留，命为翰林待制。皇统二年（1142）出知深州（今河北深县），到官三日卒。其作品情调悲凉，风格清婉，与蔡松年齐名，时称“吴蔡体”。著有《东山集》10卷，行于世。

长安怀古

佳气[1]犹能想郁葱，云间双阙峙苍龙[2]。
春风十里霸陵[3]树，晓月一声长乐[4]钟。
小苑花开红漠漠，曲江波涨碧溶溶。
眼前叠嶂青如画，借问南山共几峰？

注释

①佳气：祥瑞之气。

②双阙：即宫殿前的高层建筑物，左右各一，建成高台，台上起楼观。苍龙：苍劲的松柏。

③霸陵：汉文帝陵寝，位于西安东郊白鹿原东北角，靠近灞河。

④长乐：汉宫名，在秦离宫兴乐宫基础上改建而成，故址在今西安市西北。

点评

（冯超）

怀古长安，思绪万千，在这王气盛地，依稀间，仍能看见霸陵旁的青青柳，听见长乐宫内阵阵钟。而此刻，上林苑内花红柳绿，曲江池头碧波荡漾，此情此景，心头舒畅。

舒宏昌 / 绘
《长安怀古》

王重阳

王重阳（1113—1170），名哲，字知明，一字德成，号重阳子，京兆咸阳（今陕西咸阳）人，全真教创立人，元世祖封为“全真开化真君”。著有《重阳全真集》《重阳立教十五论》《重阳教化集》等。现陕西户县有重阳宫及碑林等遗址。

题净业寺[1]月桂

谁将月桂土中栽，争忍尘凡取次开。
折得一枝携在手，却将仙种赴蓬莱[2]。

注释

①净业寺：又名白泉寺，位于今陕西西安长安区终南山北麓之凤凰山（亦称“后岸山”）上，始建于隋末唐初。

②蓬莱：传说中神仙居住的地方。

点评

（白芳）

月桂是仙花的一种，奈何谁竟将月桂栽入土中，凡尘催折本就不是它的宿命，待“我”来折取一枝，带它去蓬莱仙山。本诗是一首典型的咏物诗，看似在写月桂命运的阴差阳错，实则借月桂赴蓬莱以明志，将自己超凡脱俗之志传递得深入浅出，而谁说蓬莱仙山又不是诗人高洁人格的具象呢？意境深远，阐理独特。

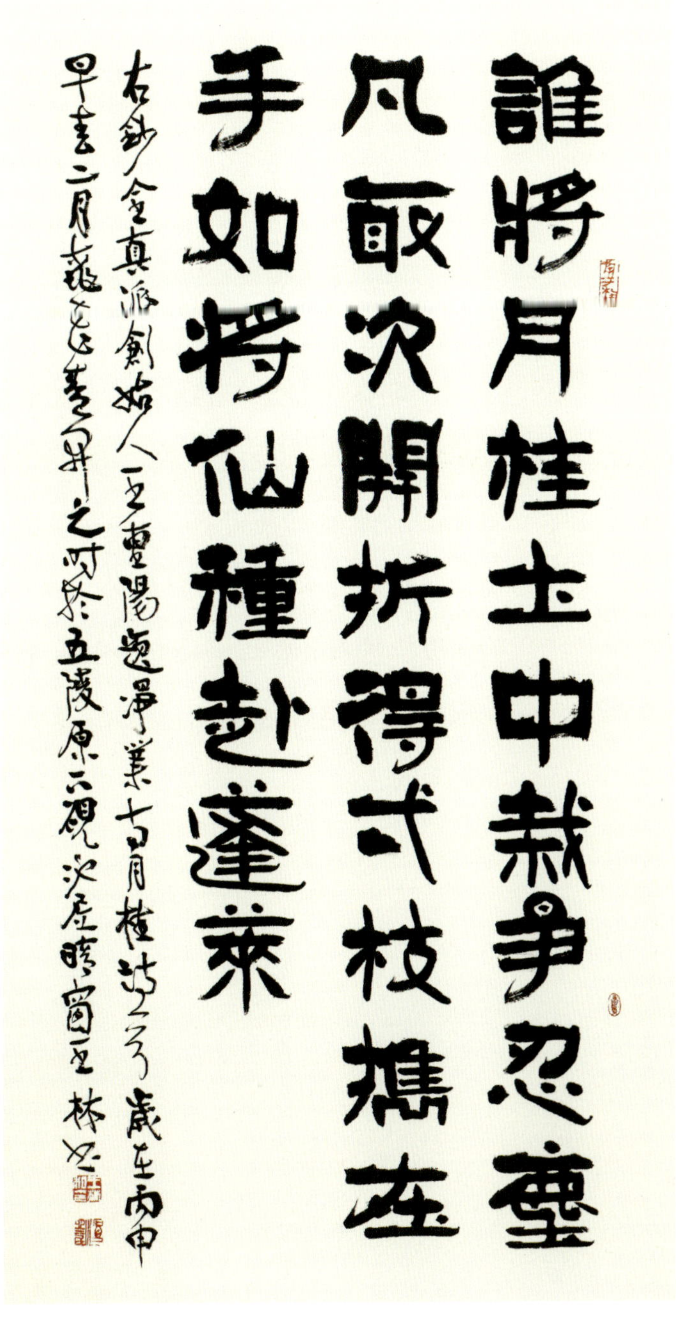

王林／书
王重阳《题净业寺月桂》

马钰

马钰（1123—1183），初名从义，字宜甫。入道后更名钰，字玄宝，号丹阳子，世称“马丹阳”。师王重阳，与王重阳另外六位弟子合称为“北七真”。陕西扶风人，后迁宁海（今山东牟平县）。著有《丹阳神光灿》《渐悟集》《洞玄金玉集》。

清心镜·咏长安

论长安，多美事。
端的[1]日有，三仙[2]向市。
满城人，半做经商，半修炼真气。
寿长人，最多矣。
因知罪福，早闲心地。
兴善缘，年例[3]何如，见千道会起。

注释

①端的：真的，确实。

②三仙：这里指道家的三清，即玉清元始天尊、上清灵宝天尊、太清道德天尊。

③年例：节庆习俗，每年一度的聚庆活动。

点评

（白芳）

继《马可波罗游记》对盛都长安的极力描绘之后，马钰的这首《清心镜·咏长安》又堪称是长安盛景的再度重现。通览全篇，语言通俗活泼。古都长安，市井街头半去经商半养生，最是太平盛世把寿延，欣欣然祥和之景一片，本作充分表达了作者对战乱之后安居乐业的满足以及对盛世长安的歌颂与赞美！

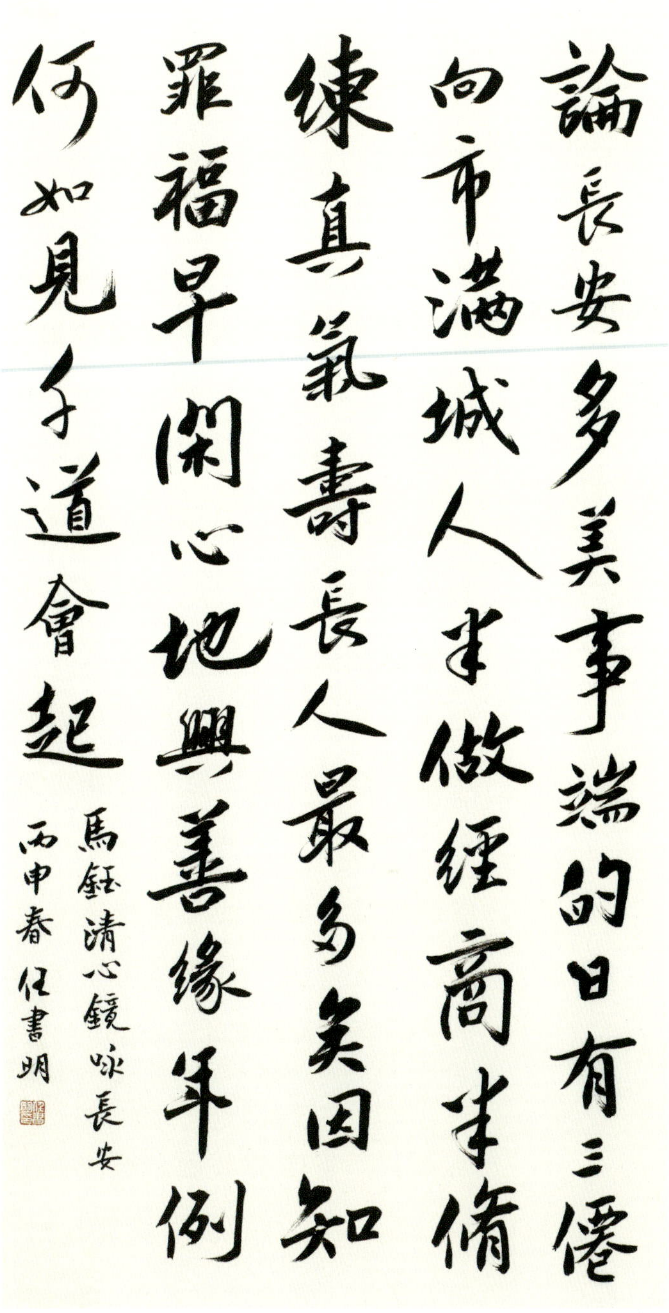

马钰《清心镜·咏长安》
任书明/书

陆游

陆游(1125—1210),字务观,号放翁。越州山阴(今浙江绍兴)人。南宋文学家、史学家、诗人。宋高宗时(1127—1162),参加礼部考试,因受秦桧排斥而仕途不畅。宋孝宗隆兴年间(1163—1164),赐进士出身,历任福州宁德县主簿、敕令所删定官、隆兴府通判等职,因坚持抗金,屡遭主和派排斥。宋孝宗乾道七年(1171),应四川宣抚使王炎之邀,投身军旅,任职于南郑幕府。次年,奉诏入蜀,为范成大参议官。宋光宗继位后,升为礼部郎中兼实录院检讨官,不久即因“嘲咏风月”罢官归居故里。宋宁宗嘉泰二年(1202),奉诏入京,主持编修孝宗、光宗《两朝实录》和《三朝史》,兼任秘书监,后升任宝章阁待制。书成后,陆游长期蛰居山阴。有《渭南文集》《剑南诗稿》等。

观长安城图

许国①虽坚鬓已斑，山南经岁望南山。
横戈上马嗟心在，穿堑环城笑虏孱②。
日暮风烟传陇上，秋高刁斗③落云间。
三秦父老应惆怅，不见王师出散关④。

注释

①许国：将一生奉献给国家。

②陆游自注：谍者言：虏穿堑三重，环长安城。谍者：暗探。堑：防御工事。虏：金人。

③刁斗：古代军中用具。斗形有柄，铜质；白天用作炊具，晚上敲击巡逻。

④散关：即大散关，在陕西省宝鸡市西南大散岭上。当秦岭咽喉，扼川陕间交通，为古代兵家必争之地。

点评

（白芳）

此诗一开始便表达了诗人愿将毕生献于国家的雄伟壮志。“经岁”一词虽是诗人壮志难酬的生动阐发，但忧伤犹在，雄心依旧，他希冀能驱逐金人、实现山河一统的宏愿还在，尤以“传”“落”两字，不仅生动形象地勾勒出了一幅意境辽阔的画面，更是诗人心绪、心境的集中表现。即便在尾联，诗人仍不忘观照时局，表面上看似是他对朝廷不主战而主和态度的谴责和不满，实则泄愤之余更多的是一种志向的延伸。

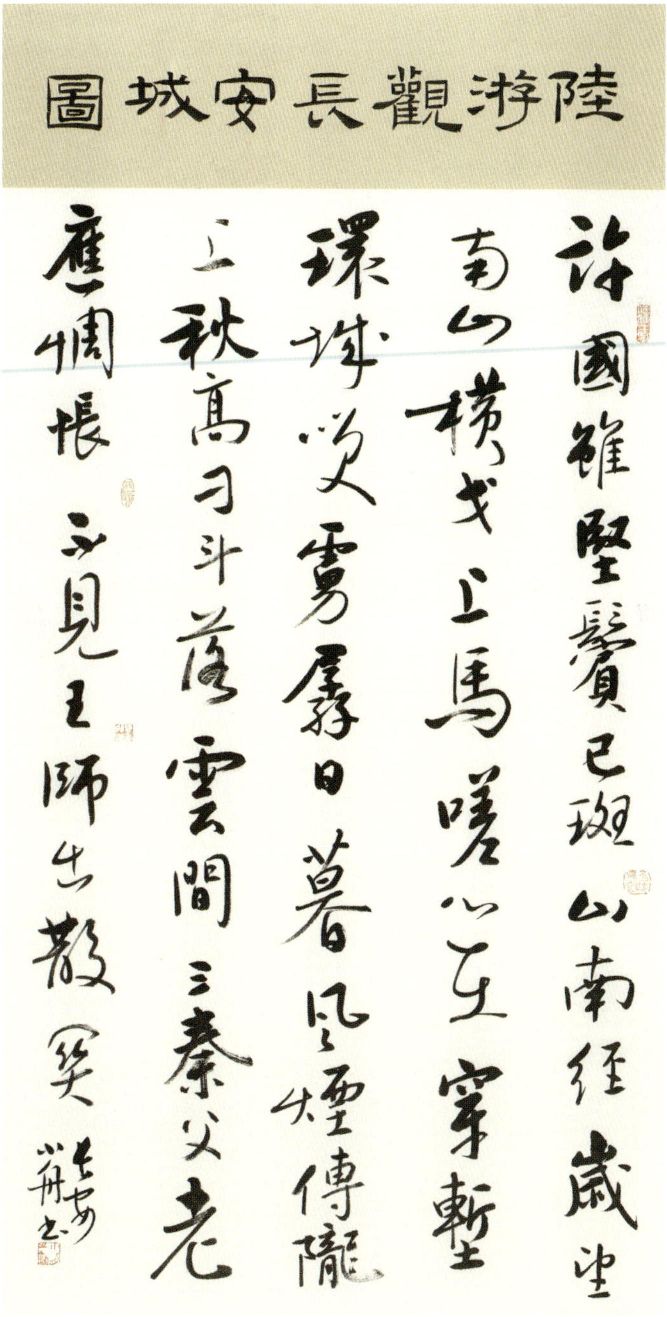

呼延小舟／书
陆游《观长安城图》

张俞

张俞，一作张愈，生卒不详。字少愚，又字才叔，号白云居士，北宋文学家。益州郫（今四川郫县）人。祖籍河东（今山西西南部）。屡举不第，因荐除秘书省校书郎，后隐于家。文彦博治蜀，为筑室青城山白云溪。有《白云集》，已佚。

游骊山二首（选一）

金玉楼台[1]插碧空，笙歌递响入天风[2]。
当时国色[3]并春色，尽在君王顾盼中。

注释

①楼台：一作“霞台”。

②天风：即风，因风行天空，故称天风。

③国色：形容姿容极美的女子。

点评

（彭泽芳）

本诗主要描写了诗人游骊山的见闻及由此引发的想象。“金玉楼台插碧空，笙歌递响入天风”，诗人来到骊山，看到的是金碧辉煌的楼台贯穿碧空，听到的是悠长绵绵的声乐飘满四方。此情此景，更是让诗人忆起当年，桃之夭夭柳丝青，窈窕淑女来把春光浮现，唯君王沉醉，是春，也不是春。

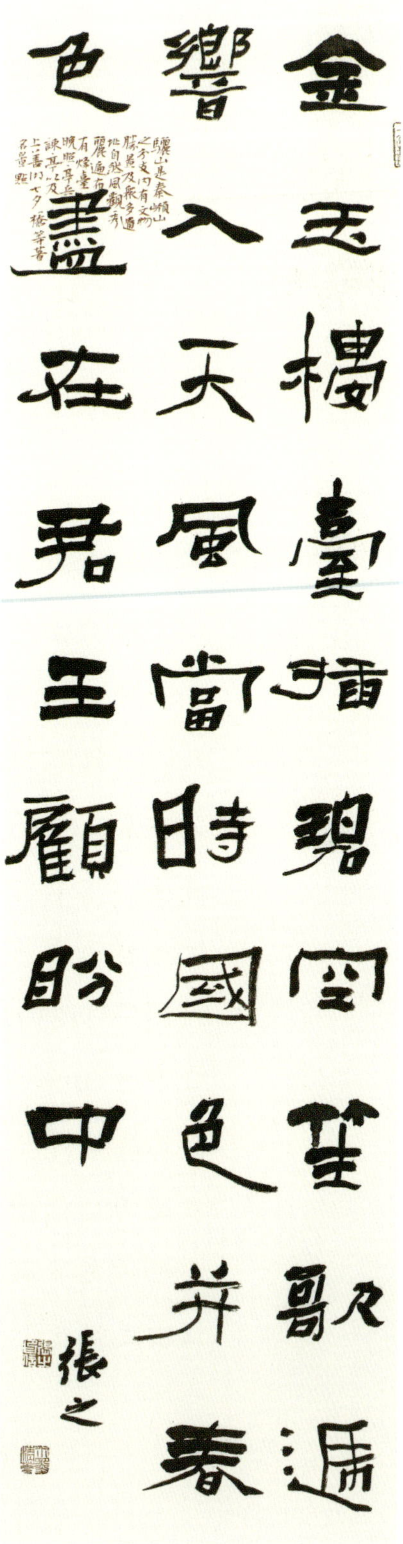

张之/书
张俞《游骊山二首》（选二）

张舜民

张舜民，生卒不详。字芸叟，自号浮休居士，又号矴斋。长安（今陕西西安）人。一说邠州（今陕西彬县）人。北宋文学家、画家。宋英宗治平二年（1065）进士。宋哲宗元祐（1086—1094）初做过监察御史，后出为襄乐令。宋徽宗时（1101—1125）升任右谏议大夫，任职7天，言事达60章，不久以龙图阁待制知定州。后又改知同州。曾因元祐党争，牵连治罪，被贬为楚州团练副使、商州安置。后又出任过集贤殿修撰。卒后，被宋高宗追赠宝文阁直学士。有《画墁集》。

留题楼观

参差楼观拂层穹，犹想当年望气[1]雄。
白鹿[2]有踪仙驭远，青牛无迹夜坛空[3]。
霓旌[4]影显灵溪月，蚪桧寒生玉宇[5]风。
忽思天家尚黄老[6]，翠华曾此奉琳宫[7]。

注释

①望气：汉代刘向《列仙传》："老子西游，关令尹喜望见有紫气浮关，而老子果乘青牛而过也。"

②白鹿：古时以白鹿为祥瑞之兽。

③青牛：神仙道士之坐骑。夜坛：僧道夜间设坛祈祷。

④霓旌：传说中仙人出行时打的五彩旗。或说仙人以五彩云霞为旗帜。

⑤玉宇：传说中神仙所居之处。

⑥天家：一是对帝王的称谓，一指帝王家，此处特指天子。黄老：即黄老之学，为战国、汉初道家学派，主张清静无为，将黄帝和老子同尊为道家的创始人。

⑦奉：进献。琳宫：神仙所居之处，此处指楼观。

点评

（白芳）

楼观台，位于陕西省西安市周至县。始建于西周，相传春秋时函谷关关令尹喜在此结草为楼，以观天象，故名楼观。老子在此著《道德经》并筑台授经，故也称说经台，是中国道教最早的圣地。诗人登楼观，秦川一览无余，遥想仙人求道远游至此，溪水淙淙，古柏翠松，道台高筑，著经论道。作者求道远游之思充溢其中。

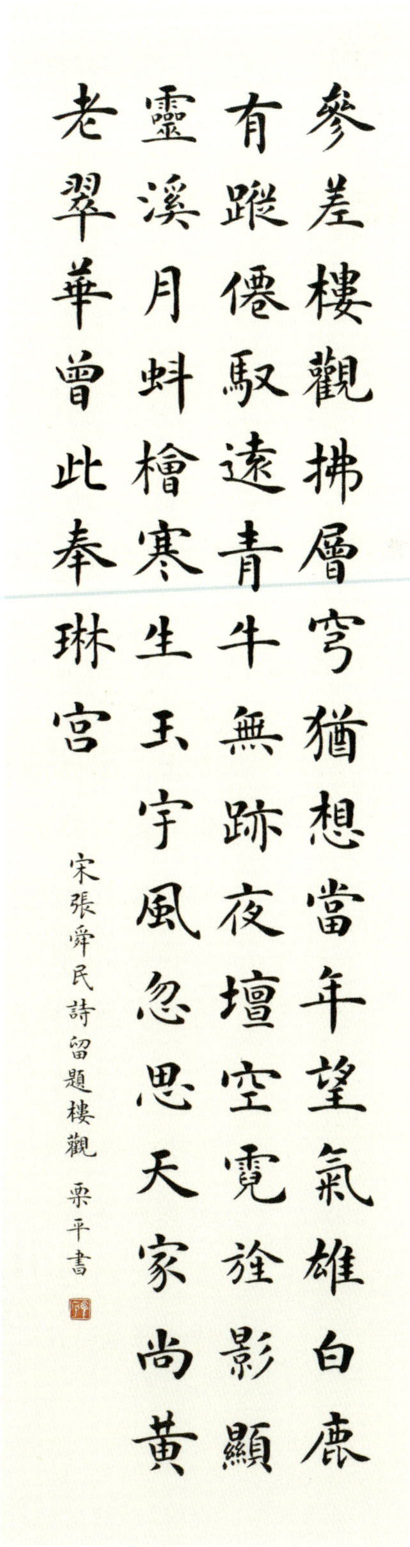
參差樓觀拂層穹猶想當年望氣雄白鹿
有蹤僊馭遠青牛無跡夜壇空霓旌影顯
靈溪月蚪檜寒生玉宇風忽思天家尚黃
老翠華曾此奉琳宮
宋張舜民詩留題樓觀 粟平書

粟平／书
张舜民《留题楼观》

杜常

杜常，生卒年不详。字正甫。卫州（今河南汲县）人。宋英宗治平二年（1065）进士。宋神宗熙宁（1068—1077）末为潍州团练推官，历都水监勾当公事、提举永兴军等路常平等事、河东转运判官。宋神宗元丰（1078—1085）中提点河北西路刑狱，移秦凤路，入为开封府判官。宋哲宗元祐六年（1091），为河北路转运使，知梓州。宋哲宗元符元年（1098），知青州改郓州、徐州、成德军。宋徽宗崇宁（1102—1106）中拜工部尚书。以诗名于世。

题华清宫

行尽江南数十程①，晓风残月入华清②。

朝元阁③上西风急，都入长杨④作雨声。

注释

①“行尽”句：一作“东别家山十六程”。

②晓风：或作“晓来”“晓乘”“晓星”等。残月：一作“和月”。入：一作“到”。

③朝元阁：在华清宫内，唐玄宗崇奉道教，天宝七载（748）传说玄元皇帝（老子）见于朝元阁。

④长杨：长杨宫，汉代宫殿名，在陕西西安周至县东南。因宫中种白杨树数亩，故名。

点评

（林贤）

陈衍《宋诗精华录》卷一评此诗曰：“夫平仄以成句，抑扬以合调，扬多抑少则调匀，抑多扬少则调促。若杜常《华清宫》诗：‘朝元阁上西风急，都入长杨作雨声。’上句二入声，抑扬相称，歌则为中和调矣。”末句历来为人称赞。从时间上看，朝元阁在唐代，长杨宫在汉代，由唐代到汉代，拉开时间距离；从空间上看，朝元阁在长安城东，长杨宫在长安城西，一东一西，拉开空间跨度；使人产生深邃之感。西风瑟瑟，落叶萧萧，诗人借景抒情，历史变迁的感慨由之生发。

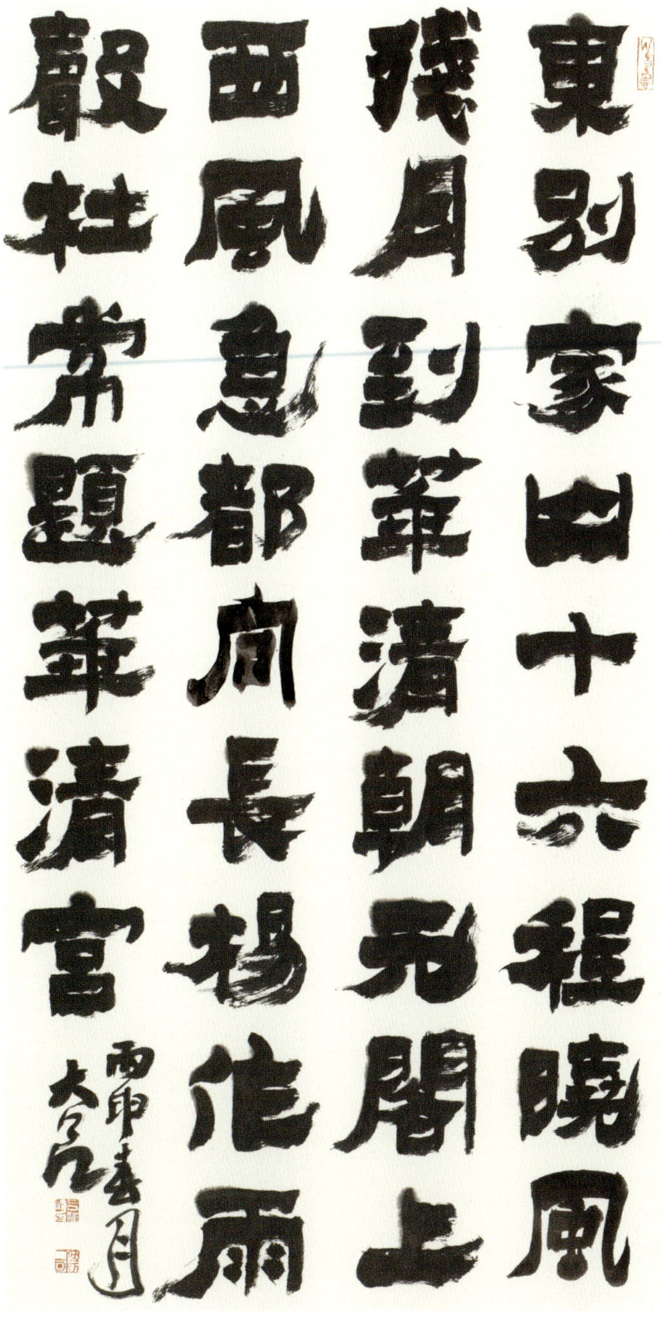

吕伟涛／书
杜常《题华清宫》

高翥

高翥（1170—1241），原名公弼，字九万，号菊磵（古同“涧”）。浙江余姚人。幼习科举，应试不第，遂隐居以教授为业。后游历名山大川，遂借诗抒怀，是当时江湖诗派中的重要人物。

楼观留题

传经人去杳冥[①]间，老柏依然傲岁寒。
世变几回馀劫火[②]，炉空无复觅仙丹[③]。
地临东北秦川小[④]，山接西南蜀道难[⑤]。
说与阿师应被笑，满簪华发又邯郸。[⑥]

注释

①杳冥：阴暗的样子。

②馀劫火：化用佛教用语“末劫火”。谓坏劫之末所起的大火。佛教认为一劫之末，劫火要烧毁宇宙中的一切，然后才有新的宇宙诞生。这里借用末劫火暗指战乱兵火导致生灵涂炭。

③“炉空”句：意谓战乱中的士兵把道观这样的清静之地都洗劫一空，连仙丹都抢走了。

④“地临”句：东北至陕西的土地虽大，但战乱让人无法立足，所以言“小”。

⑤“山接”句：指秦岭西南的蜀道非常难走。

⑥“说与”二句：自嘲都满头花白头发了，还要远去邯郸宦游。

点评

（黄耀明）

这首诗通过描写楼观的空而引出对战火的谴责，又以蜀道难走、年老之体表明游历的辛酸。首联借松柏的茂盛反衬楼观的人烟稀少；颔联将战乱频发导致人去楼空的原因和盘托出；颈、尾两联诗人西南向蜀奈何“地小道艰”，是自嘲。全诗表现了战乱引发的诸多问题，引人深思。

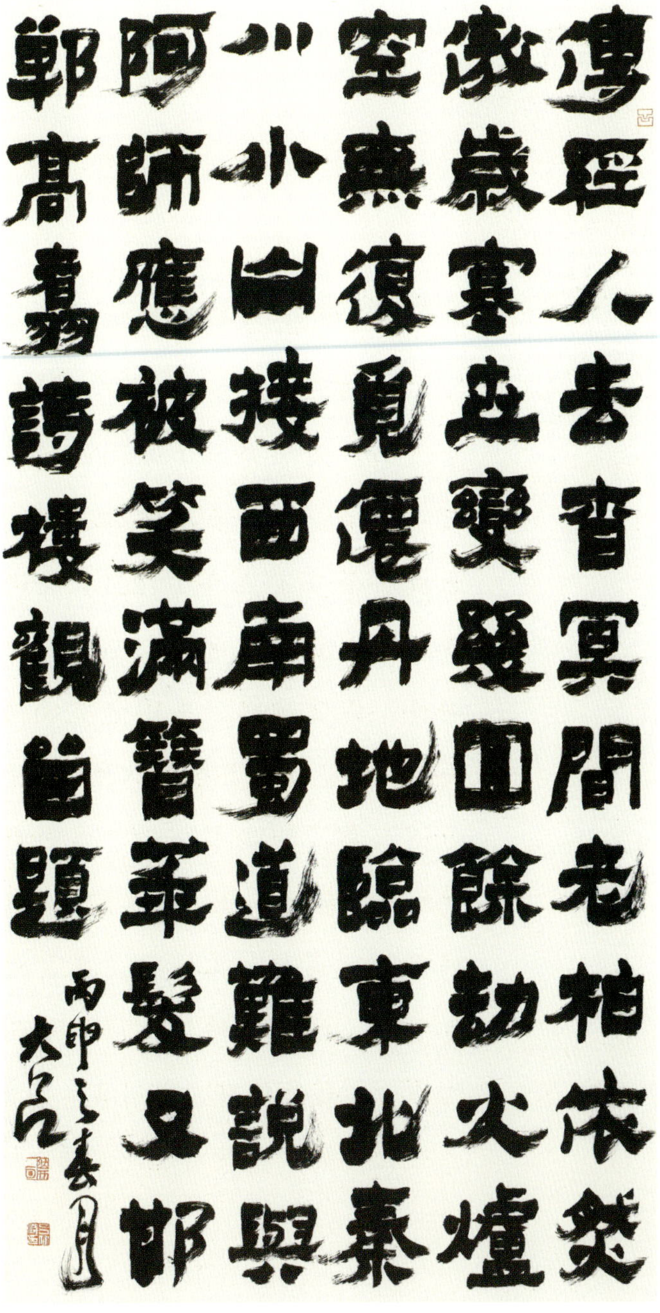

吕伟涛／书
高翥《楼观留题》

元好问

元好问（1190—1257），字裕之，号遗山，太原秀容（今山西忻县）人。七岁能诗，十四岁从学郝天挺，六载而业成。金兴定五年（1221）登进士第，不就选。正大元年（1224），中博学宏词科，授儒林郎，充国史院编修，历镇平、南阳、内乡县令。八年（1231）秋，受诏入都，除尚书省掾、左司都事，转员外郎。金亡不仕。元宪宗七年（1257）卒于获鹿寓舍。工诗文，在金元之际颇负重望，诗词风格沉郁，并多伤时感事之作。代表著作有《中州集》《南冠录》《壬辰杂编》《续夷坚志》等。

玄都观[①]桃花

前度刘郎复阮郎[②]，玄都观里醉红芳。
非关小雨能留客，自是桃花要洗妆。
人世难逢开口笑[③]，老夫聊发少年狂[④]。
一杯尽吸东风了，明日新诗满晋阳[⑤]。

注释

①玄都观：道教庙宇名，在长安城南崇业坊，今西安市南门外。

②前度刘郎：语出唐刘禹锡《再游玄都观》诗："种桃道士归何处，前度刘郎今又来。"阮郎：指晋阮咸。

③"人世"句：语出宋代洪适《满江红·暮雨萧萧》。

④"老夫"句：语出宋代苏轼《江城子·密州出猎》。

⑤晋阳：故址在今山西省太原市。

点评

（白芳）

亲长安而临玄都观，开篇诗人以刘郎、阮郎作比，借其赏桃所喻之事，影射当下现实，既有诗人对世事艰难何处容身的无奈，也表达了其清醒的“洗妆待发”意识。人生欢笑须尽时，东风不吹，怀中的心念不散，待到明日太阳升，定著新诗满晋阳。

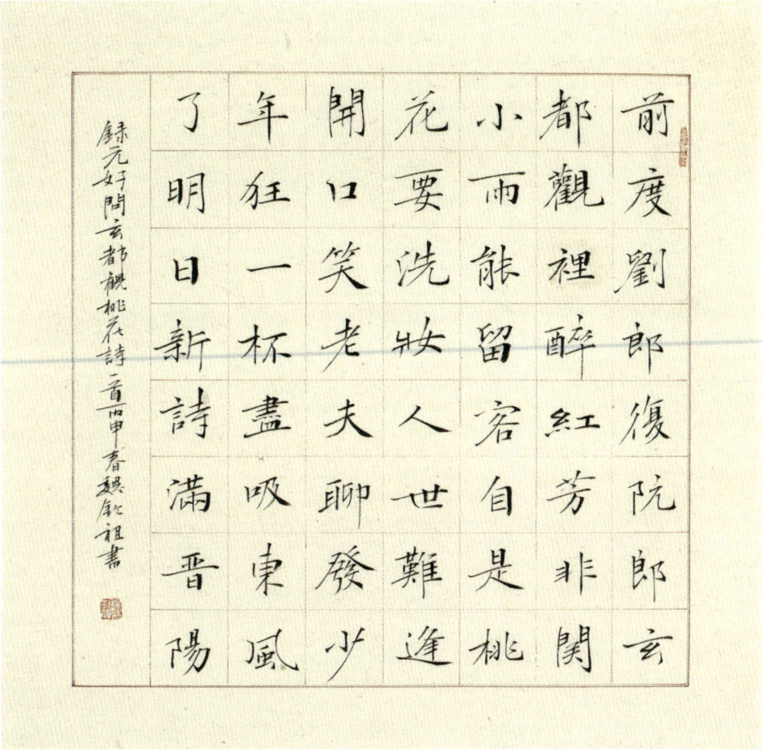
前度劉郎復阮郎玄都觀裡醉紅芳非關小雨能留客自是桃花要洗妝人世難逢開口笑老夫聊發少年狂一杯盡吸東風了明日新詩滿晉陽
錄元好問玄都觀桃花詩一首丙申春魏欽祖書

魏钦祖 / 书

元好问《玄都观桃花》

钱惟善

钱惟善（？—1369），字思复，自号心白道人、武夷山樵者，钱塘（今浙江杭州）人，著有《江月松风集》。

长安道

车马如流水，楼台结彩虹。
王孙来戚里[①]，豪士遇扶风[②]。
不睹衣冠盛，空闻意气雄。
鸢肩[③]亦何事？日暮醉新丰。

注释

①戚里：帝王外戚聚居的地方。

②扶风：现为宝鸡市下辖县，与岐山县毗邻。

③鸢肩：谓两肩上耸，像鸢鸟栖止时的样子。

点评

（白芳）

长安城内，车水马龙，高阁楼台，王孙贵族们身着华装丽服相约戚里，仅盛装可观，而且意气风发，堪与扶风豪士相比肩。诗末，诗人以自问自答的方式点明主旨。本诗在描写长安繁盛的同时，也将贵族子弟沉湎于花天酒地的生活展现得淋漓尽致，字里行间讽刺之意尽显。

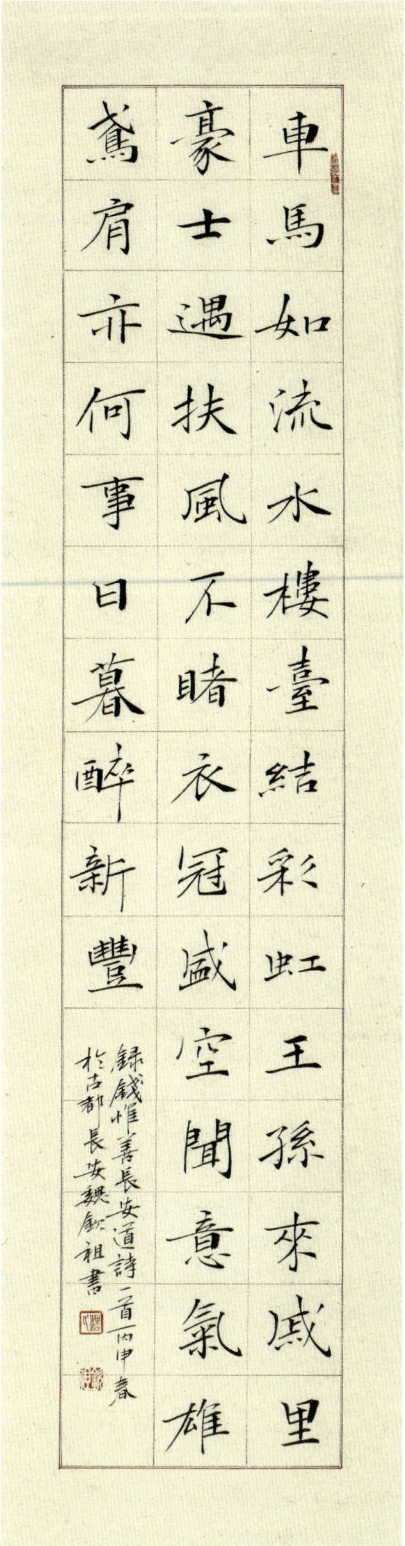
車馬如流水樓臺結彩虹王孫來咸里
豪士遇扶風不睹衣冠盛空聞意氣雄
鳶肩亦何事日暮醉新豐
錄錢惟善長安道詩一首丙申春
於古都長安魏欽祖書

魏钦祖／书
钱惟善《长安道》

王祎

王祎(1322—1374),字子充,号华川,婺州路义乌(今属浙江)人。元末隐居青岩山中,朱元璋召授江南儒学提举、南康府同知。洪武初,参修《元史》,与宋濂同为总裁,书成,擢翰林待制。洪武五年(1372)奉诏出使云南,遇害。著有《关中纪行诗》。

长安杂诗十首（其一 节选）

自昔①天子宅，雄丽称长安。
右瞻控陇蜀②，左顾俯河关。
清渭北据水，太白南联山。
其间八百里，陆海莽平川。
神皋奠天府③，风气固以完。

注释

①自昔：从前，往昔。

②陇蜀：陇，指陇右；蜀，指西蜀。

③神皋：神明所聚之地，可引申为神圣的土地；此指长安。天府：此指朝廷。

点评

（白芳）

往昔皇宅，雄称长安，本诗开篇从空间的角度着手，右临陇蜀、左望河关，北据清渭、南连太白。八百里秦川贯通，神明居于此，天府安于此，历朝历代把都建，风俗文化代代传，本篇表达了诗人对长安的赞美之情。

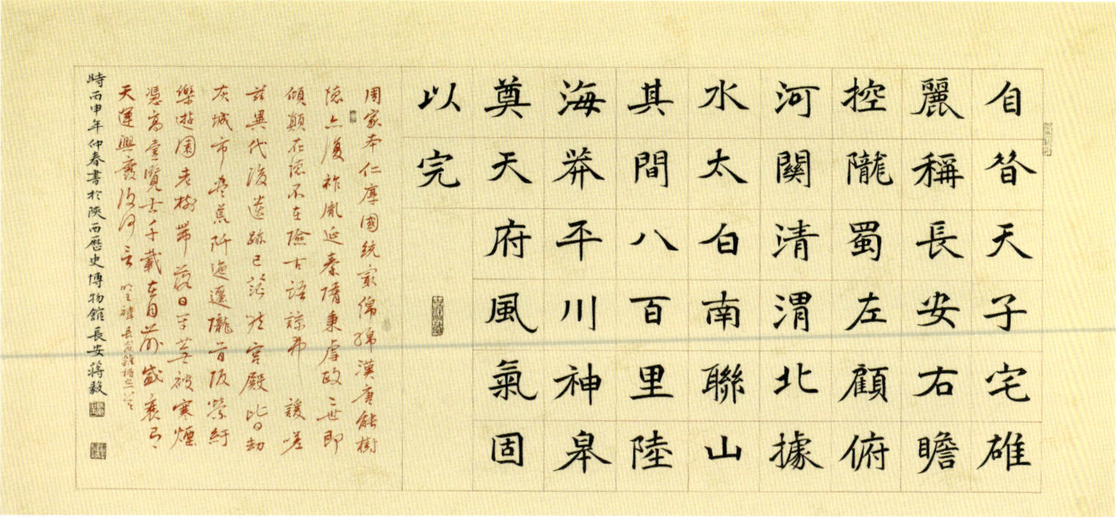

蒋毅 / 书

王祎《长安杂诗十首》（其一 节选）

殷奎

殷奎（1331—1376），字孝章，一字孝伯，号强斋，私谥文懿先生。苏州府昆山（今江苏昆山）人。早年从杨维桢习《春秋》。洪武四年（1371），赴京师考试获高第，按例授州县职，殷奎以母年迈，请于近地为官，忤明太祖旨意，被远遣陕西咸阳任教谕职。洪武七年（1374）卸职还乡。殷奎勤于著述，有《道学统绪图》《强斋集》《陕西图经》《关中名胜集》《昆山志》《咸阳志》等。

登西安府鼓楼

西府层楼接上台①，客怀落日为谁开。
一天②秋色云飞断，万户晴辉鹊噪来。
遍倚危阑频入感，未吹画角③已兴哀。
千年朝市④仍更变，独有南山石未灰。

注释

①西府：泛指关中西部，以西安为中心，咸阳宝鸡一带；此处特指西安。上台：指宫廷，朝廷。

②一天：犹言满天。

③画角：古代管乐器。传自西羌，形如竹筒，本细末大，以竹木或皮革等制成，因表面有彩绘，故称。发声哀厉高亢，古时军中多用以警昏晓、振士气、肃军容。

④朝市：有早市、名利之场、尘世、朝廷多义，此处泛指尘世。

点评

（白芳）

秋风萧瑟，夕阳西下，云断秋色，鹊噪不休，诗人登西安府鼓楼，遍倚危栏，思绪犹如秋日江水绵绵不知何所终。怎奈何，画角未吹国不在，心中凄苦与谁吟，又有谁人解？独南山青石给“我”以慰藉，悲哉！本篇强烈地抒发了诗人对国破家不在的无奈之情。

刘畅 / 绘
《登鼓楼》

王履

王履（约1332—？），卒年不详。字安道，号畸叟，又号抱独老人，苏州府昆山（今江苏昆山）人。元末明初医学家、画家、诗人。有《医经溯洄集》行于世。

还入长安城东门

峨峨[1]长安城，落日游子入。
东风卷清气，欲进还自立。
行人不相知，竞逐短景忽[2]。
纡馀松声窅[3]，泱漭岚气湿[4]。
归嬴[5]纸窗明，拈毫[6]以收拾。

注释

①峨峨：高耸壮美的样子。

②竞逐：竞争追逐。短景：日影短，谓白昼不长或将尽，也喻指时日无多的暮年。

③纡馀：迂回曲折。窅（yǎo）：深远之意。

④泱漭：弥漫的样子。岚气：指山中雾气。

⑤嬴：古邑名。

⑥拈毫：拿起笔，指写作或绘画。

点评

（张艳）

以“入长安城”为主题的诗歌数量很多，而这首诗从一个漂泊游子再入长安城所见到的景致出发，将其驻足于长安城东门时的所思所想阐释得很是贴切、自然。首联，诗人将高大宏伟的长安城与风尘仆仆的游子一同放置在落日的余晖下，除衬托出游子的微小之外，又给人很强的即视感，让人不禁有些心疼游子。而后写到东风卷着清气扑面吹来，游子想将脚踏入城门，却又有些迟疑。路上的行人不能体会到游子的心情，只知追逐嬉戏，不自觉间，天色将晚。这时听到远处传来迂回缭绕的松涛声，想象着山中弥漫着湿湿的雾气，那该是怎样一番景致。想到这里，意识到羸地的纸窗户或许在期待着自己的归去，还是拿起笔去整理下心中的万千思绪吧。触景生情、喻景于情，将游子入长安城门时的迟疑、思归之情表达得淋漓尽致。

王犇 / 绘
《还入长安城东门》

高启

高启（1336—1374），字季迪，号槎轩。苏州府长洲（今江苏苏州市）人。元末明初著名诗人，与刘基、宋濂并称“明初诗文三大家”，又与杨基、张羽、徐贲被誉为“吴中四杰”。明太祖洪武（1368—1398）初，以参修《元史》，授翰林院国史编修官，受命教授诸王。擢户部右侍郎。苏州知府魏观在张士诚宫址改修府治，高启曾为之作《上梁文》，有“龙蟠虎踞”四字，被疑为歌颂张士诚，遭连坐腰斩。有《高太史大全集》《凫藻集》等。

汉宫

酒醒金屋曙河流，愿赐铜盘一滴秋[1]。
他日君王作仙去，瑶池[2]犹幸得同游。

注释

①铜盘：指承露盘。汉武帝迷信神仙，于建章宫筑神明台，立铜仙人舒掌捧铜盘承接甘露，冀饮以延年。
②瑶池：神话中称西王母所住的地方。

点评

（张艳）

据史书记载，汉武帝时期，寻仙之道鼎盛。汉武帝八次东巡，七次到过蓬莱，其中第五次出巡时筑城并命名“蓬莱”。当时的徐福、韩终、卢生等入海采药，找寻“蓬莱仙人”，掀起了我国历史上著名的三次入海求仙的浪潮。本篇诗人以汉宫命题，将历史上问仙求长寿的史实做了如实的阐述，以期警示后人。

酒醒金屋曙河流，願賜銅盤一滴飲他日，君王作澤玄瑤池獸，幸得同遊。

書高啓漢宮詩一首，歲在丙申早春二月於古都長安永寧門外田家小閣楊勇書

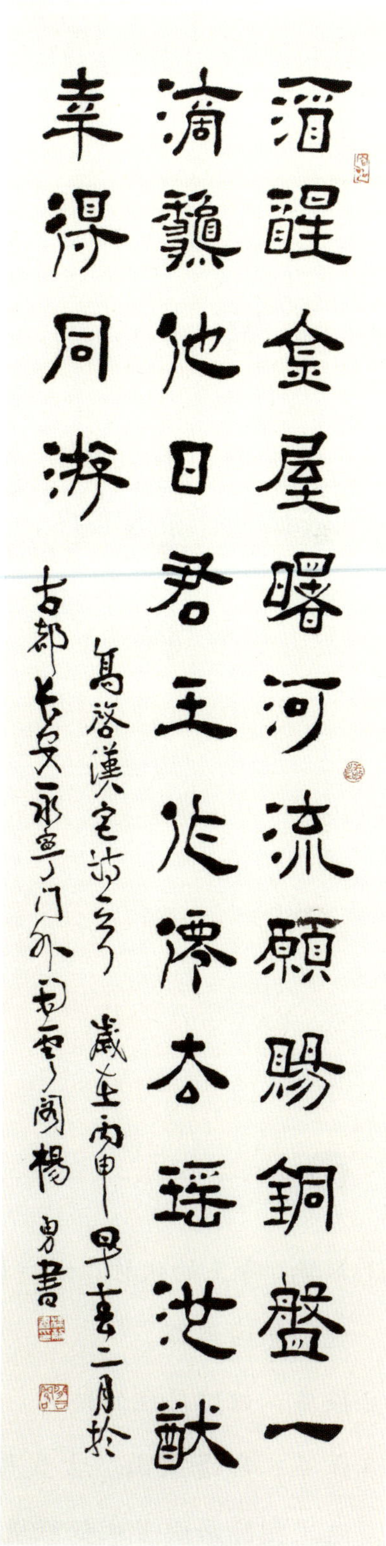

杨勇／书
高启《汉宫》

秦宫

宫闭骊山静管弦，翠华巡狩去经年①。
掖庭②无用恩难报，愿上蓬莱采药船③。

注释

①翠华：帝王的代称，此指秦始皇。巡狩：谓天子出行，视察邦国州郡。

②掖庭：妃嫔居住的地方。此指嫔妃。

③蓬莱：即蓬莱山。古代传说中的神仙之都。采药：这里指隐居避世求仙修道。

点评

（白芳）

自古蓬莱满仙气，海上寻仙惯成例。最是秦王殷勤觅，三番五次求不老。在本诗中，诗人以骊山之景引出秦王寻仙的历史事实，恩难报，争采药，借嫔妃们东上蓬莱的争先恐后，将秦宫的奢靡慵懒、荒唐愚昧一语道尽。

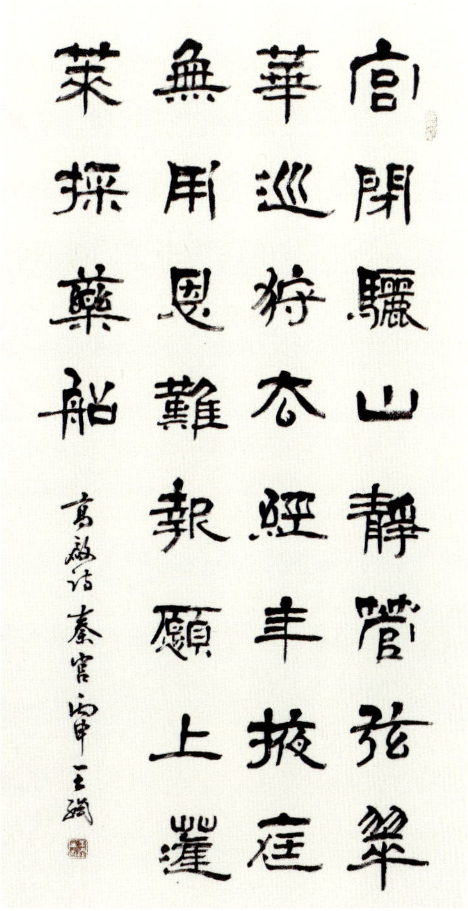

王纲／书
高启《秦宫》

唐之淳

唐之淳（1350—1401），字愚士，山阴（今浙江绍兴）人。少时就随父亲遍访名家大儒，宋濂对唐之淳极为赏识。明惠帝建文（1399—1402）年间，官侍读预修书事。博闻多识，工诗文，善笔札。著有《怀古集》。

长安留题

晓阁疏钟[①]午店鸡，客途风物剩堪题。
葡萄引蔓青缘屋，苜蓿垂花紫满畦。
雁塔雨痕迷鸟篆[②]，龙池[③]柳色送莺啼。
前朝冠盖多黄土[④]，翁仲[⑤]凄凉石马嘶。

注释

①疏钟：稀疏的钟声。

②鸟篆：篆书的一种，其笔画由鸟形替代。

③龙池：池名，在唐长安隆庆坊玄宗未即位时所居的旧邸旁，中宗曾泛舟其中。玄宗即位后于隆庆坊建兴庆宫，龙池被包容于内。在今陕西西安兴庆公园内。

④冠盖：指仕宦，贵官。黄土：指坟墓。

⑤翁仲：传说秦始皇初兼天下，有长人见于临洮，其长五丈，足迹六尺，仿写其形，铸金人以象之，称为“翁仲”。后遂称铜像或石像为“翁仲”。

点评

（刘睿婕）

本诗是一首怀古诗，诗人在途经长安城时，看到眼前景色，联想到这里发生过的历史，有感于怀，写下这首诗作。首联诗人就营造出了一种荒凉的感觉，稀疏的钟声、稀疏的景物，显得寂寞又冷清。颔联诗人选取了一些细小的景物，试图从小处入手描绘长安风貌。到颈联，视角再一次扩大，转而写雁塔、龙池这样的著名景致，增添了长安的历史厚重感。最后以历史如过眼云烟、物是人非结尾，独剩的一个个墓冢、一尊尊石马，仿佛是在为这样的历史沧桑嘶鸣着。整首诗透露出苍郁悲凉的怀古气息。

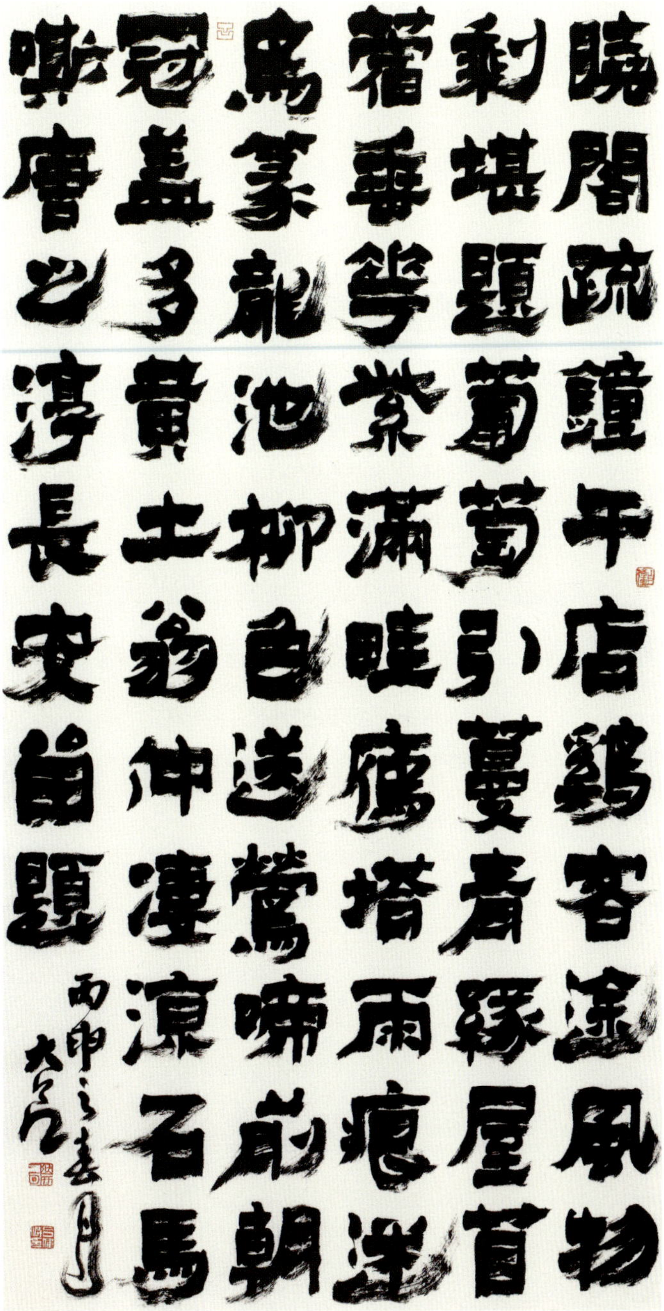

吕伟涛／书
唐之淳《长安留题》

沈周

沈周（1427—1509），字启南，号石田、白石翁、玉田生、有竹居主人等。长洲（今江苏苏州）人。一生不应科举，专事诗文、书画，是明代中期文人画“吴派”的开创者，与文徵明、唐寅、仇英并称“明四家”。有《庐山高图》《秋林话旧图》《沧州趣图》《石田集》《客座新闻》等。

蓝关图

卷中谁貌蓝关[1]雪，瘦马凌兢[2]寒切骨。
阿湘远来候马前[3]，低首擎拳[4]赤脚热。
拥鞍相向殊惨情，神气宛宛人欲生。
瘴江[5]嘱语亦切至，掩吻哀哦如有声。
笔痕入素淡而媚，顾陆[6]之间见能事。
前人遗迹不易题，安得起公为画记。

注释

①蓝关：即蓝田关。在西安市蓝田县，秦岭北麓、灞河上游。

②凌兢：一作“凌竞”。形容寒凉。

③阿湘：指的是韩湘。这幅图的主题就是韩湘在蓝田送韩愈。

④低首擎拳：低头拱手。致礼时的姿势，表示恭顺的样子。

⑤瘴江：充满瘴气的江。

⑥顾陆：晋顾荣与三国吴陆逊的并称。

点评

（刘睿婕）

这是一首题画诗，全诗作于画上，吟咏性情，叙事议论，将诗歌和画图有机地结合了起来，取长补短，相得益彰，不仅丰富了韩湘送别韩愈时的景物和环境，而且也使画面中的人物形象变得丰满起来。让人读诗如赏画，栩栩如生。在这首诗中，诗人善于描写人物的神态动作，将送别时二人的状态生动地展现在我们面前，且在诗中表达了对这幅画高超艺术造诣的肯定。最后诗人借画喻今，想到前人之图已成过去，劝大家珍惜眼前人和事。

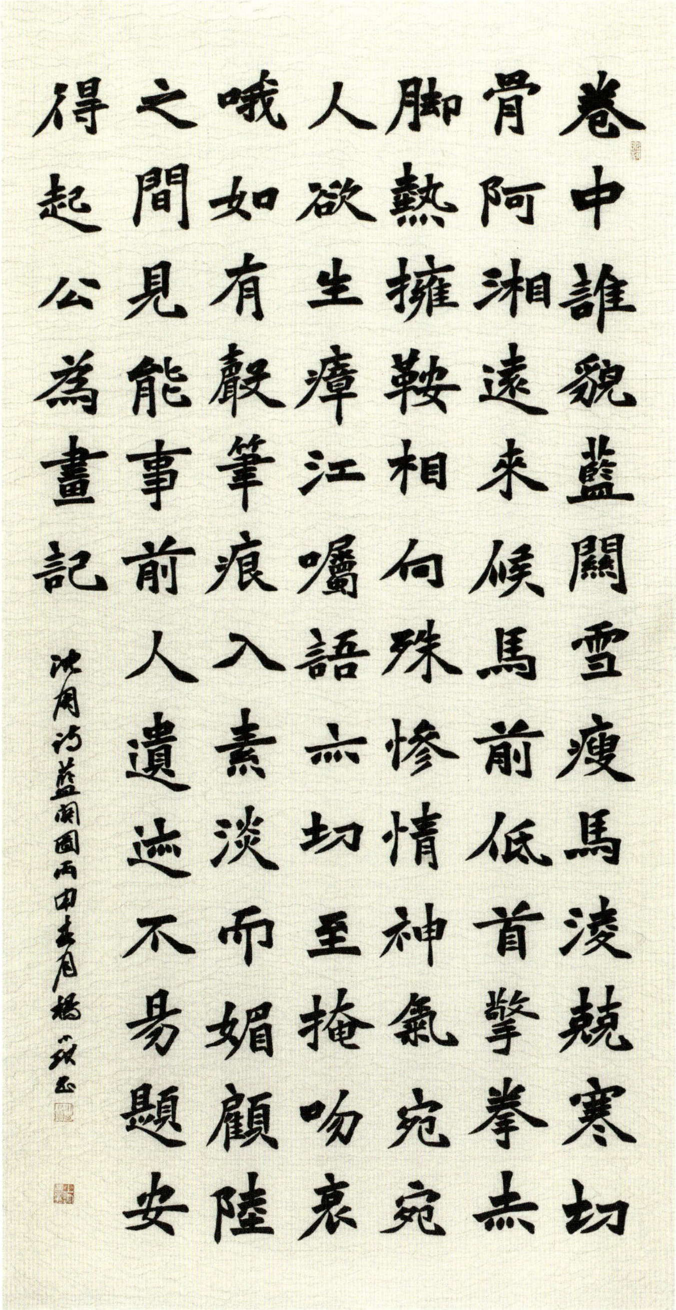
卷中誰貌藍關雪瘦馬淩兢寒切
骨阿湘遠来候馬前低首擎拳立
脚熱擁鞍相向殊慘情神氣宛宛
人欲生瘴江囑語六切至掩吻哀
哦如有觳筆痕入素淡而媚顧陸
之間見能事前人遺迹不易題安
得起公為畫記
沈周詩藍關圖丙申春月楊小琪書

杨小琪／书
沈周《蓝关图》

朱诚泳

朱诚泳（1458—1498），号宾竹道人，谥简王。明太祖四世孙朱公锡之子。初封镇安郡王，明成化二十三年（1487）袭封秦王，为明代秦藩王第七位秦王。曾创建“正学书院”，邀请儒生教授。工诗。有《经进小鸣集》。

过曲江池

江边一望草蒙茸[1]，弦管楼台转首[2]空。
红杏不知尘世改，年年依旧笑春风。

注释

①蒙茸：指葱茏丛生的草木杂乱的样子。

②转首：犹言转头。喻时间短促。

点评

（白芳）

彼时诗人遥想当年之曲江，细柳新蒲、水波荡漾，多少诗词曲赋竞相歌之，而今过曲江，唯江边杂草丛生，当年歌舞升平的高台楼阁，如今空空如也，旧迹难寻。诗人滞足江边，看枝头红杏，岁岁年年，年年岁岁，其可曾知道，沧海桑田巨变矣，笑容难留寸光阴。此诗充分表达了诗人对物是人非、历史沧桑的感叹。

杨小琪／书
朱诚泳《过曲江池》

辋川二首（选一）

山路萦回古木疏，辋川风景小蓬壶①。
诗从初调能窥雅，画到无声不用图。
远岸轻烟②笼细柳，野田流水长新蒲。
怀人③几度空惆怅，不见骊龙照乘珠④。

注释

①辋川：水名，即辋谷水。诸水汇合如车辋环辏，故名。在陕西省蓝田县南，源出秦岭北麓，北流至县，南入灞水。蓬壶：即蓬莱，古代传说中的海中仙山。

②远岸轻烟：一作“起岸青烟”。

③怀人：指思念家乡的人。

④不见骊龙照乘珠：即“探骊得珠”成语的出处，喻指得之艰难。

点评

（白芳）

山回路转、古木稀疏，素闻辋川赛蓬莱，烟笼细柳新蒲生。此情此景，倒让诗人想起诗中辋川、画中垂柳，可是又怎是诗画所能尽现的呢？而此刻远在他乡的诗人，对于家人的思念，不正如探骊得珠般艰难，比诗画尽意般残缺吗？本篇触景伤情，手不能至自然之美，目不能睹亲人容颜，寂寥与孤独洒满诗间。

舒宏昌／绘
《辋川诗意》

李东阳

李东阳（1447—1516），字宾之，号西涯。祖籍湖广长沙府茶陵，因家族世代为行伍出身，入京师戍守，属金吾左卫籍。明英宗天顺六年（1462）举人，天顺八年（1464）进士，授庶吉士，官编修，累迁侍讲学士，充东宫讲官。明孝宗弘治八年（1495）以礼部右侍郎、侍读学士入直文渊阁。卒后赠太师，谥文正。有《怀麓堂集》。

新丰[1]行

长安风土殊不恶，太公但念东归乐。
汉皇真有缩地[2]功，能使新丰为故丰[3]。
人民不异山川同，公不思归乐关中[4]。

注释

①新丰：故城在西安市临潼区东北，本秦骊邑。汉高祖即位后，因其父太公（太上皇）不乐关中，思念故乡，遂按丰县街里格式改筑骊邑，并将丰之士女迁来，因称新丰。

②缩地：传说后汉费长房有神术，能缩地脉。

③故丰：汉高祖为沛县丰邑的中阳里人，即位后将丰邑改为丰县，属沛郡。今属江苏省。

④关中：汉都长安，东有函谷关，南有武关，西有散关，北有萧关，故称。

汉家四海一太公，俎上之对⑤何匆匆，
当时幸不烹若⑥翁。

注释

⑤俎上之对：太公被项羽俘获为人质后，项羽遣人威胁刘邦说：“今不急下，吾烹太公。”刘邦回答说：“吾与你约为兄弟，吾翁即若翁，必欲烹而翁，则幸分我一杯羹。”项羽怒，欲杀太公，经项伯劝阻而未杀。
⑥若：代词，你。

点评

（刘睿婕）

李东阳在这首诗中咏怀史实，抒己感慨。前六句层层铺叙，极写高祖娱亲之孝思，为了满足太公的思乡之情，在长安城中重塑丰县。“汉家四海一太公”一句直接发出感叹：普天之下，还有谁比太公更尊贵荣幸的呢？当人们均为太公之乐而艳羡时，诗人笔锋突转，后两句随之逼出，令人哑口无言又心生感慨。在危难关头，高祖不顾老父安危，如果不是项伯劝阻，太公早已成了俎上肉，谈何享受新丰之好？全诗跌宕起伏，前后反差明显，诗人对汉高祖的深刻评价可见。

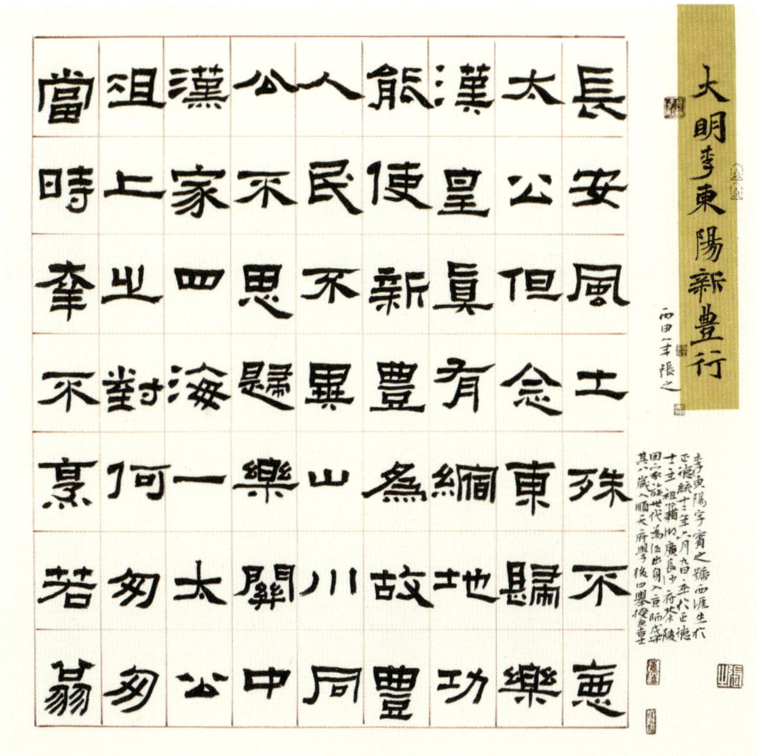

张之 / 书
李东阳《新丰行》

杨一清

杨一清（1454—1530），字应宁，号邃庵，别号石淙，南直隶镇江府丹徒（今属江苏）人。成化八年（1472）科进士，授中书舍人。曾任陕西按察副使兼督学。弘治十五年（1502）以南京太常寺卿都察院左副都御史头衔出任督理陕西马政。后又三任三边总制。历经成化、弘治、正德、嘉靖四朝，为官五十余年，官至吏部尚书、华盖殿大学士，号称“出将入相，文德武功”。有《石淙类稿》。

蓝田道中遇雪

风雪交加岁暮时，不知寅斗[1]已前移。
担斗寄货抡才[2]卷，袖里春风咏雪时。
野店[3]夜寒人语静，山村雪渺灶烟迟。
秦川近看无多路，信步何须问险夷。

注释

①斗：二十八宿之一，指时间迁移。

②抡才：指选拔人才。

③野店：指乡村旅舍。

点评

（刘睿婕）

诗人在这里传递出了一种乐观向上、莫怕前路坎坷的积极心态。在整首诗中，诗人极力描绘冬天秦岭的严寒气候，也营造出了一种令人生怜的氛围。这样的雪夜，四周寂静无声，人迹罕至，着实令人感到悲凉。外加诗人还遭受仕途坎坷，心境愈发凄凉。但即便这样的外境内化，依然难掩诗人奋发的斗志，在诗的最后，借用秦川漫步无须多问，喻言自己积极向上的乐观心态和不畏艰难、昂首阔步的执着信念。

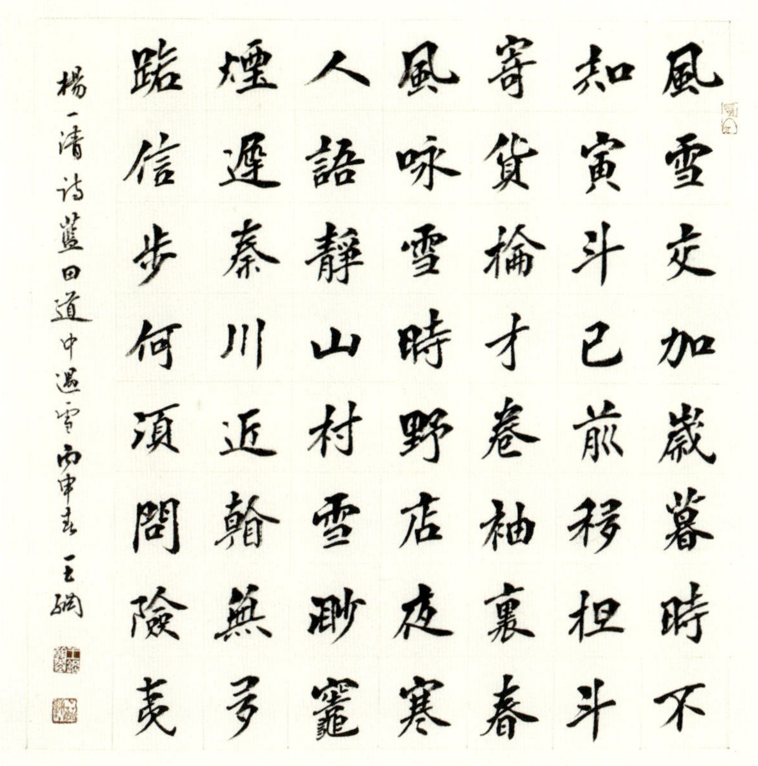

王纲 / 书
杨一清《蓝田道中遇雪》

王九思

王九思（1468—1551），字敬夫，号渼陂。西安府鄠县（今陕西户县）人。弘治九年（1496）进士，被选为庶吉士，后授检讨。正德四年（1509）调为吏部文选主事，年内由员外郎再升郎中。与李梦阳、何景明、康海等人倡导“文必秦汉，诗必盛唐”，史称“前七子”。著有诗文《渼陂集》《渼陂续集》，散曲《碧山乐府》《南曲次韵》，杂剧《杜甫游春》等。

草堂寺[①]

万卉新看雨后芳，群峰遥对古禅堂。
望晴顿觉风云变，探景方辞道路长。
喜见诸天多胜概[②]，谁言佛日[③]有余光。
浊醪[④]催客诗先就，紫阁招人兴未忘。

注释

①草堂寺：位于西安市户县圭峰山北麓，距西安约50公里，东临沣水，南临终南山圭峰、观音、紫阁、大顶诸峰，是国务院确立的汉族地区佛教全国重点寺院。该寺原为后秦姚兴（394—415）逍遥园的一部分。鸠摩罗什曾在园内西明阁翻译佛经，僧众达三千余人。唐宣宗大中九年（855）重建。

②胜概：美景，美好的境界。

③佛日：对佛的敬称。佛教认为佛之法力广大，普济众生，如日之普照大地，故以日为喻。

④浊醪：浊酒。

点评

（刘娜）

前四句写草堂寺周围的景致：雨后花朵更加芬芳，群峰与禅寺遥遥相对，天气变化无常，让人捉摸不定，越前进越能发现道路幽深而漫长。接着，作者发出了这样的感慨：这秀丽的风景自然天成，怎么能说是佛的余光呢？一个“催”字生动传神，写出了文人对酒的特殊情怀，流露出作者尽情徜徉于山水的闲适与恬淡。“紫阁招人兴未忘”，作者在意犹未尽之时戛然收笔，留给读者很大的想象空间，也表达了诗人流连山水、钟爱自然的隐士情怀。诗人能够炼俗为雅，本色与文采融合，气韵与词藻兼善。遵循曲律，音韵和谐，曲折有致，既有志士的品格，又兼具诗人的情怀。

舒宏昌 / 绘
《草堂寺》

李梦阳

李梦阳（1473—1530），字献吉，一字天赐，号空同。庆阳府安化县（今甘肃庆城县）人，后又还归故里（河南扶沟）。弘治六年（1493）进士。官至户部郎中，后迁江西提学副使，曾因弹劾刘瑾入狱。明代中期文学家，复古派“前七子”的领袖人物。提倡“文必秦汉，诗必盛唐”，强调复古。著有《空同集》。

骊山

绣岭①花仍绣，汤泉满故宫。
禁池②人自浴，新月古应同。
玉殿③兴亡后，青山涕泪中。
千岩歌吹入，犹想翠华东。

注释

①绣岭：在今西安市临潼区骊山上，有东绣岭、西绣岭。因山势高峻，如云霞绣错，故名。

②禁池：宫苑中的池塘。这里指华清池。

③玉殿：宫殿的美称。借指朝廷、天子。

点评

（刘娜）

这首诗是作者登上绣岭之后所发的感喟。山上依旧是花团锦簇，华清池遗址犹在，殊不知，转眼间人事代谢，那悬挂的明月见证了朝代的更替，作者以“新月”作为参照，更彰显变幻无常的人事风云。“青山涕泪中”，诗人在此运用拟人的修辞手法，看似是青山涕泪，实则表达了唐王朝覆灭后，山河为之痛哭的悲伤以及时代兴废带给百姓的苦难之重，同时也包含作者的惋惜之情。其中也蕴含着诗人对盛衰交替、福祸相依的感慨。整首诗雄浑健拔、兴象飘逸、风味盎然。

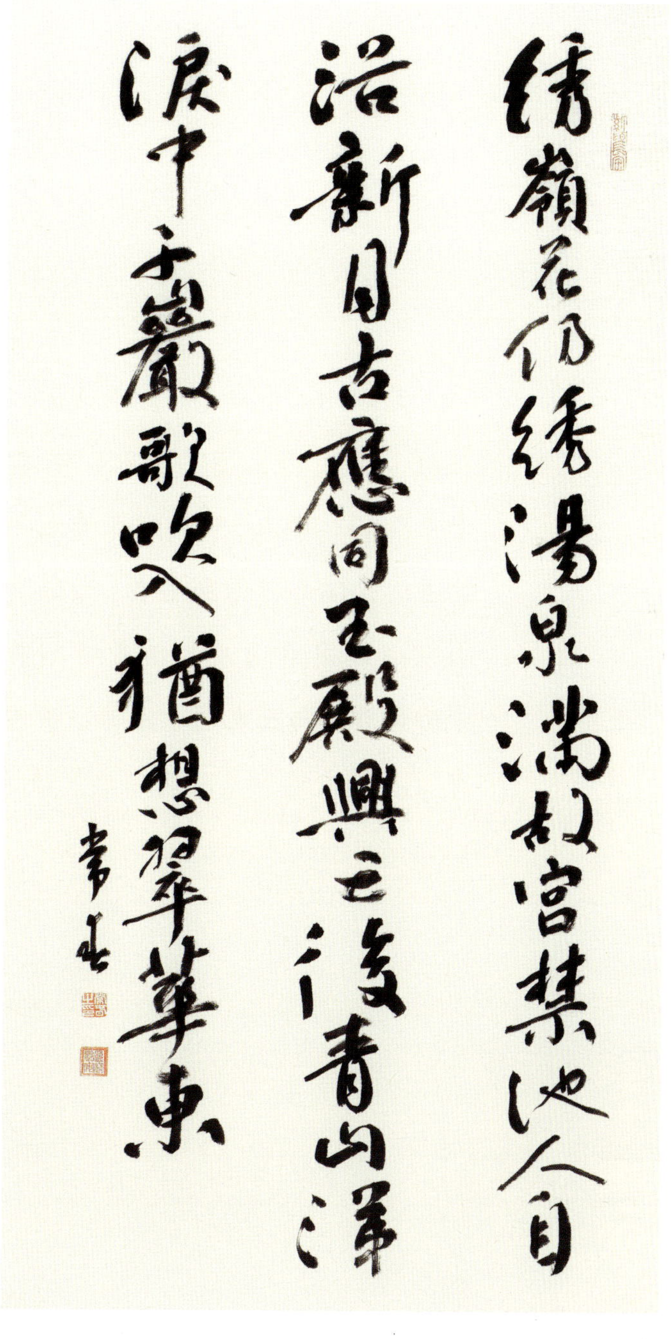

李梦阳《骊山》
常春／书

马理

马理（1474—1556），字伯循，号溪田。三原（今陕西三原县）人。明孝宗弘治十年（1497）举人，明武宗正德九年（1514）进士。曾任吏部稽勋主事、稽勋员外郎、南京通政司右通政、稽考功郎中、光禄寺卿等职。与王九思、康海、吕柟为友。有《溪田文集》《陕西通志》等。

下马陵

三尺孤坟禁苑[1]头，王侯至此下骅骝[2]。
儿童为问缘何事，千载真儒在此丘。

注释

①禁苑：帝王的园林。

②骅骝：泛指骏马。

点评

（白芳）

下马陵，后称蛤蟆陵，汉代著名思想家董仲舒安葬于此，传说汉武帝过之必下马而行以示崇敬。诗人亲临此地，看帝王园林三尺孤坟，仿佛王侯下马历历在目。不谙世事的儿童问起缘由，只因为千载真儒长眠于此。本诗既是对思想家董仲舒的文化影响力的歌颂，字里行间也表达了诗人对真儒贤士的无限仰慕之情。

三尺孤坟禁苑头,至今玉骨此下
骅骝见童为问缘何不
千载真儒立此丘

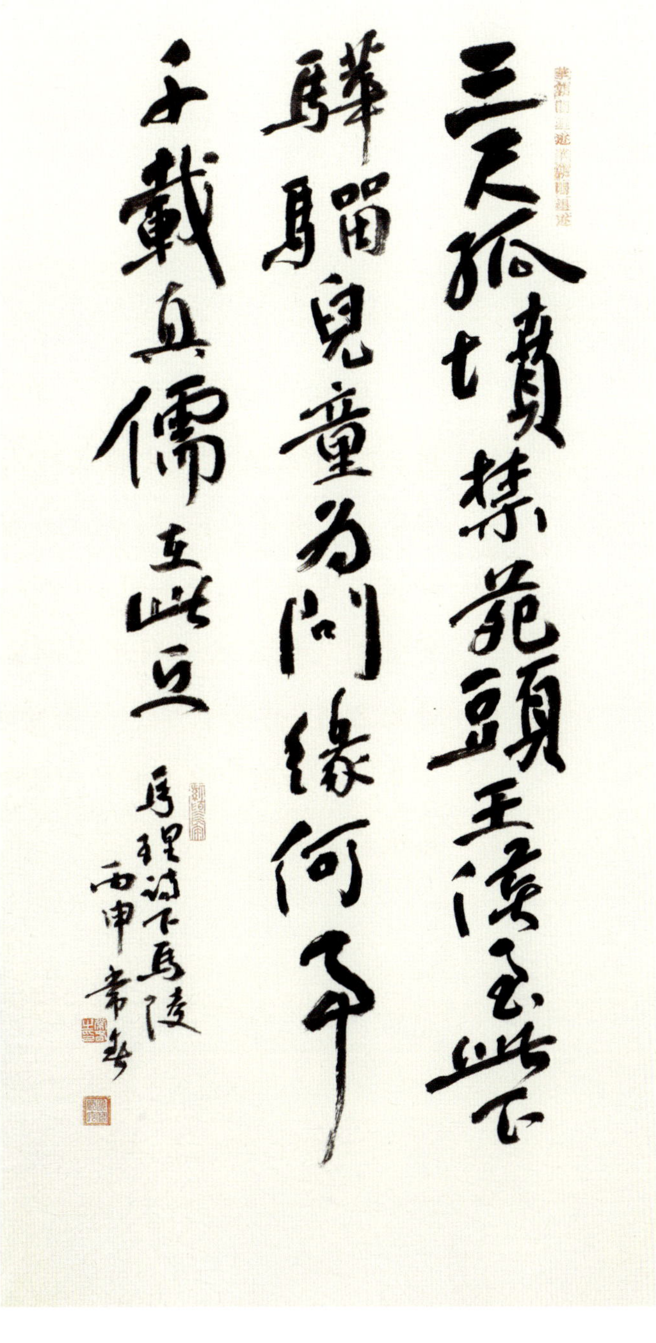

常春 / 书
马理《下马陵》

康海

康海（1475—1540），字德涵，号对山、浒东渔父。陕西武功人。明孝宗弘治十五年（1502）状元。任翰林院修撰。明武宗正德年间（1506—1521）宦官刘瑾败，因名列瑾党而免官。以诗文名列“前七子”之一。有诗文集《对山集》、杂剧《中山狼》、散曲集《浒东乐府》等。

紫云楼①

危楼迥对一峰孤，哀壑②平连万顷芜。
摩诘③画图空掩映，伯阳④道德岂虚无。
方西涧谷汉驰道，直北河山周故都。
风土不殊人事异，谁将绵瓞问司徒⑤。

注释

①紫云楼：建于唐开元十四年（726），每逢曲江大会，唐明皇必登临此楼，在欣赏歌舞、赐宴群臣之际，凭栏观望园外万民游曲江之盛况，与民同乐。

②哀壑：凄凉冷落的深谷。

③摩诘：指唐代诗人王维。王维，字摩诘，有“诗佛”之称。

④伯阳：老子的字。

⑤绵瓞：喻子孙绵延不绝。司徒：掌管国家土地和人民教化的官职。

点评

（刘娜）

诗人开篇一个“迥”字，将紫云楼与两座孤峰进行对比，形象生动地突出紫云楼的出类拔萃与傲然挺立，更显其高耸入云的姿态。其与幽深的山谷连成一片，一望无际，浩瀚无涯。紧接着诗人由实转虚，忆起当年“汉驰道”“周故都”，借“风土不殊”与“人事异”作比，朝代更替、历史变迁，抒发了自己对人生无常、世事难料的无限慨叹。诗风豪放沉雄、本色质直。

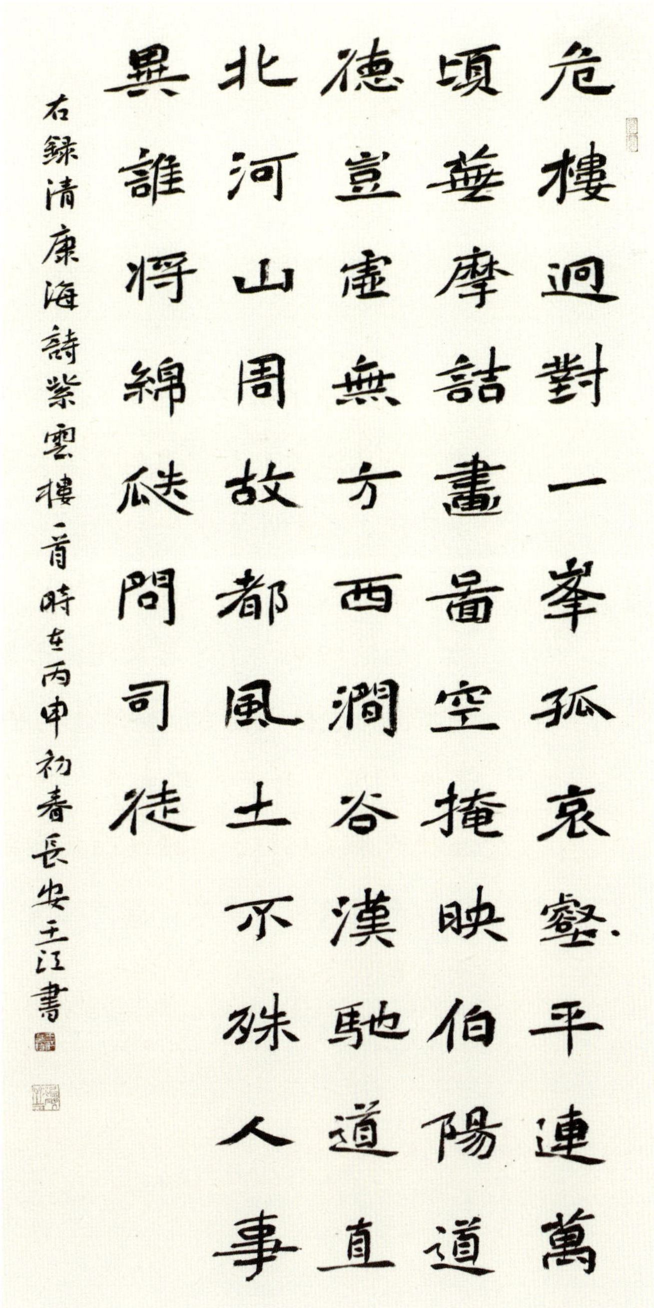
危樓迴對一峯孤哀壑平連萬
頃蕪摩詰畫圖空掩映伯陽道
德豈虛無方西澗谷漢馳道直
北河山周故都風土不殊人事
異誰將綿瓞問司徒
右錄清康海詩紫雲樓一首時在丙申初春長安王江書

王江／书
康海《紫云楼》

朱应登

朱应登（1477—1526），字升之，宝应（今属江苏）人。明朝著名文学家。与李梦阳、何景明等称“十才子”，又为“弘治七子”之一，还与顾璘、陈沂、王韦并称“金陵四家”，才思泉涌，落笔千言，诗宗盛唐，格调高古。弘治十二年（1499）进士，历官南京户部主事、知延平府。正德六年（1511），任陕西提学副使，后调云南布政司右参政。有《凌溪先生集》十八卷。

秋日登老子说经台[①]

伯阳[②]仙去有高台，紫气销沈望不回[③]。
楼观俯看秋色里，函关背指暮云隈[④]。
岩前种柏飘玄润，石上翻经暗古苔。
问礼谁争宣父[⑤]长，惭予千载偶能来。

注释

①老子说经台：位于西安周至楼观台景区。

②伯阳：老子的字。

③紫气：紫色云气。古代以为祥瑞之气，附会为帝王、圣贤等出现的预兆。销沈：消逝，消失。

④隈（wēi）：角落。

⑤宣父：即孔丘。唐太宗贞观（627—649）年间诏尊孔子为宣父。

点评

（刘娜）

此诗为台下有《道德经》石刻和手植柏有感而赋。老子的《道德经》使得石阶上的青苔都黯然失色，“暗”字用拟人手法表明了作者对圣人的推崇与敬重。明顾璘评价其诗歌艺术风格云：“升之才华彪发泉涌。每当人落笔，一扫千言，旁观者往往夺气。其诗上准风雅，下采沈、宋，磅礴蕴藉，郁兴一代之体。”赞其诗既符合风雅传统，又有六朝遗风。升之所追摹的范围较广，自唐以上，汉魏六朝均不限。“楼观俯看秋色里，函关背指暮云隈”，一个“俯看”，一个“背指”，写出说经台掩映在暮云中的恢宏气势。最后一句作者用自谦的口吻再次表明了对老子等圣人的崇高敬意。

魏振选 / 绘
《老子讲经》

何景明

何景明（1483—1521），字仲默，号白坡，又号大复山人，信阳（今河南信阳）人。弘治十五年（1502）中进士，授中书舍人，并任内阁。明武宗正德（1506—1521）初，宦官刘瑾擅权，何景明谢病归。刘瑾诛，官复原职。官至陕西提学副使。何景明是明代“文坛四杰”中的重要人物，也是明代著名的“前七子”之一，与李梦阳并为文坛领袖。其取法汉唐，一些诗作颇有现实内容。有《大复集》。

鹿苑寺[1]

旧宅[2]施为寺，青山属野僧。
高人[3]不可见，胜迹已无凭。
色藉荒庭草，阴垂古殿藤。
千崖一微径[4]，异代几攀登。

注释

①鹿苑寺：即王维在辋川的别墅。其临终嘱将其居所施为佛寺，即此。

②旧宅：指王维故居。

③高人：指王维。

④微径：小路。

点评

（林贤）

鹿苑寺由王维故居改造而成，而今已荒草丛生。诗人感念一代“诗佛”王维的故居竟落得如此下场，寂寞荒凉之情油然而生。此诗用词凝练，意脉连贯，将昔日高人之宅与今日野僧之所联系到一起，胜迹比荒草，突出今日的荒凉。庭院长满荒草，古旧的殿阁隐藏在藤蔓的阴凉中，满目疮痍。末句一问，异代以来，有几人攀登过呢？荒凉落寞之感引人深思。

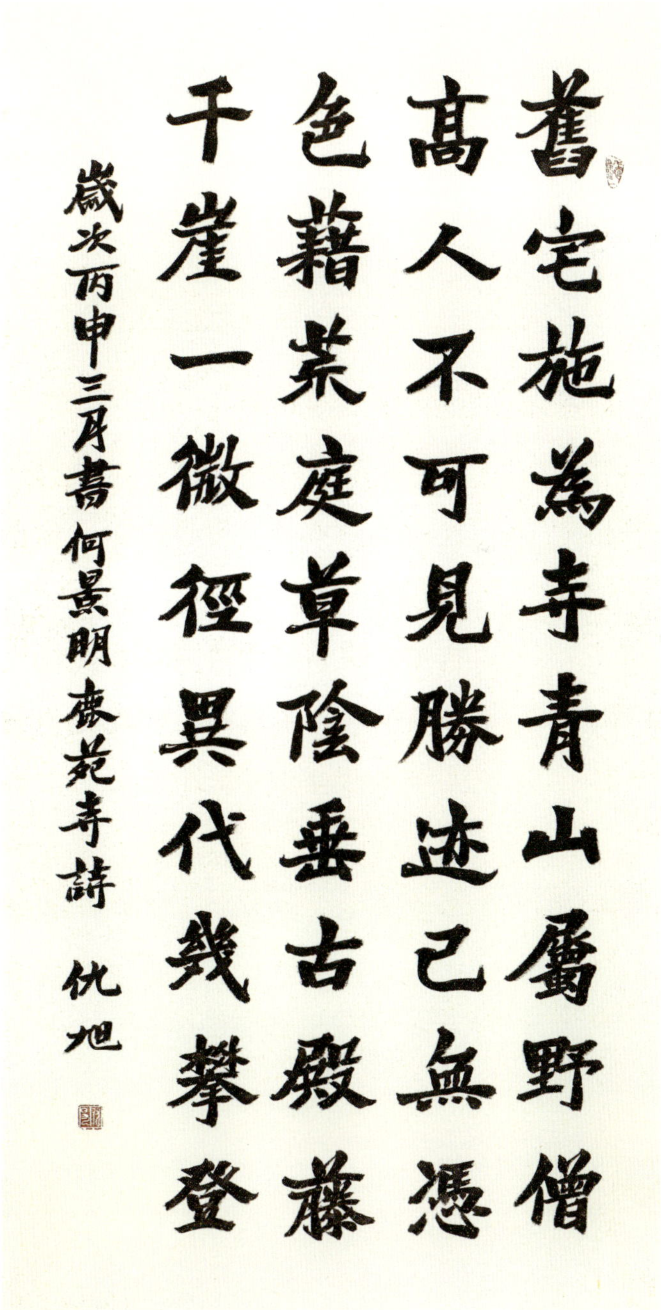
舊宅施為寺青山屬野僧
高人不可見勝迹已無憑
色藉莓庭草陰垂古殿藤
千崖一微徑異代幾攀登
歲次丙申三月書何景明鹿苑寺詩 仇旭

何景明《鹿苑寺》
仇旭／书

杨慎

杨慎（1488—1559），字用修，号升庵，后因流放滇南，自称博南山人、金马碧鸡老兵。四川新都（今成都市）人。明代著名文学家。正德六年（1511）状元，官翰林院修撰，参与编修《武宗实录》。世宗继位，任经筵讲官。嘉靖三年（1524），谪戍于云南永昌卫。穆宗隆庆（1567—1572）初，赠光禄寺少卿。熹宗天启（1621—1627）时追谥文宪，故称“杨文宪”。其诗沉酣六朝，揽采晚唐，创为渊博靡丽之词。著有《升庵集》。

兴教寺[1]海棠

两树繁花占上春[2]，多情谁是惜芳人？
京华[3]一朵千金价，肯信空山委[4]路尘。

注释

①兴教寺：又称护国兴教寺，在西安市长安区韦兆村，始建于唐，因唐肃宗题“兴教”二字，故名。

②上春：孟春。指农历正月。

③京华：皇都。

④委：交由。

点评

（林贤）

嘉靖年间，状元杨升庵来到兴教寺投宿，恰逢两株海棠盛放，与世无争地开在这荒村古庙。杨升庵触景生情，便作了此诗。两树繁花在孟春时节绽放，可惜却不知那爱惜这芳华的“惜芳人”身在何方。同是海棠，在皇城之中一朵价值千金，而在空山之中却只能落得“零落成泥碾作尘”的结局，不禁引人愁思万千。

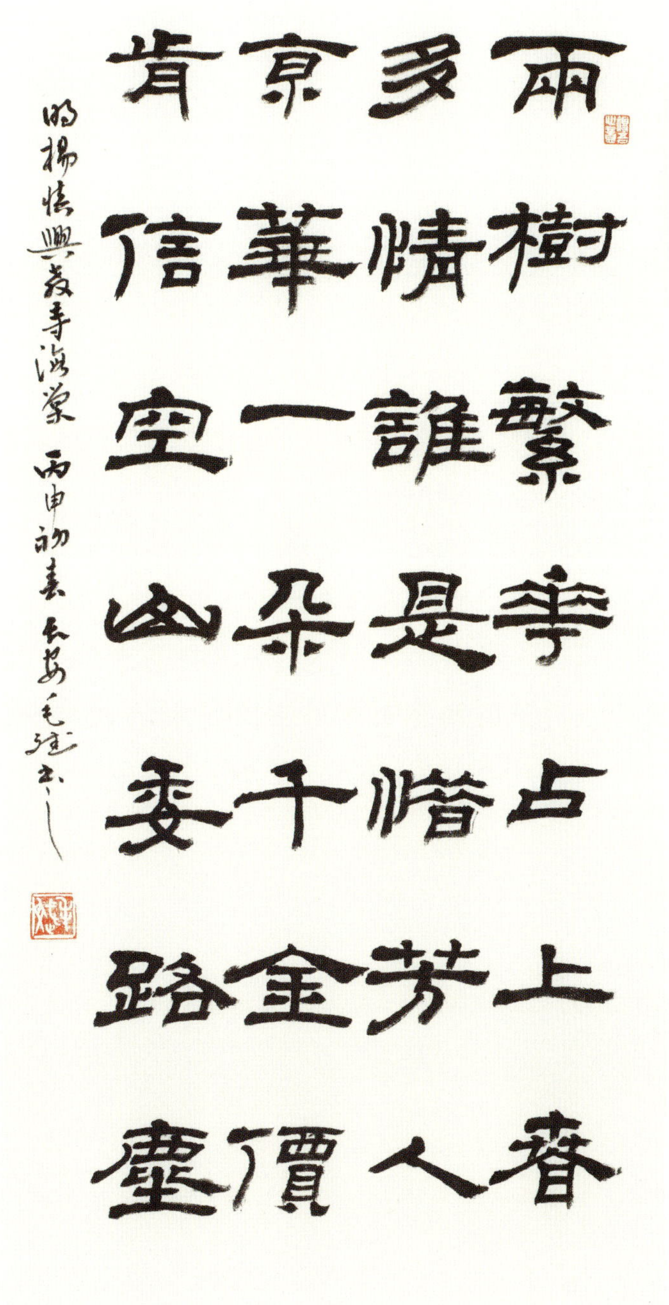

毛斌／书
杨慎《兴教寺海棠》

胡侍

胡侍（1492—1553），字奉之，一字承之，号濴溪。陕西咸宁（今西安市）人。一说陕西都指挥使司宁夏卫（今宁夏回族自治区银川市）人。明武宗正德十二年（1517）进士，任鸿胪少卿。明世宗嘉靖三年（1524）因劾奏大学士张璁、桂萼遭贬谪，嘉靖十七年（1538）复职。有《蒙谿集》《墅谈》《真珠船》等。

牛头寺[1]

福地红尘表，祇园碧巘隈[2]。
烟霞双树[3]合，楼阁四天[4]开。

注释

①牛头寺：唐代古寺，唐代樊川八大寺之一，故址位于西安市长安区少陵原畔。建于唐德宗贞元十一年（795），宋太宗太平兴国年间（976—984）改名福昌寺，宋哲宗元祐元年（1086）复名牛头寺至今。

②祇园：本为印度佛教圣地之一，又称“祇园精舍”，此特指供奉释迦牟尼的牛头寺。碧巘（yǎn）：苍翠的山峰。隈：山水弯曲的地方。

③双树：娑罗双树，也称双林，为释迦牟尼入灭之处。

④四天：即佛家四禅天。初禅为大梵天之类，二禅为光音天之类，三禅为遍净天之类，四禅为色究竟天之类。

洗铢龙君⑤状，拈花鹿女来⑥。
佛珠摇宝殿，空落绕手台。
云雾我飞扬，江湖想渡怀。
未超贪著性，徒倚不能回。

注释

⑤龙君：即龙王。

⑥拈花：佛典故事，“拈花一笑”。鹿女：佛经中所说的仙女。

点评

（林贤）

这是一首歌咏寺庙的诗歌。从语言上来看，诗人化用了大量的佛家用语，如“双树”“四天”“拈花”“鹿女”等，这些独特的佛教意象为整首诗营造了一种超脱自然的意境。从结构上来说，整首诗显然是经过了诗人精心的组织，首句写牛头寺的地理位置和景色，处于祇园的山峰弯曲处，位置不凡。中间部分着重描写牛头寺的文化背景和寺庙的景物。末尾部分写诗人看到此景后心灵的思索，感叹自己未能超脱红尘，仍旧徘徊在尘世的喧哗中。

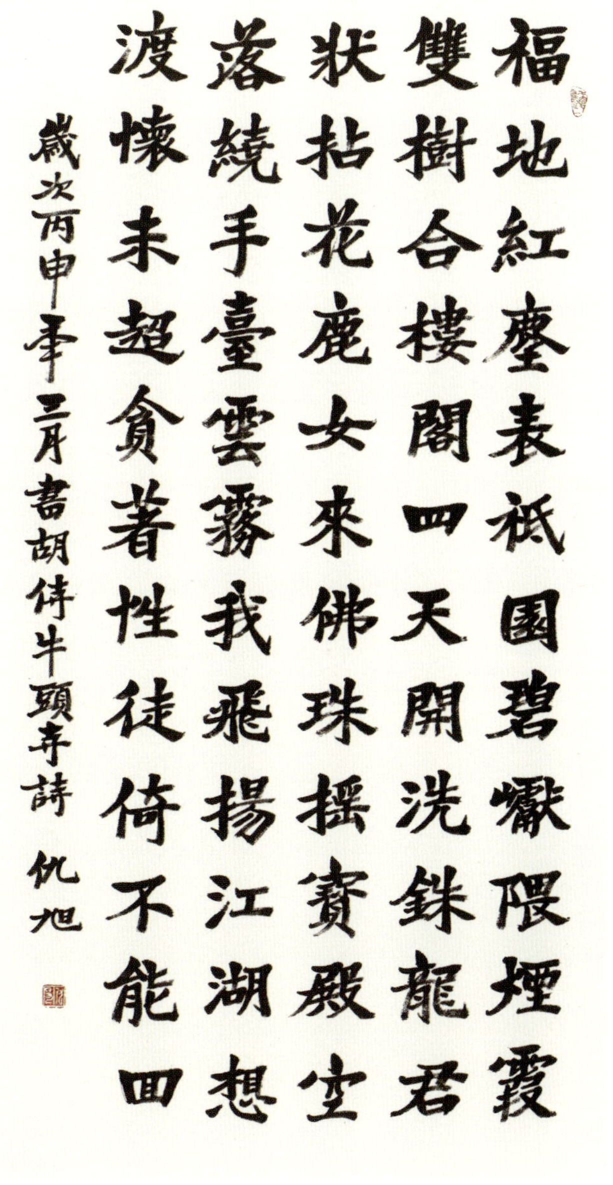

仇旭/书
胡侍《牛头寺》

乔世宁

乔世宁（1503—1563），字景叔。年青时曾读书于三石山（今大香山），因自号三石山人。耀州（今陕西耀县）人。嘉靖四年（1525）乡试解元。嘉靖十七年（1538）进士，授南京户部广西司主事，后任福建司员外郎、贵州司郎中、四川佥事，因处事认真、奖良罚恶、是非分明升任湖广督学。累官至河南参政、四川按察使。后以丁忧回乡，潜心著书立说，终老于家。有《丘隅集》等。

城南怀古

长安元胜地，绝胜是城南。
池馆行相映，幽深得共探。
万山开画障①，斜日散晴岚②。
陌树莺犹啭，烟草柳自含。
曲江寻故迹，南内③只虚谈。
地想皇陂④近，关曾紫气瞻。
塔云空忆雁，苑草复停骖⑤。
俯仰怀今古，踟蹰意再三。

注释

①画障：即画屏。

②晴岚：指晴天空中笼罩着淡淡的雾气。岚，竹林间的雾气。

③南内：唐代长安的兴庆宫。

④皇陂：亦作“皇子陂”，地名，在今陕西省长安区南。

⑤骖：指架在车前两侧的马。

点评

（李菲菲）

这是一首怀古诗，诗人通过写长安城南的古迹、景物抒发古今易变的感叹。全诗分为三部分。第一部分“长安元胜地”以下八句，写城南胜景。池馆相映，山如画屏，莺鸟啼啭，杨柳含烟。第二部分“曲江寻故迹”以下六句，写城南古迹，如曲江、兴庆宫、皇子陂、雁塔等，诗人只能追忆它们往日的生机与繁华。第三部分为最后两句，写诗人俯仰古今，感叹时光流逝，所以徘徊不愿离去。诗中以城南胜景衬托古迹，更突显出那些历史遗迹的萧寂与落寞，颇有物是人非的历史沧桑感。

刘畅 / 绘
《城南怀古》

许孚远

许孚远（1535—1604），字孟中，号敬庵。浙江德清人。嘉靖四十一年（1562）进士，授南京工部主事，后调吏部主事。曾任陕西提学副使。因讲学遭尚书杨博忌，称疾离归。与当时名儒冯从吾、刘宗周、丁元荐友善。有《敬和堂集》等。

游辋川[1]

辋川不似唐朝盛，空废文人自远来。
画上诗篇虽不改，图中景致已难猜。
风生母塔[2]摇青草，雨湿丞祠长苍苔。
惟有当时鹿苑[3]在，游人到此叹徘徊。

注释

①辋川：在陕西省蓝田县南，唐代著名诗人王维曾隐居于此。

②母塔：王维母葬地，在辋川。

③鹿苑：即鹿苑寺。据载，王维在母亲去世之后，将其辋川别墅表为寺庙，藏母亲灵柩于其西侧。

点评

（白芳）

又一次亲临辋川，诗人见眼前青苔满祠、塔摇青草，想昔日繁盛之景，当年的画中景、诗中意仍浮现眼底，怎奈已难猜图中景致是在何方！想必那远道而来的诗篇与贵族狩猎的林苑，总能惹游人深思，令人感叹徘徊，惋惜与哀吟。诗人怀古伤情，对辋川现状的惋惜与哀叹，感情真挚，颇具感染力。

明许孚远诗游辋川

辋川不似唐朝盛,空废文人自远来。画上诗篇虽不改,图中景致已难猜。风生母塔摇青草,雨湿丞祠长苍苔。惟有当时廉蔺苑,游人到此叹徘徊。

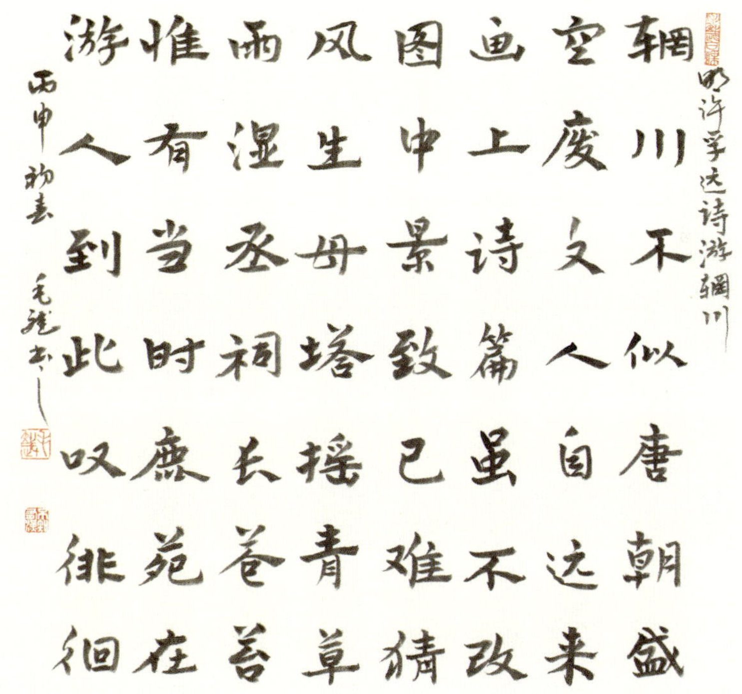

毛斌 / 书
许孚远《游辋川》

汤显祖

汤显祖（1550—1616），字义仍，号海若、若士、清远道人。临川（今江西抚州）人。万历十一年（1583）进士，先后任太常寺博士、詹事府主簿、礼部祠祭司主事。万历二十六年（1598）弃官归里。汤显祖于古文、诗词、戏剧颇精，且能通天文地理、医药卜筮诸书。有《玉茗堂集》四卷、《红泉逸草》一卷、《问棘邮草》二卷等，其中以《牡丹亭》一剧最为著名。

汉未央宫[1]瓦砚

铜雀台[2]知岁月深，未央宫瓦更难寻。
风漪欲动洮河[3]绿，云气长滋汉殿阴。

注释

①未央宫：宫殿名，汉高帝七年（前200）建。新莽末毁。东汉末董卓复葺未央殿。故址在今陕西西安市北未央区内。

②铜雀台：一作“铜爵台”。始建于建安十五年（210），以建筑得名，是“曹魏三台”之一。

③洮（táo）河：借指洮砚。

点评

（白芳）

诗人以铜雀台瓦砚的细腻、坚硬、耐得岁月磨洗开篇，引出了梦里殷勤觅、醒来终却无的未央瓦砚，又联想风吹欲动，那洮河中晃动的绿石而制的洮砚，其亮丽与明艳堪与他者比肩。通过对著名三砚的描写，诗人笔锋回转，“云气长滋汉殿阴”，聚阴阳之气，合天子群居，借未央瓦砚来感怀历史，同时也表达了诗人对未央瓦砚的喜爱与赞美之情。

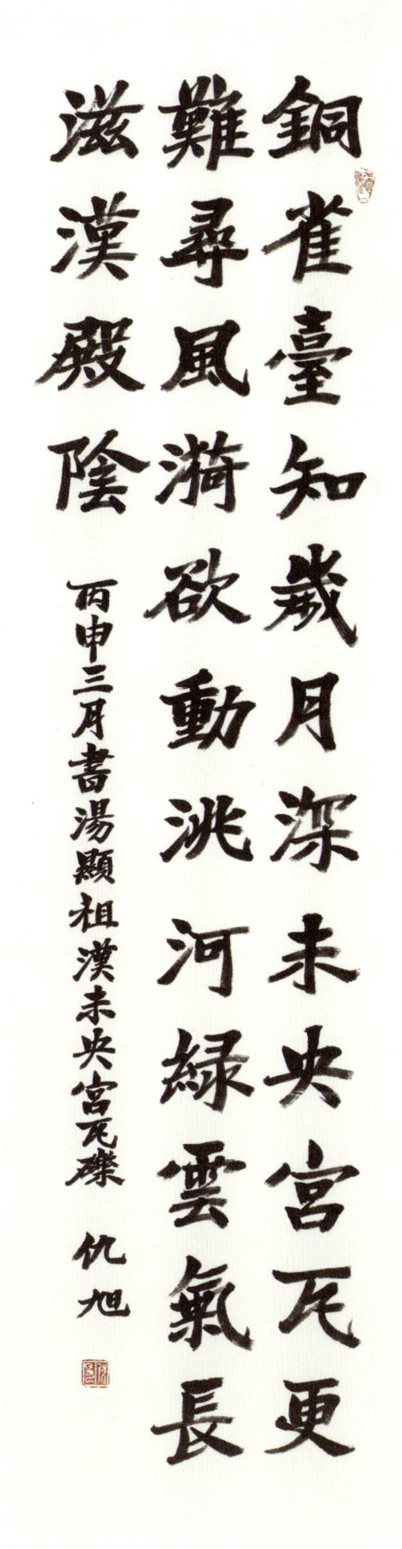

仇旭／书
汤显祖《汉未央宫瓦砚》

袁宏道

袁宏道（1568—1610），字中郎，又字无学，号石公，又号六休。湖广公安（今属湖北公安）人。万历二十年（1592）进士，历任吴县知县、礼部主事、吏部验封司主事、稽勋郎中、国子博士等职。袁宏道在文学上反对“文必秦汉，诗必盛唐”的风气，提出“独抒性灵，不拘格套”的性灵说。与其兄袁宗道、弟袁中道并有才名，合称“公安三袁”。著有《袁中郎集》。

过华清宫浴汤泉有述六首（选一）

东岭复西岭，秦乡与汉乡。
市城[1]云淡淡，今古水汤汤[2]。
废址耕斜坂，归樵话夕阳。
乱亡犹有等，最劣是幽王[3]。

注释

①市城：集市与城郭。

②汤汤：指水流盛大浩渺的样子。

③幽王：指周幽王，以沉湎酒色、昏庸无能著称。

点评

（彭泽芳）

华清宫的温泉是历代帝王的最爱，历朝历代的皇帝都来此游玩过，因而华清宫也就成了历史兴亡的见证者。一个朝代兴盛了，皇帝便在此大肆修建离宫，携带皇亲国戚前来游乐；一个朝代衰亡了，华清宫就又回到了当初的冷清寂寞。而诗人认为，尽管王朝的覆灭都因昏君而起，但最下等的便是那个周幽王了。尾联表达了诗人对兴亡的独特见解。

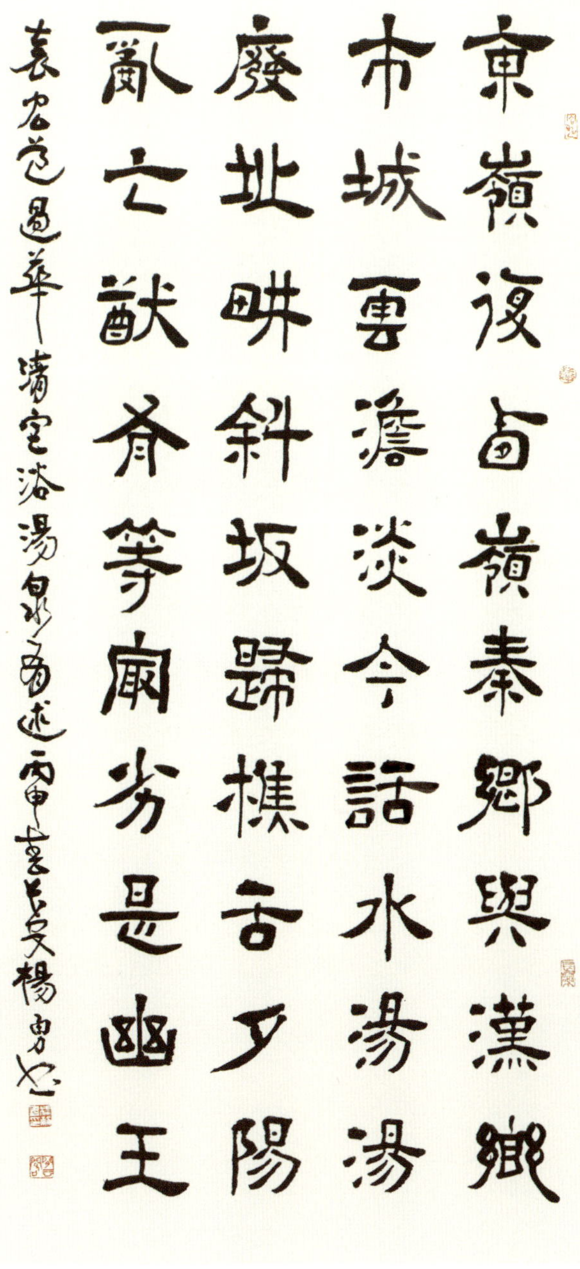

杨勇／书
袁宏道《过华清宫浴汤泉有述六首》（选一）

屈大均

屈大均（1630—1696），初名绍隆，字翁山，又字介子，广东番禺人。明末诸生。清军入关后，他出家为僧，法名今种，字一灵，一字骚馀。中年还俗，改名大均。曾漫游江淮、秦陇诸地，与陕西李因笃为友。诗作擅长写山林边塞风光，尤工五言近体，与陈恭尹、梁佩兰共称“岭南三大家”。有《九歌草堂集》《道援堂集》《翁山诗外》等。

杜曲谒杜工部祠

城南韦杜潏川滨①，工部②千秋庙貌新。
一代悲歌成国史③，二南风化在骚人④。

注释

①城南韦杜：指西安城南的韦曲和杜曲。韦曲在唐代为宰相韦安石的别墅所在地，亭台花木之胜驰名当时。杜曲在韦曲东十里，亦为名胜之地。韦杜二家在唐代都是世家大族，所以唐人语云："城南韦杜，去天尺五。"潏川滨：杜工祠地处韦曲、杜曲之间，潏水之滨。

②工部：指杜甫。杜甫曾被严武表为检校工部员外郎，后人称其为杜工部。

③"一代"句：意谓杜甫那些真实描写社会现实和民生疾苦的诗歌被人们誉为"诗史"。即所谓"甫又善陈时事，律切精深，至千言不少衰，世号'诗史'"。

④二南：指《诗经·国风》中的《周南》和《召南》。风化：教育感化。骚人：指杜甫。

少陵原上花含日，皇子陂前鸟哢⑤春。

稷契⑥平生空自许，谁知词客有经纶⑦。

注释

⑤哢（lòng）：鸣叫。

⑥稷契：稷与契是传说中唐尧和虞舜时的两个贤臣。此句意为杜甫平生以稷契自许，期望能辅佐明君，建功立业，但终未实现。

⑦词客：即诗人杜甫。经纶：本意为整理丝缕，后引申指政治才干。

点评

（刘睿婕）

城南杜曲，古来即为名胜之地，也是“诗圣”杜甫之工部祠所在之地，作者于春日游览于此，拜谒圣贤。首联即写杜公祠的具体位置，借称赞祠堂之意也将杜甫一生的成就做了极高的点评。颔联承袭上句，继续评价杜甫，只不过选取的角度是诗作。颈联是对少陵原的景色描写，最后一联总结杜甫的一生。字里行间饱含着诗人的惋惜之情。杜甫平生抱负未得施展，也不被时人理解，这样的遭遇实在是令人悲叹。诗人将自己的深沉感叹完全付诸整首诗中，情感深切真诚。

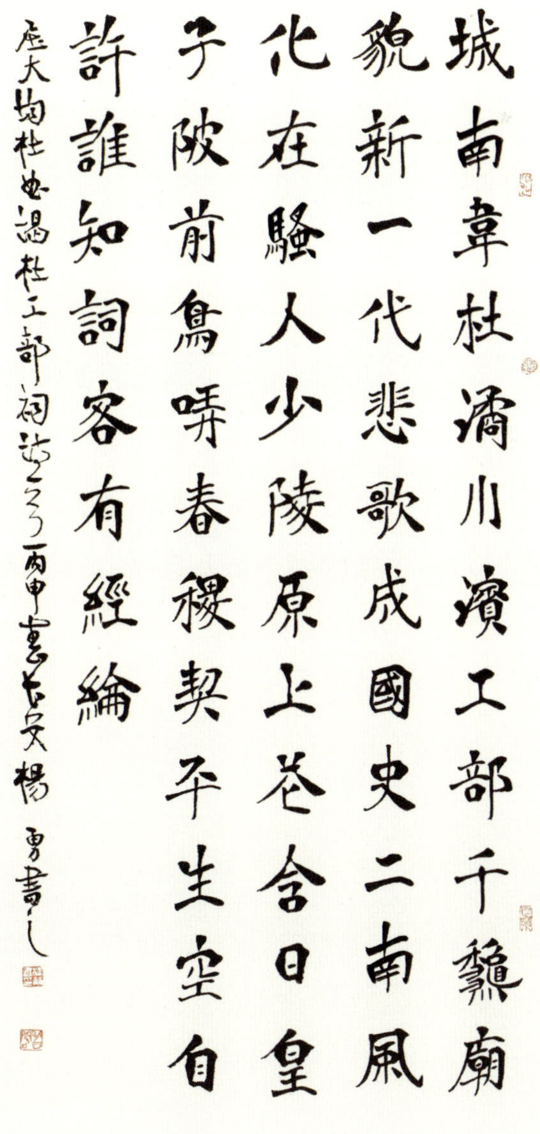

屈大均《杜曲谒杜工部祠》
杨勇\书

顾炎武

顾炎武（1613—1682），本名绛，别名继坤、圭年，字忠清、宁人，亦自署蒋山佣。后改名炎武。苏州府昆山（今江苏昆山市）人，因故居旁有亭林湖，学者尊为亭林先生。与黄宗羲、王夫之并称为明末清初“三大儒”。晚年隐居陕西华阴。有《日知录》《肇域志》《音学五书》《金石文字记》《顾亭林诗文集》等。

长安

东井[1]应天文，西京自炎汉[2]。
都城北斗崇，渭水银河贯。
千门旧宫掖，九市新廛闬。[3]
云生百子池[4]，风起飞廉观[5]。

注释

①东井：星宿名。即井宿，二十八宿之一。因在玉井之东，故称。

②炎汉：汉自称以火德王，故称炎汉。

③“千门”句：汉武帝作建章宫，度为千门万户。“九市”句：据《长安志》载，长安有九市，六市在道东，三市在道西。廛闬（chán hàn）：指食肆商店。

④百子池：汉代宫中池名，传以五色缕装饰。

⑤飞廉观：宫观名，位于汉武帝时上林苑内。

呼韩⑥拜殿前，颉利⑦俘桥畔。
武将把雕戈，文人弄柔翰。
遗迹俱烟芜，名流亦星散。
愁闻赤眉⑧入，再听渔阳⑨乱。
论都念杜笃⑩，去国悲王粲⑪。
积雨乍开寒，凄其秋已半。
惆怅远行人，单衣裁至骭⑫。

注释

⑥呼韩：汉时匈奴单于呼韩邪的省称。

⑦颉利：唐代东突厥可汗，姓阿史那氏，名咄苾。借指少数民族首领。

⑧赤眉：指汉末以樊崇等为首的农民起义军。因以赤色涂眉为标志，故称赤眉军。

⑨渔阳：地名，现天津市蓟县，安禄山于渔阳举兵叛唐。

⑩杜笃：陕西西安人，东汉学者，学识渊博。

⑪王粲：东汉末年文学家，少有才名，“建安七子”之一。

⑫骭（gàn）：胫骨；小腿。

点评

（刘睿婕）

这首诗写的是诗人凭吊兴亡、叹古伤今的情怀。诗人在诗中不仅描绘了古都长安的景色，同时也想象了历史上少数民族朝拜的情境。在当时的盛况之下，文臣武将各司其职。然而诗人笔锋一转，直接写出历史已经随风而去，剩下的只有眼前的破败遗迹。一个国家或者一个朝代的兴亡，叛乱使得曾经的辉煌不再，想及此，诗人不得不缅怀两位学者文人，赞扬他们的品格。这首诗画面丰富，用典贴切，鲜明地表达了诗人的怀古叹今之情。

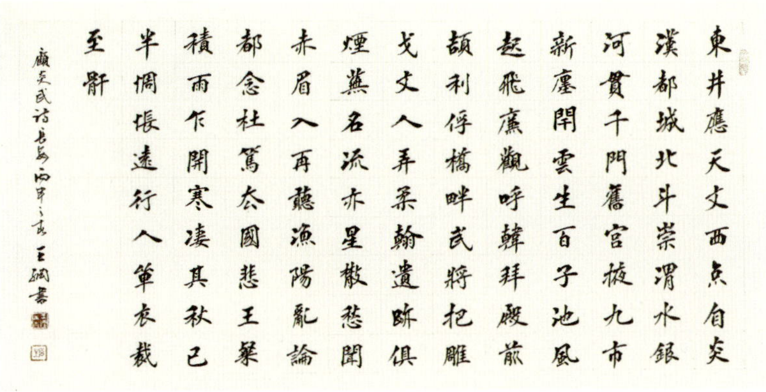

王纲／书
顾炎武《长安》

李柏

李柏（1630—1701），字雪木，号太白山人。陕西眉县人。终生未仕。与李颙（二曲）、李因笃并称“关中三李”。康熙二十九年（1690），应好友之邀游南岳、江汉、洞庭湖、衡山等地，归后有《湘中草》诗集问世。后迁居陕西洋县，有《汉南草》问世。康熙三十四年（1695）举家北返，寓居樊川。有《槲叶集》。

登慈恩寺浮屠[①]

东风屐齿[②]破苍苔，拾级[③]梯云上梵台。
世界三千掌上尽，河山百二眼中开。
长天日月闲今古，绝塞[④]风云自往来。
绣岭笙歌成底事[⑤]，夕阳老树鸟声哀。

注释

①慈恩寺浮屠：即慈恩寺塔，在长安曲江之北，始建于唐太宗贞观二十年（646），是太子李治为纪念他母亲文德皇后而建，所以叫慈恩寺。慈恩寺塔又名大雁塔，唐高宗永徽三年（652）由高僧玄奘所建。

②屐齿：指足迹，游踪。

③拾级：逐级登阶。

④绝塞：极远的边塞地区。

⑤绣岭：山名。在今西安市临潼区骊山上，有东绣岭、西绣岭。以山势高峻，如云霞绣错，故名。笙歌：合笙之歌。亦谓吹笙唱歌。

点评

（刘睿婕）

诗人登塔怀古，抒发怀抱。一开篇就将自己登临大雁塔、拾级而上的状态及心情生动地展现了出来。第二句诗人站在塔顶，俯瞰大地，内心怀忧抱恨，看着眼前的物是人非，悲从中来。当年的盛世年华如今早已不在，只剩下斜阳衰草、落日枯树。作为一个在外的游子，眼见山河大变，却只能四顾茫然而无所措。诗句中表达了诗人对故国盛世的追忆缅怀，同时也寄托了游子漂泊的忧伤之情。

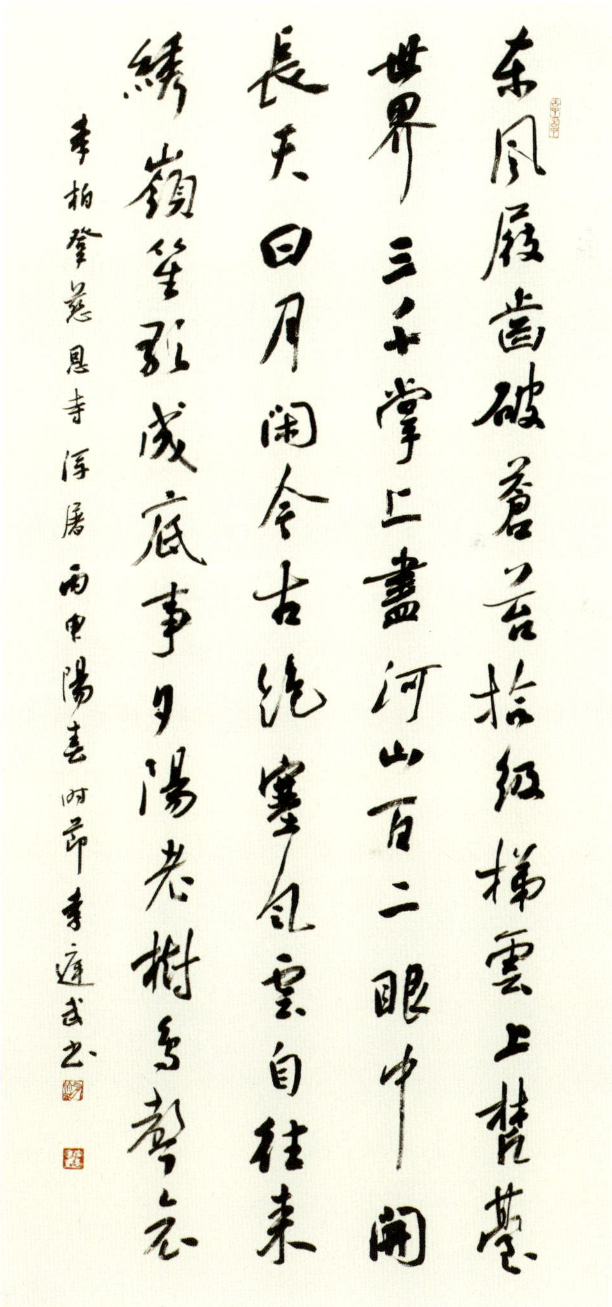
东风屡啮破苍苔拾级梯云上梵台
世界三千掌上尽河山百二眼中开
长天日月闲今古绝塞乱云自往来
绣岭笔头成底事夕阳老树鸟声哀
李柏登慈恩寺浮屠 丙申阳春时节李庭武书

李庭武／书
李柏《登慈恩寺浮屠》

王士祯

王士祯（1634—1711），原名王士禛，字子真，又字贻上、豫孙，号阮亭，又号渔洋山人，谥文简。山东新城（今山东桓台县）人，常自称济南人。顺治十四年（1657）进士，授扬州推官，累官至刑部尚书。康熙时，继钱谦益而主盟诗坛，创“神韵说”。有《池北偶谈》《古夫于亭杂录》《香祖笔记》《带经堂集》等。

杜曲

春衣杜陵[1]宿，窈窕一川花。
旧是岐公宅，人传故相家。[2]
名园三品石[3]，贵主五云车[4]。
今日秾华[5]歇，棠梨噪暮鸦。

注释

①杜陵：在今陕西省西安市东南。古为杜伯国。秦置杜县，汉宣帝筑陵于东原上，因名杜陵。

②“旧是”二句：唐杜佑封岐国公，官至太保，子孙多人为相。

③三品石：古代有封石为官的行为。南北朝时期，建康同泰寺（今南京鸡鸣寺）置供的山石，就被赐封为三品，俗称三品石。后泛指名贵石头。

④五云车：道家称神仙乘五色云车。后泛指华贵的车。

⑤秾华：形容花开繁盛，代指大家庭繁华喧嚣。

点评

（刘睿婕）

该诗主要通过写景来回顾与杜曲有关的人物及事件。与其他写景诗不同，此诗穿插着诸多与之密切相关的历史典故。开篇第一句即用“窈窕”二字拟人化地描绘出杜曲繁花盛开之景象。忆旧时，杜家旧宅内人声鼎沸、车马云集、名石满园，一片繁华。而今，诗人再望杜曲，不禁咏古伤怀，当年杜家旧宅内的繁华美景如今只剩声声暮鸦哀啼，尽是荒芜凄凉之状，不免悲从中来。

春衣杜陵宿旧家，一川花药旧是岐公宅，人传故相家名园。三品石黄玉五云车，今日繁华歌棠梨噪暮鸦。

王士禛一首书右

丙申寒食亚林书

王亚林／书
王士禛《杜曲》

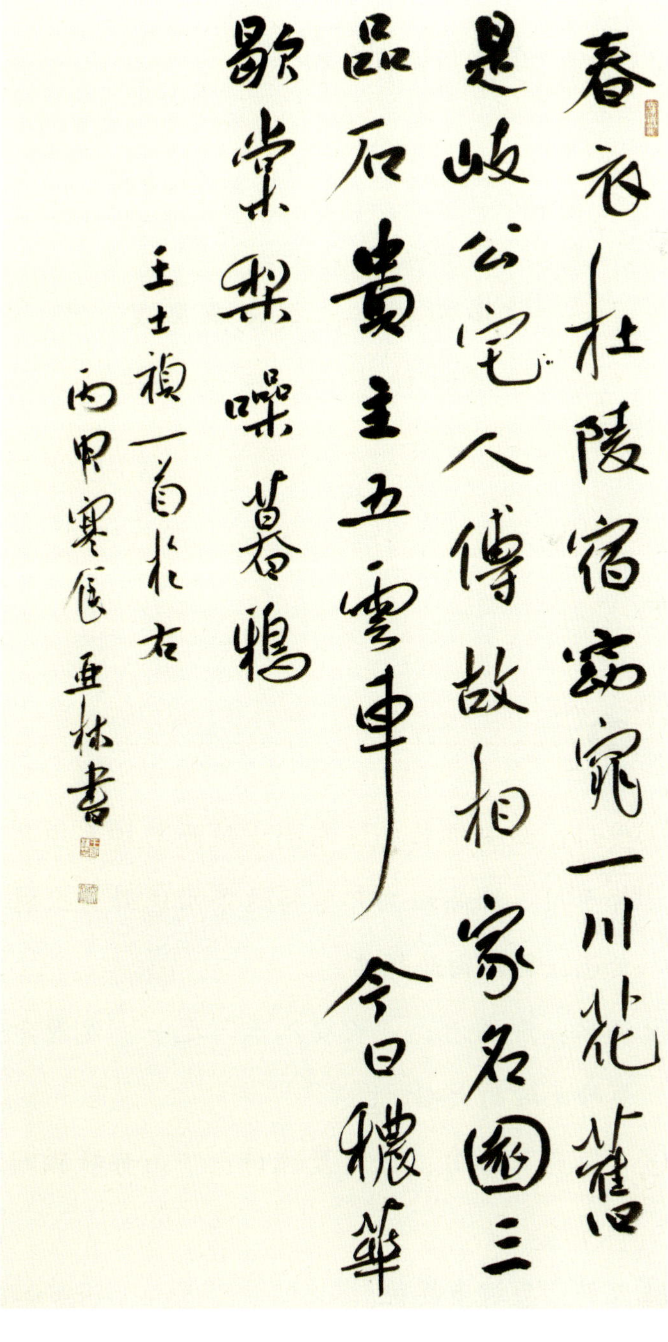

樊川桃花

三月樊川[①]路，红桃散绮霞。
终南青送黛，潏水[②]碧穿沙。
草色裙腰合，渠流燕尾叉。[③]
销魂过杜曲，一树最夭斜[④]。

注释

①樊川：西安市长安区东南少陵原与神禾原之间的一片平川。汉高祖刘邦曾将这条川道封为武将樊哙的食邑，樊川由此得名。

②潏水：即潏河，“长安八水”之一。发源于长安区秦岭北坡的大峪。

③“草色”二句：化用夏竦诗：“山势蜂腰断，溪流燕尾分。”

④夭斜：袅娜多姿貌。

点评

（刘睿婕）

古来文人诗咏樊川者甚多，王士祯诗则与其多有不同，主要描写的是樊川水流的特点。整首诗的画面简洁明朗，所触及景物也不繁复，就是桃花和溪水。诗人善于运用色彩搭配，使得画面一下子亮丽了起来，“红”“青”“碧”都是这些景物的颜色。同时全诗的第三句是亮点，用比喻的修辞手法形象地刻画了樊川之水的美丽，令人回味无穷。

刘畅／绘
《樊川桃花》

朱集义

朱集义，生卒不详。清初人，康熙年间曾任河东盐使。清圣祖康熙十九年（1680），曾咏诗作画，描述长安八景（本书选五首）。此后，“长安八景”之称基本定型，又称“关中八景”。

雁塔晨钟[1]

噌弘[2]初破晓来霜，落月迟迟满大荒。
枕上一声残梦醒，千秋胜迹总苍茫。

注释

①雁塔晨钟：清代“关中八景”之一。指陕西省西安市城南荐福寺内的小雁塔及荐福寺钟楼内的古钟。相传当年义净法师为早起礼佛、译经，就建议每日清晨击钟。清代康熙时移置荐福寺中，从此，小雁塔的钟声连绵不断，成为一景。

②噌弘：形容钟鼓之声。

点评

（王娅维）

“关中八景”中，“雁塔晨钟”是唯一以声音而取胜的一景。这首诗是对著名的关中八景之一“雁塔晨钟”的生动写照。首句一个“破”字用得极为传神，钟声如太阳一样破晓而出，融化了秋霜。时间还早，周遭是一片荒寂的景色，一轮明月挂在天上迟迟不肯落下。钟声惊醒了诗人的残梦，梦里梦外，时间相连，无限混沌，而又心神相接。这首诗描绘了钟声的洪亮、雁塔的巍峨，也有对惜时精神的赞颂和对苍茫历史兴衰的无限感慨。

王犇 / 绘
《雁塔晨钟》

草堂烟雾[①]

烟雾空蒙叠嶂生[②]，草堂龙象[③]未分明。
钟声缥缈云端出，跨鹤人来玉女迎[④]。

注释

①草堂烟雾：草堂寺位于西安市户县东南，曾是佛教传入中国后的第一个国立译场。传说草堂寺内有一古井，井壁有一块石头，每当一条蛇卧于石上，就有一股白气从井中冉冉升起，在寺庙上空缭绕盘旋。“草堂烟雾”即由此得名。

②空蒙：迷茫貌，缥缈貌。叠嶂：重叠的山峰。

③龙象：指罗汉像。

④跨鹤：乘鹤，骑鹤。道教认为得道后能骑鹤飞升。玉女：仙女。

点评

（王娅维）

“草堂烟雾”是“关中八景”之一。此诗写烟雾，诗人并没有直接描写烟雾如何，而是通过烟雾笼罩下的物象间接来描绘。飘游的烟雾，让人看不清重叠的山峦，分不清草堂寺的罗汉。云端传来幽远的钟声，天上的仙女以为有人乘鹤而来，赶忙出门相迎。然而这只不过是草堂烟雾带来的一场误会，并没有什么仙人乘鹤来。全诗以“烟雾”起，以“钟声”应，以“缥缈”终，虚实声响之间，尽显飘逸悠远之意境。

舒宏昌 / 绘
《草堂烟雾》

灞柳风雪[1]

古桥石路半倾欹[2]，柳色青青近扫眉。
浅水平沙深客恨，轻盈飞絮欲题诗。

注释

①灞柳风雪：在西安市的灞河（古称灞水）附近。秦汉时曾在灞河上架有木桥，名曰“灞桥”，其位置在今西安市灞桥镇西北方向5公里处的上桥梓口村以西。唐时在灞桥设有驿站，当时叫作“滋水驿”，也被称作“灞亭”。

②倾欹：歪斜，倾斜。

点评

（王娅维）

《西安府志》云：“灞桥两岸，筑堤五里，栽柳万株，游人肩摩毂击，为长安之壮观。”每年春天，灞桥两岸绿柳覆荫，柳絮漫天，飘飘扬扬，恰似春日里的一场雪，景况极美。送别时，士人多折柳相送，寓含“惜别怀远”之意。灞水、灞桥、灞柳、灞亭，古往今来，让无数人为之倾倒；生离死别、离愁别绪、诗情才气，在此地表现得淋漓尽致。而到了清初诗人朱集义的时代，灞桥已是残破不堪，古桥虽在，但已摇摇欲倾。柳树依然青青，从树下过，柳条时不时能够扫拂到人的脸上。灞河的水已经不像唐代那样大那样深了，浅水区时不时有沙石冒出来，但古代折柳相送的深情厚谊却未曾衰减过。在轻舞飞扬的柳絮中，诗人不禁感慨万千，诗兴大发。

舒宏昌 / 绘
《灞柳风雪》

曲江流饮①

坐对回波醉复醒，杏花春宴②过兰亭。
如何但说山阴③事，风度曾经数九龄④。

注释

①曲江流饮：曲江两岸楼台起伏、宫殿林立，绿树环绕，水色明媚。每当新科进士及第，总要在曲江赐宴。新科进士在这里乘兴作乐，放杯至盘上，放盘于曲流上，盘随水转，轻漂漫泛，转至谁前，谁就执杯畅饮，并当场作诗，由众人对其诗进行评比，遂成一时盛事。“曲江流饮”由此得名。

②杏花春宴：唐代新科进士正式放榜在春季，所以每逢上巳日，新科进士及第都会在曲江岸边杏园的亭子中宴饮聚会，所以也叫“杏园宴”。后来“杏园宴”逐渐演变为文人雅士吟诵诗作的“文坛聚会”。

③山阴：绍兴。

④九龄：即唐朝名相张九龄。

点评

（王娅维）

张九龄是唐代有名的贤相，举止优雅，风度不凡。自张九龄去世后，唐玄宗对宰相推荐之士总要问："风度得如九龄否？"在曲江畔，诗人睹物思人，想到了唐时曲江流饮盛况，进而想到兰亭聚会的场面，两者相较，诗人觉得唐人风流倜傥远胜晋人，而其中佼佼者当属张九龄。想到此，诗人无限神往，也无限感慨。风景名胜，景色固然重要，景色背后的人文气息更令人心向往之。这首诗凝练明快，与一般怀古之作大为不同。

舒宏昌 / 绘
《曲江流饮》

骊山晚照[1]

幽王[2]遗恨没荒台，翠柏苍松绣作堆。
入暮晴霞红一片，尚疑烽火自西来。

注释

①骊山晚照：骊山西绣岭到第三峰（老君殿）的断层北麓处为一转折，由此向西南呈阶梯状延伸渐成缓坡，每当夕阳西下，回光返照，复经折射，楼殿亭台、崖壁幽谷、苍松翠柏仿佛金光笼罩，各呈异彩，景色格外绮丽，人称“骊山晚照”。

②幽王：即周幽王，为博宠妃褒姒一笑，而“烽火戏诸侯”，终招杀身亡国之祸。

点评

（王娅维）

诗题曰“骊山晚照”，似为写景，综观全诗，实乃怀古之作。诗中所言周幽王戏诸侯事就发生在骊山。周幽王的遗恨淹没了荒废的烽火台，而山上松柏依旧郁郁葱葱，夕阳西下，红霞笼罩，像当年烽火燃烧一样。此情此景，更是引发了诗人的无限感慨，一种兴亡盛衰的慨叹油然而生。

孙宏涛／绘
《骊山晚照》

屈复

屈复（1668—1745），初名北雄，后改复，字见心，号晦翁，晚号逋翁、金粟老人，世称“关西夫子”。蒲城罕井镇人，后迁县城北关。19岁时童子试第一名。不久出游晋、豫、苏、浙各地，又历经闽、粤等处，并四至京师。乾隆元年（1736）曾被举博学鸿词科，不肯应试。72岁时尚在北京蒲城会馆撰书，终生未归故乡。著有《弱水集》《江东瑞草集》等。

沉香亭[1]

前朝亭尚在，零落是何时。
风月青春夜，人烟绿柳枝。
名花无限恨，此地最相思。
徒令王中允[2]，伤心凝碧池[3]。

注释

①沉香亭：位于唐长安城兴庆宫内龙池东北。1958 年在原址复建，为西安兴庆宫公园标志性建筑之一。

②王中允：即王维。

③凝碧池：唐禁苑中池名。唐天宝十五载（756），安禄山兵入长安，曾大宴其部下于此处。王维曾作《私成口号诵示裴迪》："万户伤心生野烟，百僚何日更朝天。秋槐叶落空宫里，凝碧池头奏管弦。"

点评

（李菲菲）

沉香亭是唐兴庆宫中的建筑，它历经岁月的沧桑，见证了一个王朝由胜而衰的历史。诗尾联引王维“管弦凝碧池”的典故，感叹历史兴亡、命运沉浮。据《明皇杂录》载：天宝末，安禄山攻破长安，大肆求访乐工，获梨园弟子数百人，大宴于凝碧池，并露刃持刀威逼梨园旧人奏乐助兴。王维此时被拘于菩提寺中，听说此事，便作了《私成口号诵示裴迪》诗。

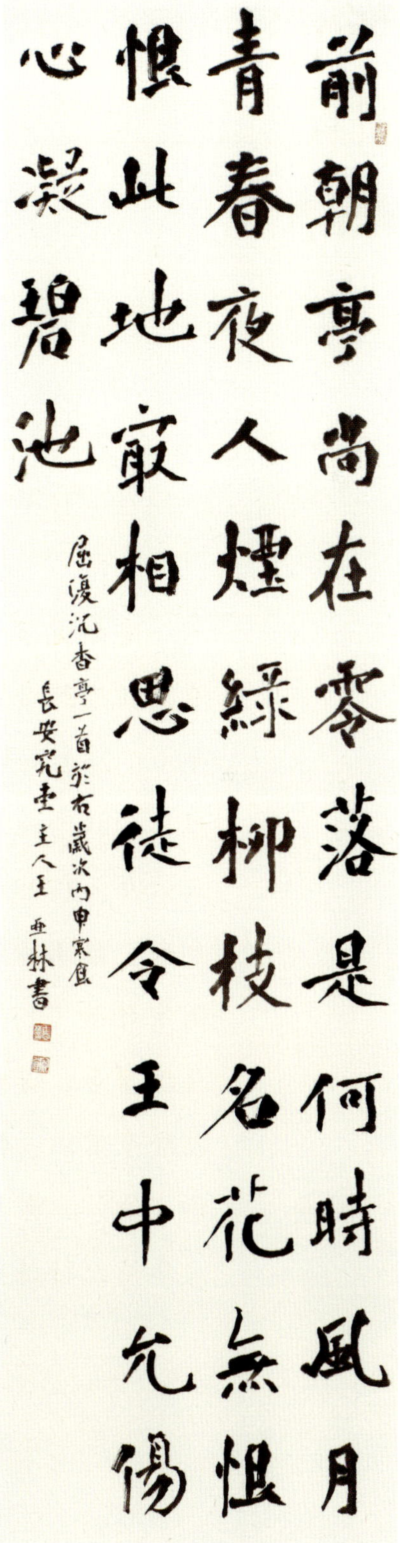

王亚林／书
屈复《沉香亭》

允礼

爱新觉罗·允礼（1697—1738），清圣祖康熙帝第十七子。清世宗雍正元年（1723）被封为果郡王，管理藩院事。雍正帝认为他实心报国，操守清廉，雍正六年（1728）进亲王。后主掌工部、户部。雍正帝临终时，命允礼辅政。清高宗乾隆（1736—1795）即位，允礼任总理事务，掌刑部。他秉性忠直，深受乾隆帝赏识。乾隆三年（1738）二月卒，谥“毅”。有《春和堂集》《静远斋集》《奉使纪行诗集》等。

西安

横鞭上灞桥，回眺秦封域。
五纬[1]非昔辉，八川犹湜湜[2]。
林表隐终南，高秀仙都匹。
绵延带埤堄[3]，平掌对门阈[4]。
遥想虎踞年，雄视小八极。
缇绣[5]大照耀，土木天偪仄[6]。

注释

①五纬：亦称五星。古代指太白、岁星、辰星、荧惑、镇星五颗行星，亦即金、木、水、火、土五大行星。

②八川：即“长安八水”。指西安市周边的渭、泾、灞、浐、潏、涝、沣、滈八条河流。湜湜（shí）：水清澈貌。

③埤堄（pí nì）：指城墙、围墙。

④门阈：即门坎。

⑤缇绣：赤缯与文绣。指精美的丝织品。

⑥偪仄：一作“逼侧”。迫近，相迫。

五陵[7]竞豪奢，九衢[8]恣崇饰。
香车斗风游，华屋鸣钟食。
王气盛蓟门[9]，鹑野[10]遂寡色。
当年西笑人，回望燕台[11]日。

注释

⑦五陵：即汉高祖长陵、汉惠帝安陵、汉景帝阳陵、汉武帝茂陵、汉昭帝平陵。五陵均在渭水北岸。

⑧九衢：指纵横交叉的大道或繁华的街市。

⑨蓟门：即蓟丘。地名。故地在今北京城西德胜门外西北隅。

⑩鹑野：指秦地。

⑪燕台：指战国时燕昭王所筑的黄金台。

点评

（李菲菲）

这是一首咏西安的诗。诗中对西安往昔的胜景进行了细致的描绘，“八川湜湜”“终南高秀”是写这里山水的清澈秀丽。“遥想虎踞年，雄视小八极”以下八句写这里曾是国都，繁盛富庶，商业发达，亭台楼阁高耸伫立接近天穹，宝马香车络绎不绝。诗中遣词造句大气磅礴，有王者之风，意境高远。

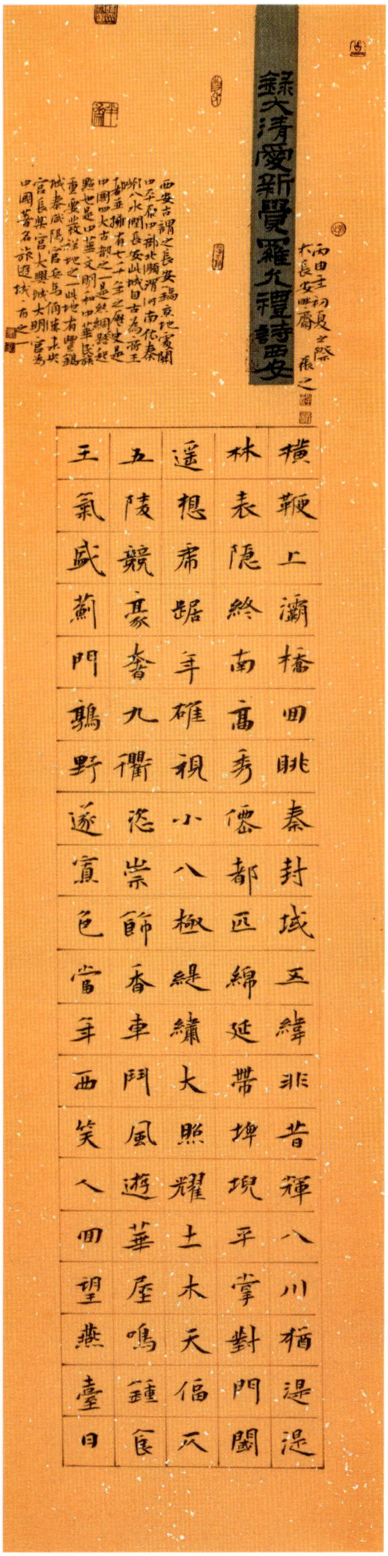

张之\书
允礼《西安》

刘大櫆

刘大櫆（1698—1780），字才甫，又字耕南，号海峰。安徽桐城人。早年抱“明经致用”之志，但屡试不中，遂“退而强学栖迟山陇间”。清世宗雍正七年（1729）、十年（1732）两举副贡。清高宗乾隆元年（1736）举博学鸿词，后举经学，官黟县教谕。是继方苞之后桐城派的中坚人物。有《刘海峰集》。

乐游原上树

乐游原上树，不知何年栽。
春风应候[1]至，一年花一开。
前赏未及去，后游将复来。
岁岁长安道，提壶争藉草[2]。
人共惜花飞，花应笑人老。

注释

①应候：顺应时令节候。

②提壶：亦作“提壶芦”，当春而出，自呼其名，声与“提胡”相近，即鹈鹕。藉草：踏在草地上。

点评

（冯超）

春日既至，乐游原上已是春风和煦，花草烂漫。诗人到此赏春，眼见原上树木郁郁葱葱，甚是繁茂，不知已历几何。在这一派欣欣向荣的繁华景象里，游人如织，争相观赏，络绎不绝。然而诗人却心生感慨，一个“笑”字流露出对光阴流逝的无奈，真所谓“年年岁岁花相似，岁岁年年人不同”。

孙宏涛 / 绘
《乐游原上树》

袁枚

袁枚（1716—1797），字子才，号简斋，晚年自号仓山居士、随园主人、随园老人，世称随园先生。清代钱塘（今浙江杭州）人。乾隆四年（1739）进士，授翰林院庶吉士。乾隆七年（1742）外任，先后于江苏溧水、江宁、江浦、沭阳任县令七年。乾隆十四年（1749）辞官，隐居于南京小仓山随园。与赵翼、蒋士铨合称“乾隆三大家”。有《小仓山房集》《随园诗话》《子不语》《续子不语》等。

灞上

不渡桓元子[1]，当年唤奈何。
秦云临水薄，古迹入关多。
世事仍儿戏，诗情仗蹇骡[2]。
千行万行柳，有意拂鸣珂[3]。

注释

①桓元子：即桓温，字元子。

②蹇骡：指跛行的驴骡。

③鸣珂：显贵者所乘的马以玉为饰，行则作响，因名。

点评

（李菲菲）

这首诗是作者在灞上有感而发。“不渡桓元子，当年唤奈何”写桓温在伐秦之役中，相继攻破上洛、青泥、陈仓，形成三面夹击前秦之势。在光复长安指日可待之时，桓温却出人意料地徘徊灞上，迟迟不去进攻近在咫尺的长安，最终贻误战机，导致军队失利。这件事引起作者无限感慨，遂写道“世事仍儿戏，诗情仗蹇骡”，其中有对桓温想法的不解，也有对其没能光复长安的惋惜之情。

孙宏涛 / 绘
《灞上》

洪亮吉

洪亮吉（1746—1809），初名莲，又名礼吉，字君直，一字雅存，号北江，晚号更生居士。阳湖（今江苏常州）人。乾隆五十五年（1790）科举榜眼，授编修。后遣贬。曾依毕沅来陕，后入翰林，官贵州学使。有《北江诗话》《北江集》《更生斋集》等。

慈恩寺上雁塔[①]

忆从初地擅名扬[②]，阅劫来游竟渺茫。
韦曲花深愁暮雨，终南山古易斜阳。
高张岑杜诗篇冷[③]，天宝开元岁月荒。
莫笑众贤[④]名易朽，塔前杯水已沧桑。

注释

①作者原注：寺外即曲江，今阔不数步。

②初地：发迹之地。擅名扬：扬名显声的地方。唐时，凡登科进士皆来此题名，称“雁塔题名”。

③高张岑杜：指唐代高适、张祜、岑参、杜甫，这四人都曾有咏雁塔诗。冷：冷落。

④众贤：指高、张、岑、杜等在雁塔题诗的人。

点评

（刘娜）

想当年这里是唐代诗人们的发迹扬名之地，经历几代变迁，今日来游，已是时远地隔，难以闻见了。唐代雁塔最盛之时为玄宗朝，但如今只见荒凉寂寥。最后两句作者直抒胸臆，曾经扬名万里的诗人，他们的名声也终将被历史掩埋，名人尚且不能永留青史，何况普通人呢？字里行间流露出作者对物换星移的无限感慨：封建权贵势倾一时，终究逃不脱衰亡的命运。诗歌的总体风格沉雄奇峻，从中可以看出作者对现实的关注与思考。

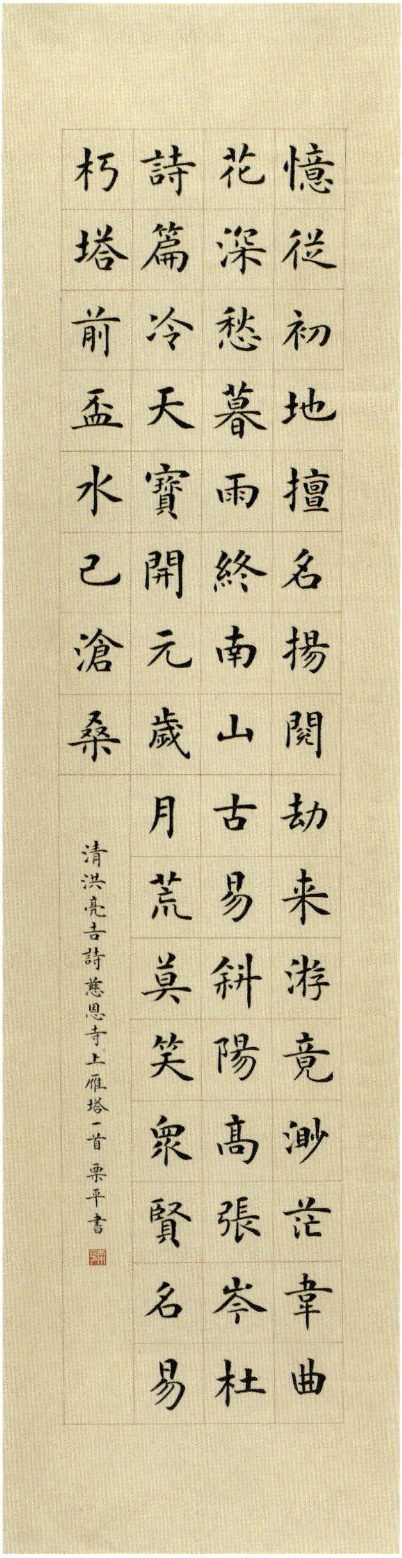
憶從初地擅名揚閲劫来游竟渺茫韋曲
花深愁暮雨終南山古易斜陽高張岑杜
詩篇冷天寶開元歲月荒莫笑衆賢名易
朽塔前盂水已滄桑
清洪亮吉詩慈恩寺上雁塔一首 栗平書

栗平／书
洪亮吉《慈恩寺上雁塔》

孙星衍

孙星衍（1753—1818），字渊如，号伯渊，别署芳茂山人、微隐。阳湖（今江苏常州）人，后迁居金陵。乾隆五十二年（1787）殿试榜眼，历任翰林院编修、刑部主事。乾隆五十九年（1794）再升刑部郎中。后任道台、署理按察使等职，清廉有政声。嘉庆十六年（1811），在任山东布政使时称病回乡。三年后客居扬州，参与校刊《全唐文》。嘉庆二十一年（1816），主持南京钟山书院。有《周易集解》《寰宇访碑录》《芳茂山人诗录》等。

别长安诗十七首（选一）

城南风日入秋清，忆得携朋落拓游①。
雁塔联吟②一长啸，本来李杜不题名③。

注释

①落拓（tuò）：贫困失意，景况凄凉。游：一作“行”。
②雁塔联吟：指作者在长安期间，与同僚黄仲则、洪亮吉、严长明、钱献之、王文治等人游雁塔吟诗之事。
③李杜不题名：李白、杜甫均非进士出身，因而未在雁塔题名。

点评

（冯超）

乾隆四十六年（1781）九月初三日雨后，诗人与洪亮吉、黄仲则等友人游览荐福寺。两年后始作此诗。雁塔之游，诗人正处于困顿失意之时，即使雨后初晴，秋高气爽，也难耐心中落寞，故谓之“落拓游”。回忆与友人吟游赋诗之事，诗人不禁念及“李杜”，在留恋与怀念往日韶华的同时，也抒发了一种“天生我材必有用”的豁达与感慨。

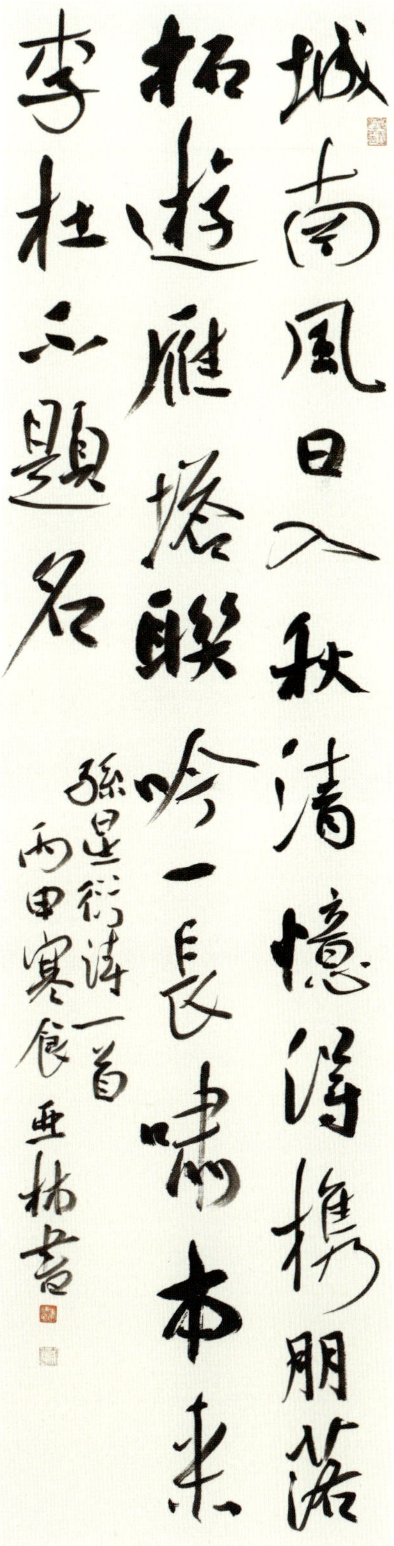

王亚林／书
孙星衍《别长安诗十七首》（选一）

舒位

舒位（1765—1816），字立人，号铁云，自号铁云山人，小字犀禅。直隶大兴（今属北京）人，生长于吴县（今江苏苏州）。乾隆五十三年（1788）举人。工诗、乐府。有《瓶水斋诗集》《乾嘉诗坛点将录》等。

华清宫

骊山汤殿古华清，只洗凝脂不洗兵①。
一自波澜流祸水②，至今风雨作秋声③。
新蒲细柳江头闭，暮草幽花辇路平。
别馆离宫三十六，不须烽火也倾城。

注释

①洗兵：擦拭兵器。

②流祸水：喻指安史之乱。

③秋声：指秋天的风声、落叶声和虫鸣声等，表示凄凉衰败。

点评

（刘娜）

华清艳波转眼间化成了一池祸水，风流韵事也变为千古恨事。徜徉池边，欣赏美景之时，这个曾经创造“开元盛世”的英主，最终却堕落为酿成“安史之乱”的昏君，引发了文人们几多感叹。诗人的这首《华清宫》诗，就表述了人们的共识和同感：千里送荔枝的荒唐剧，似乎是“烽火戏诸侯”历史剧的重演。诗人对历史人物进行了客观的评价，讽时刺世，风格郁怒横逸，而且能够自然巧妙地化用典故，水中着盐，概括性地咏叹了华清宫的兴衰往事，说明盛衰在己。

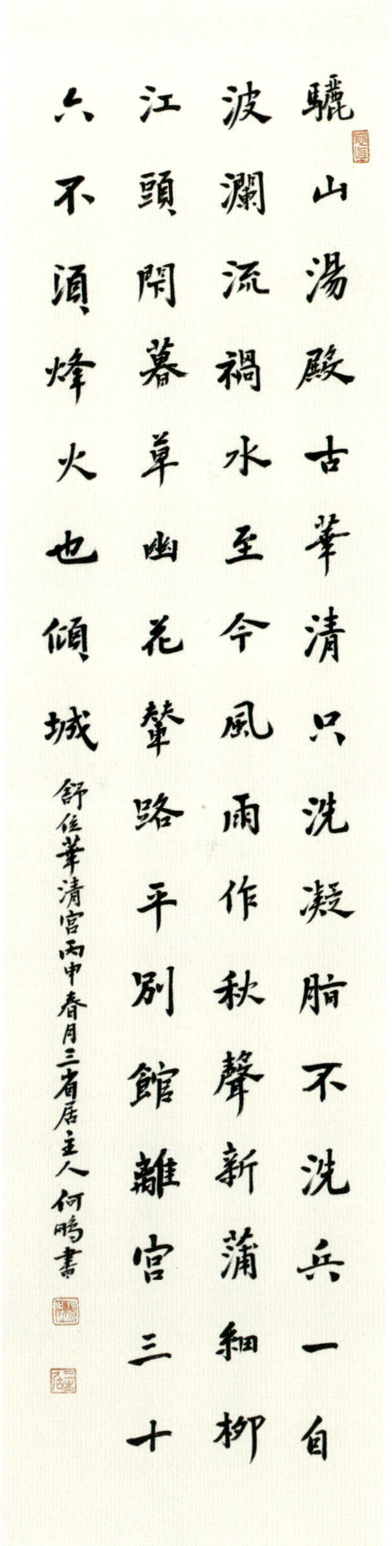
驪山湯殿古華清只洗凝脂不洗兵一自
波瀾流禍水至今風雨作秋聲新蒲細柳
江頭閑暮草幽花輦路平別館離宮三十
六不須烽火也傾城
舒位華清宮丙申春月三省居主人何鵬書

何鹏／书
舒位《华清宫》

康有为

康有为（1858—1927），原名祖诒，字广厦，号长素，又号明夷、更甡、西樵山人、游存叟、天游化人，广东省南海县丹灶苏村人，人称康南海。中国近代史上著名的政治家、教育家和文学艺术家，资产阶级改良主义的代表人物。光绪二十一年（1895）进士，曾与弟子梁启超组织强学会、保国会，以“公车上书”，行戊戌变法。“百日维新”事败后出逃日本。后主张保皇、立宪。辛亥革命后，于1913年回国，定居上海辛家花园，主编《不忍》杂志，提倡尊孔读经，反对共和，反对工农群众运动。一生著作颇丰，有《新学伪经考》《孔子改制考》《人类公理》《康子篇》《广艺舟双楫》留世。

游杜曲[1]

晚饭杜曲酒，夕望樊川月。
长杨被村野，峻坂[2]纡九折。
终南何岩岩[3]，烟霭风撇裂。
山巅松下屋，澹[4]影映古辙。

注释

①此诗是康有为游杜曲后题赠郑子屏，后四句是富平史学家张扶万续作。诗由郑刻石，作者题款曰："癸亥十月望，游杜曲，偕李时敏、王湛尘、张扶万、郑子屏，步月口占。"

②峻坂：险峻、陡峭的山脉。

③岩岩：山崖高峻威严的样子。

④澹：恬静、安然的样子。

引镜视月中，山海目光彻。

河山夕如画，古昔多豪杰。

少陵桑麻田，桑海多复灭。

耆英⑤同雅游，俊髦⑥并分列。

材官骑士⑦辈，联步蹶张⑧接。

四海比邻近，元气混未歇。

注释

⑤耆英：耆，指六十岁以上的老人。英，指才能出众的青年。

⑥俊髦：才智杰出的人士。

⑦材官骑士：西汉初期，除中央军队外，还在地方设置有经常训练的预备兵。其中，山地或少马的地方多为步兵，即“材官”；平地或多马的地方多为骑兵，即“车骑”。

⑧蹶张：一作“蹷张”。以脚踏强弩，使之张开，谓勇健有力。

点评

（冯超）

1917年张勋复辟失败后，康有为逃离北京，此后数年虽常住上海，却以观名山大川、览文物胜迹为名，漫游河北、河南、陕西、江苏、山东等地。1923年10月，康有为出游古都西安，所到之处皆吟诗题字，既抒怀古之情，又陈失意之感。《游杜曲》即出此列。11月21日，众人至杜曲，晚餐之后，登杜陵原览月。当是时，皓月当空，烟笼村树，诗人远望终南，巍峨险峻的群山在薄雾的笼罩下更显幽寂。忧怀思度之中，一种江山美如画、古今多豪杰的历史沧桑感悠悠而来。不过，思旧怀古并非个中独有，纵然是沧海桑田多变化，也自有“耆英”“俊髦”“材官骑士”之豪情壮志满胸怀。

鲁建 / 书
康有为《游杜曲》

谭嗣同

谭嗣同（1865—1898），字复生，号壮飞，湖南浏阳人。曾任四品卿衔军机章京，1898年参加戊戌变法，失败后被杀，年仅三十四岁，与杨锐、刘光第、林旭、杨深秀、康广仁并称为“戊戌六君子”。有《寥天一阁文》《莽苍苍斋诗》《远遗堂集外文》等。

骊山温泉

周王烽燧[①]燎于原，楚炬[②]飞腾牧火昏。

遗恨千年消不尽，至今山下水犹温。

注释

①周王烽燧：周幽王烽火戏诸侯事。

②楚炬：《史记·项羽本纪》："项羽引兵西屠咸阳，杀秦降王子婴，烧秦宫室，火三月不灭。"后因以"楚人一炬"概指此事。

点评

（林贤）

此诗格调直露，选材严正，内容悲壮，感情真挚。诗人选取历史事件作为题材，先讲述周幽王烽火戏诸侯之事和项羽火烧秦朝宫殿之事，转而过渡到唐朝骊山旧事，叹往事已去，而骊山泉水尚温，怀念史事，为之伤悼。

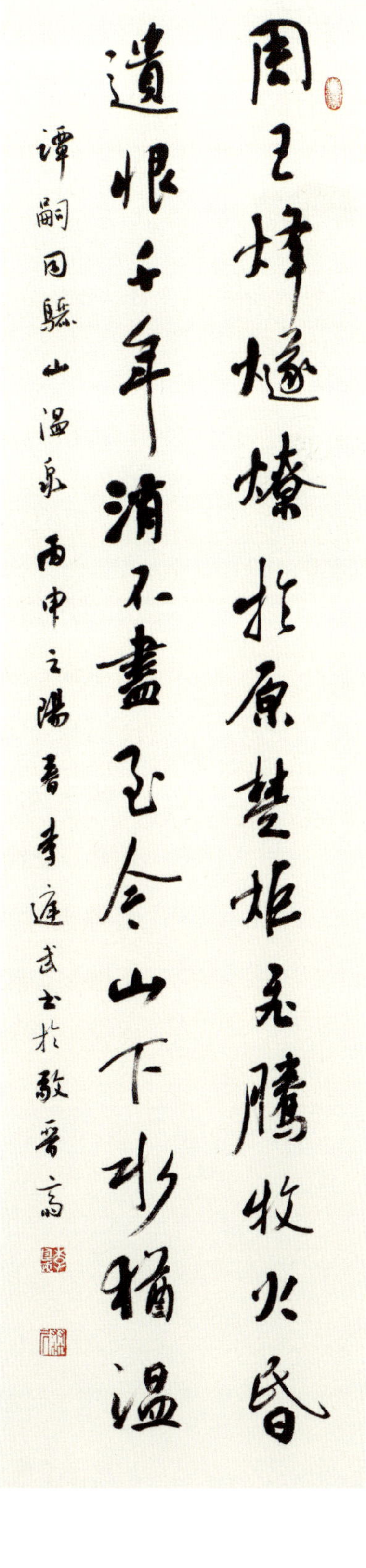

李庭武／书
谭嗣同《骊山温泉》

卢前

卢前（1905—1950），字冀野，号小疏，别署江南才子、饮虹园丁、饮虹簃主人，江苏江宁（今南京）人。少治宋元乐府于吴梅先生。历任金陵大学、暨南大学、河南大学、华西大学、成都大学教授。善度曲，有杂剧《琵琶赚》《茱萸会》《无为州》及传奇《楚凤烈》《窥帘》等。

【双调·折桂令】慈恩寺[1]

步乐游原上纤尘[2]，问无漏城南，尚有慈恩。

注释

①慈恩寺：我国著名的佛教寺院，唐代长安的四大译经场之一，也是中国佛教法相唯识宗（法相宗）的祖庭，迄今已历1350余年。大慈恩寺创建于唐太宗贞观二十二年（648），是太子李治为了追念他的母亲文德皇后而建。大慈恩寺是唐长安城内最著名、最宏丽的佛寺。

②纤尘：微尘。比喻微细的污垢。

想永徽[3]当日，窥基圆测[4]，鞮译[5]遗闻。
草创了禅门经论，毕竟是玄奘超伦。
六寺平分，六祖名尊。[6]
荐福遥看，双雁干云。

注释

③永徽：唐高宗李治年号，公元 650 年至 655 年。

④窥基圆测：窥基法师（632—682），唐代京兆长安人，俗称慈恩大师、慈恩法师。十七岁出家，奉敕为玄奘弟子，入广福寺，后移住大慈恩寺，从玄奘习梵文及佛教经论。圆测法师（613—696），名文雅，原为新罗国王孙，玄奘的著名弟子之一。15 岁到中国，住长安元法寺，埋头经案，纵横三藏，通梵语、西藏语等六种语言，一时颇负盛名。玄奘归国后，圆测即受学于玄奘。

⑤鞮译（dī yì）：原指古代把西方、北方地区少数民族语言译成汉语的译官，后亦指歌词已译成汉语的少数民族乐曲。

⑥六寺平分，六祖名尊：慈恩法相宗，华严华严宗，净业律宗，兴善密宗，草堂三论宗，香积则净土宗。六寺皆在城南。

点评

（冯超）

诗人漫步城南，见慈恩寺依然挺立，不禁心生感慨。遥想李唐年间，窥基、圆测二法师译介佛经、潜心佛法与玄奘法师历尽艰辛、西行取经等事犹历历在目。而今城南，六祖祖庭威严耸立，大小雁塔直上云霄，佛法历经千年流变依然普照众生，不减当年。

鲁建／书
卢前《【双调·折桂令】慈恩寺》

于右任

于右任（1876—1964），别号伯循，原籍陕西泾阳，出生于三原县，清末举人。早年在日本加入同盟会，为民国元老之一。历任国民政府委员、陕西靖国军司令、国民革命军驻陕总司令兼陕西省主席、国民党中执委常委、国民政府监察院院长等职。于右任为早期“南社”诗人之一，毕生笔耕不辍，留诗千余首，结集有《右任诗存》《于右任诗词集》等。其诗风豪放雄健，激情奔放，读来朗朗上口，新意迭出。此外，其亦善书法，草书风格独居，自成一家，为一代宗师，被称为“当代草圣”。

灞桥[1]

吾戴吾头竟入关[2]，关门失险一开颜。
灞桥两岸青青柳，曾见亡人[3]几个还？

注释

①灞桥：在今西安东郊灞水之上，是中国迄今发现时代最早、规模最大的多孔石拱桥。古人送客至此桥，常折柳送别，因此也被叫作“销魂桥”。至今民间还流传着“年年伤别，灞桥风雪”的诗句。

②关：指潼关，故址在今陕西省渭南市潼关县北，始建于建安元年（196）。潼关北邻黄河，南踞山腰，是关中的东大门，历来为兵家必争之地，素有“天下第一关”的美誉。

③亡人：亡命者。

点评

（冯超）

于右任早年中举人之后，因作《半哭半笑楼诗草》讥讽慈禧太后而被清廷追捕，从此投身革命，亡命天涯。1909年，其父病危，为见慈父最后一面，他不惜冒遭通缉之危险过潼关以潜回家乡。作者深知返乡路途艰难无比，并以潼关之险为喻，以示艰辛。当是时，作为亡命者的于右任不禁想起古今“亡人”灞桥折柳相送，终因世事险恶命丧其外与亲友终难相见，只剩两岸垂柳青青如故的悲凄与无奈。

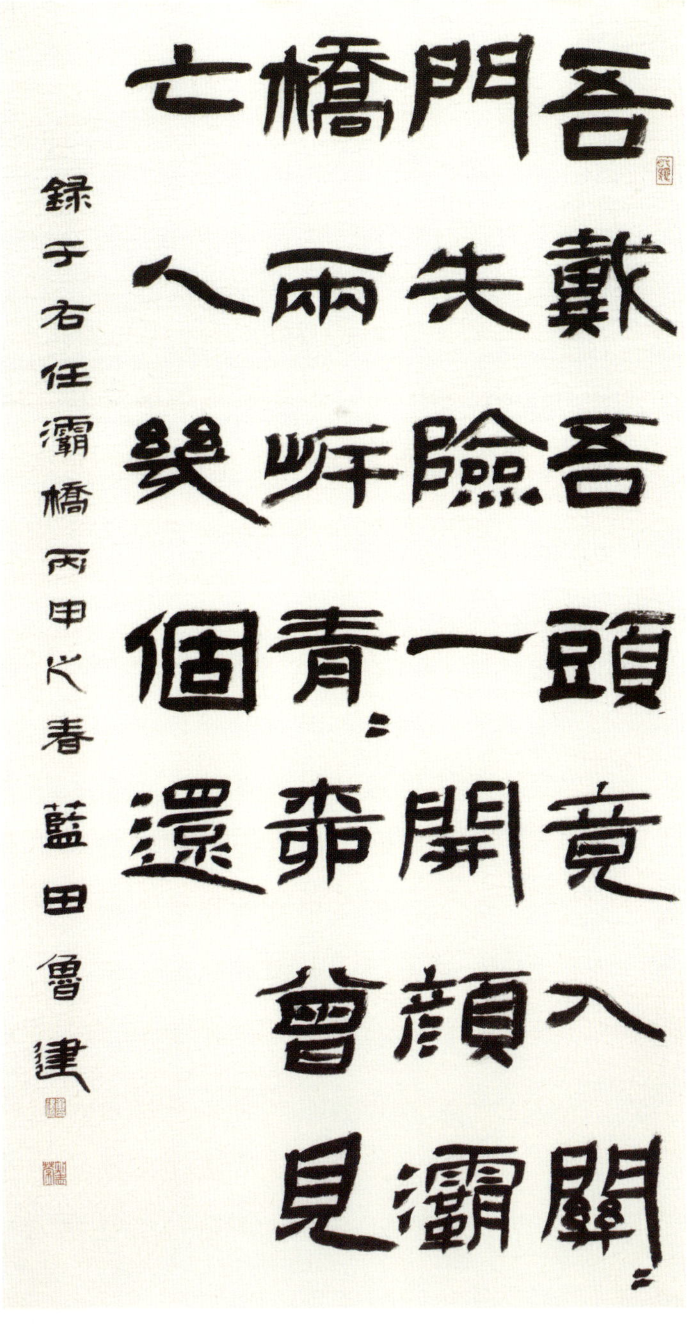

鲁建／书
于右任《灞桥》

董必武

董必武（1886—1975），湖北黄安（今红安）人。青年时代留学日本，1911年参加辛亥革命，并加入中国同盟会。1920年秋在武汉建立共产主义小组，出席中国共产党第一次全国代表大会。历任中共中央党校校长、最高法院院长等职。1934年10月参加长征，后到达陕北，曾代理陕甘宁边区政府主席，代表解放区出席旧金山联合国制宪会议。新中国成立后历任中央财经委员会主任、政务院副总理、全国政协副主席、中华人民共和国副主席、代理主席、全国人大常委会副委员长等职。出版有《董必武选集》《董必武政治法律文集》《董必武诗选》《董必武年谱》。1975年4月2日在北京逝世，终年90岁。

西安得林老信再次前韵[1]

帝都自古说长安，气象恢闳有万千。
晨夕满空鸦噪阵[2]，边城到处虎当关。

注释

①林老：即林伯渠，名祖涵，湖南临澧人，是中国共产党最早的党员之一。再次前韵：意即按照前面的诗韵再作一首。林老于1940年10月写有《送董老赴陪都》一诗："延安回首又西安，此去渝京路几千。驿路幸存左氏柳，夏云尝拥剑门关。不因贝锦轻南国，好用批评重北山。参政也为吾辈事，岂容谠论让先贤。"董诗《西安得林老信再次前韵》即是依照林诗之韵而写。

②鸦噪阵：群鸦阵阵，鼓噪扰人。此处比喻国民党反动派的反共言论喧嚣杂乱，声同鸦噪。

北来短札③光如电，东望中原气若山。
高屋建瓴秦地险④，不驱倭寇愧前贤。

注释

③短札：书信。此处指林老从延安来的信。

④建瓴：古称屋檐泄水器物。此处比喻党中央领导的陕甘宁边区居于陕北秦地险要之位，犹“高屋建瓴”，势不可当。

点评

（冯超）

1940年10月董必武远赴重庆开展统战工作，途中先后写下了一组歌颂延安、怀念旧友、赞美抗战的诗篇。此诗正是其路经西安八路军办事处七贤庄时写下的，曾刊载于延安《新中华报》上。当时正值抗日战争相持阶段，古都西安“乌鸦鼓噪”“虎狼当道”，国民党的反共政策使得西安充满了恐怖和战争的危险。即便如此，作者并未被困难吓倒，而是以顽强的斗志和旺盛的革命精神与国民党反动派针锋相对，并给予其无情的讽刺和抨击。停留之时，革命圣地延安传来了林老的书信，这如同照彻夜空的光电一样，照亮了革命者的征程。虽然广大的中原地区依然被日寇所占领，但诗人却看到了华北敌后抗日根据地军民表现出的收复失地、解放全民族的雄心壮志。诗人以一种革命的乐观主义精神，坚定地相信：中国共产党领导的陕甘宁边区，必定会汇成民族解放的滚滚洪流，以一种势不可当的勇猛姿态赢得民族战争的辉煌胜利。

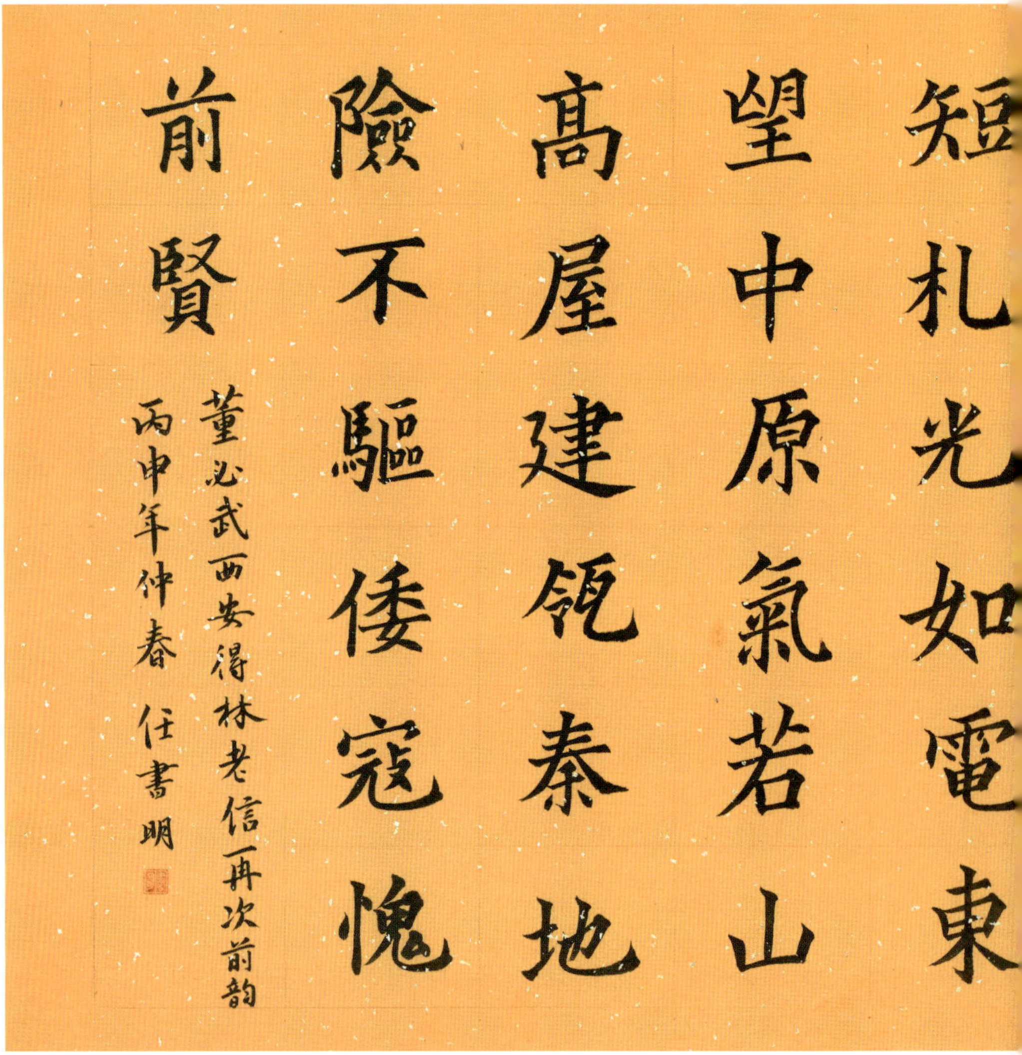

任书明 / 书

董必武《西安得林老信再次前韵》

帝都自古說長
安氣象恢閎有
萬千晨夕滿空
鴉噪陣邊城到
處虎當關北来

程潜

程潜（1883—1968），字颂云，生于湖南醴陵官庄，自幼饱读诗书，16岁通过童试成秀才，1903年考入湖南武备学堂。曾东渡日本求学，毕业于日本陆军士官学校第六期，为国民革命军陆军一级上将。历任湘军都督府参谋长、非常大总统府陆军总长、国民革命军第六军军长、民革中央副主席、全国政协常委、全国人大常委会副委员长、湖南省省长等职。程潜一生酷爱古诗，留下数百篇诗词，以古朴苍劲、雄健豪迈著称。因以诗叙史，气魄宏大，曾被章士钊等文坛名士誉为“一代钟吕之音”。

初夏登少陵原[①]

晨登少陵原，遥望终南巅。
云岚淡层嵚[②]，苍翠笼一山。
晴鸠鸣雨后，桑扈[③]啼风前。
绿柳荣参差，碧草竞新鲜。
川陆何开旷，绵邈连陌阡。
大麦黄高丘，良苗秀水田。
东皋[④]方告劳，西畴[⑤]复在勤。
不睹力作苦，焉知稼穑艰。
君子因惜物，小人惟素餐[⑥]。
碌碌无所补，念兹省吾身。

注释

①少陵原：原名杜陵，亦称杜陵原，汉名鸿陵原，今又称少陵原，在陕西省西安市长安区，是浐、潏两河间的高地，原上有许皇后陵。因坟较小（古代“少”“小”二字通用），故又称少陵原。

②嵚：山高耸的样子。

③桑扈：鸟名，又名窃脂，即青雀。

④东皋：水边向阳高地，在这里泛指高地。

⑤西畴：泛指田地。

⑥素餐：即尸位素餐之意。

点评

（白芳）

晨登少陵望终南，薄雾浓浓山青翠，风前雨后鸟不绝，柳绿草碧花开艳。阡陌纵横，平原辽阔，黄灿灿的麦子，晃动着的水田，东边的劳作刚一休止，西边的平原就唤辛勤。正是这一片翠绿苍茫，镶嵌着稼穑的欢乐与辛酸，也引发了诗人深深的自省。

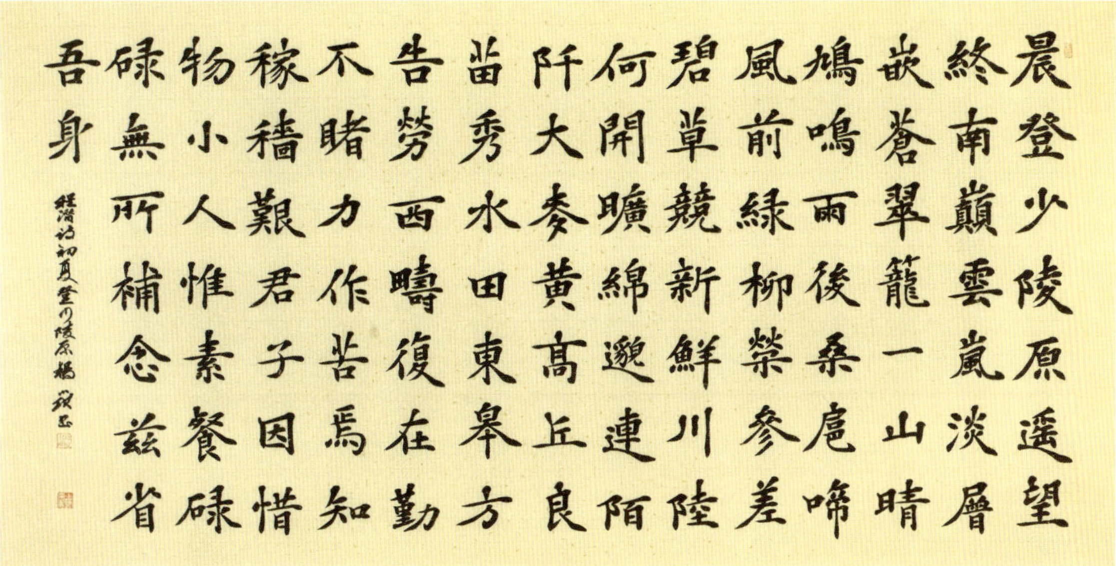

杨小琪 / 书
程潜《初夏登少陵原》

郭沫若

郭沫若（1892—1978），中国现代杰出的作家、诗人、历史学家、考古学家、古文字学家，著名的社会活动家。生于四川乐山。中学毕业曾赴日留学，后从事文艺活动。“五四”时期积极从事文学革命运动，发表新诗《女神》，为中国新诗奠基人之一。1924年接受马列主义，倡导革命文学。1926年参加北伐战争，1927年参加南昌起义，1928年受蒋介石通缉，亡命日本。在日期间从事中国古代史和古文字的研究工作，并支持留日青年的革命活动。抗战爆发后回国，组织进步人士，从事抗日救亡运动，有《屈原》等揭露反动派卖国投降、激励人民斗志的大型历史剧问世。郭沫若学识渊博、才华横溢，一生著述极多，是继鲁迅之后中国文化斗争战线上的一面旗帜。1978年6月12日逝世于北京。有关于文学、历史、考古三方面的38卷本《郭沫若全集》留世。

题西安人民大厦[1]
（一九五五年五月四日）

大厦巍峨立道中，庶民今日有雄风。
阿房长乐今何在[2]？唯见红旗映日红。

注释

①西安人民大厦：建成于1954年10月，当时是接待苏联专家的涉外宾馆，在今西安市新城区东新街。

②阿房：即秦阿房宫，被誉为“天下第一宫”。遗址范围东至皂河西岸，西至长安区纪阳寨，南至和平村、东凹里，北至车张村、后卫寨一代，总面积15平方公里。长乐：即汉长乐宫，与未央宫、建章宫同为汉代三宫。遗址在今西安市西北郊汉长安故城东南隅。

点评

（冯超）

1955年5月2日，郭沫若由重庆飞抵西安，住在西安人民大厦。时大厦建成不久，郭沫若即为“人民大厦”写对联一副、中堂一幅。对联为：勉哉吾党二三子，犹欤广厦千万间。中堂便是七绝诗《题西安人民大厦》。诗人仰望人民大厦，感慨其巍峨雄浑、气势磅礴，历史上久负盛名的阿房、长乐已了无踪影，只见红旗飘飘大厦立，本篇强烈地抒发了诗人对人民大厦及新中国的赞颂之情。

刘畅 / 绘

《西安人民大厦》

吴宓

吴宓（1894—1978），陕西省泾阳县安吴堡人。字雨僧，一作雨生，笔名余生，中国比较文学拓荒者、国学大师、清华大学国学院创办人之一、学衡派代表人物。1907 年吴宓求学于三原宏道书院，4 年后考入清华学堂。1917 年赴美留学，先后攻读于弗吉尼亚大学和哈佛大学，师从新人文主义大师欧文·白璧德，与陈寅恪、汤用彤并称“哈佛三杰”。1920 年归国，任教于国立东南大学，与梅光迪、胡先啸创办《学衡》杂志。抗战期间，先后执教于国立西南联合大学、燕京大学、四川大学、武汉大学。1950 年起任西南师范学院（现西南大学）历史系（后到中文系）教授。“文革”中，受到批斗。1978 年 1 月 17 日病逝。著作有《吴宓诗集》《文学与人生》《吴宓日记》等。

晨发临潼

鸡声驿馆梦回早，曙色熹微日出初。
一片青山送客子，三边云盖①护征车。
骊宫峰冷晓寒重，野店霜严人迹疏。
夹道依依杨柳岸，长安西望意何居。

注释

①三边云盖：语出明代谢榛《榆河晓发》：“云出三边外，风生万马间。”指风云际会似龙腾虎跃。

点评

（冯超）

离开生于斯长于斯的家乡故土，是一个人成长的开始。1910年，经临潼、潼关、洛阳等地，远赴北京，还要漂洋过海到异国留学，只有17岁的青年吴宓对此有着更加深切的体会。“一路行吟一路诗”，才华横溢的吴宓自从西安出发之时已是诗情满怀。《晨发临潼》则是其“所见、所闻、所感、所行、所受，尽可入诗”之印证。诗中客子夜宿驿馆，久久难眠。迷蒙之间，已鸡鸣四起，曙光东现。新的一天到来后，离家的人又要踏上征途。此刻，情也有景，景也带情，在别离心绪的浸染下，阵阵寒意随着严霜肃肃而来，怎一个“凉”字了得。然毕竟少年气盛，心中豪情也自不待言。其姑丈陈伯澜曾评曰：“起处清新可喜。五六句语必己出，戛戛独造。结句嫌稚。”

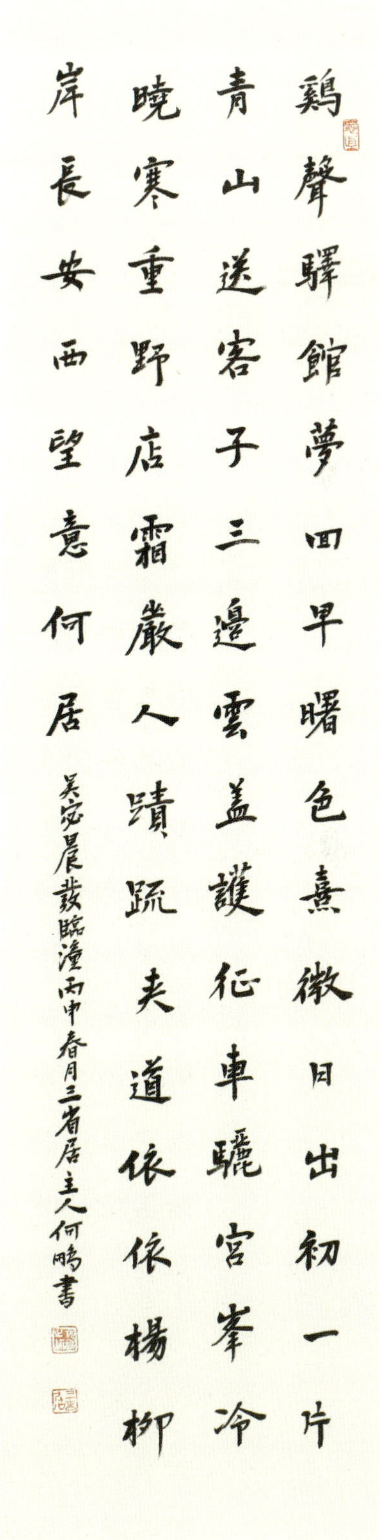
鷄聲驛館夢回早曙色熹微日出初一片
青山送客子三邊雲蓋護征車驪宮峯冷
曉寒重野店霜嚴人蹟疏夫道依依楊柳
岸長安西望意何居
吴宓晨發臨潼丙申春月三省居主人何鹏書

何鹏／书
吴宓《晨发临潼》

叶剑英

叶剑英（1897—1986），原名宜伟，字沧白，广东梅县人，中国伟大的无产阶级革命家、政治家、军事家，中华人民共和国元帅。1917 年入云南讲武堂。后参与筹建黄埔军校，任教授部副主任。1927 年加入中国共产党。1928 年赴莫斯科学习。1930 年回国。1931 年到江西中央革命根据地。长征到陕北后参与和平解决西安事变。抗日战争时期，曾任八路军参谋长，并协同周恩来在国民党统治区做统战工作。解放战争时期，历任华北军政大学校长、国民革命军第十八集团军参谋长、中国人民解放军总参谋长。新中国成立后，历任中央人民政府委员、广东省人民政府主席、中国人民解放军武装力量监察部部长等职。

访西安办事处[1]志感

（一九七九年四月十二日）

西安捉蒋翻危局，内战吟成抗日诗。
楼屋依然人半逝，小窗风雪立多时。

注释

①西安办事处：即八路军驻西安办事处，在今西安市七贤庄一号院内。

点评

（冯超）

七贤庄作为八路军驻西安办事处，久负盛名。叶剑英 1979 年 4 月重访故地，回忆起当年“西安事变”中自己作为中共代表团成员之一促成事变和平解决时，不禁感慨万千，于是欣然着墨，吟成此诗。该诗篇幅精短，妙字连出，尽显其工。首句一个“捉”字，尽显感情之褒贬。一个“吟”字则以积极乐观的革命精神表达了对壮丽史诗般的中国革命的深切赞叹，真可谓含蓄隽永，颇耐咀嚼。而后则从咏物转入述怀。诗人站立院内，感慨岁月变迁，四十余载飞逝而过。昔日工作过的地方，楼宇屋舍之旧物仍在，而人已迟暮，不禁心生物是人非的苍凉与历史兴亡流变的慨叹，终成一幅情诗相和的“小窗风雪图”。

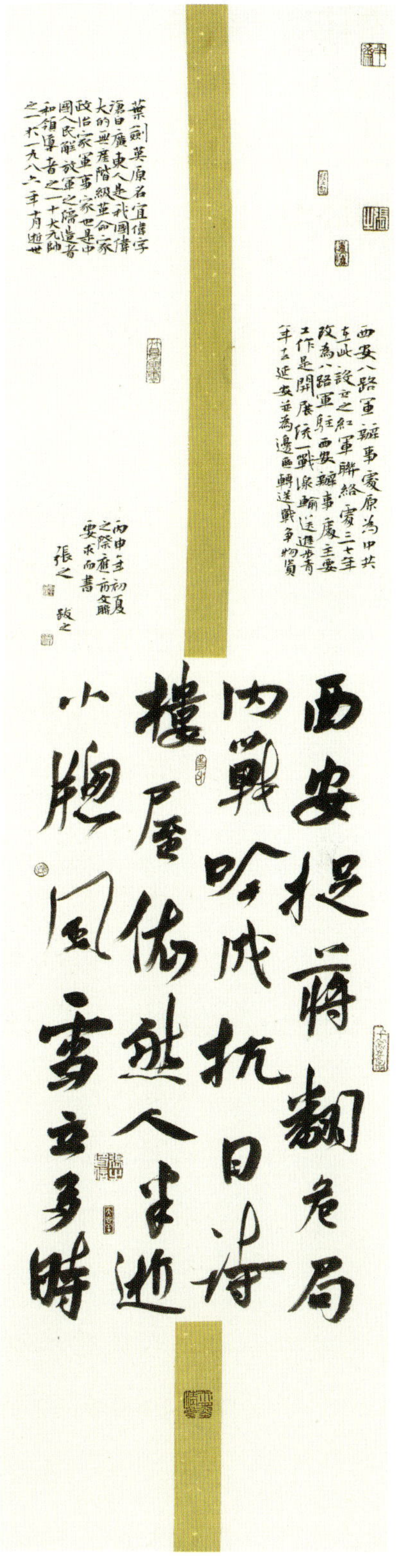

张之／书
叶剑英《访西安办事处志感》

曹禺

曹禺（1910—1996），原名万家宝，字小石，小名添甲。汉族，祖籍湖北潜江，出生在天津一个没落的封建官僚家庭里，是中国现代话剧的奠基人，同时也是中国现代话剧史上成就最高的剧作家。1922 年入天津南开中学，开始参加戏剧活动。1928 年入南开大学，1929 年转入清华大学外国文学系，1933 年创作处女作《雷雨》，引起强烈反响。此后，又创作了《日出》《原野》《北京人》《家》等作品。新中国成立后，曹禺热心参加国内外多种社会、文化交流活动，积极推动戏剧艺术的发展，历任中国文联常委委员、中央戏剧学院副院长、北京人民艺术剧院院长、中国剧协主席等职。1996 年 12 月 13 日，在北京医院辞世，享年 86 岁。主要著作有《曹禺剧作选》《明朗的天》《胆剑篇》《王昭君》等。

兵马俑词

兵马俑，兵马俑，昔时兵马今时俑。
铁甲映雪战旗红，马骁腾，兵士猛。
带长剑兮挟秦弓[①]，岂甘千古埋土中！
出不入兮往不反[②]，穷追骄寇缚长缨。
安得造化回天力，起汝重现凌厉功。
东南西北正念汝，永鼓燕赵[③]健儿风。

注释

①带长剑兮挟秦弓：语出屈原《楚辞·九歌·国殇》，全句为“带长剑兮挟秦弓，首身离兮心不惩”，意为将士佩剑持弓，虽然身首分离却壮心不改。秦弓：指良弓。战国时，秦地木材质地坚实，制造的弓射程远、精度高。

②出不入兮往不反：语出屈原《楚辞·九歌·国殇》，全句为“出不入兮往不反，平原忽兮路超远”，意为将士出征，一去不返，原野茫茫，家山渺远。

③燕赵：今河北、山西一带，古称燕赵大地，民风豪放，好武重义。司马迁《史记》有云“燕赵多有慷慨悲歌之士”，即对此大加称赞。

点评

（冯超）

作为“世界第八大奇迹”的兵马俑自被发现以来，就吸引了无数好奇者欣然探望，成为中国古代辉煌文明的一张金色名片。1985 年元月著名戏剧家曹禺造访古都西安，兵马俑自然不容错过。此诗即为作者参观秦俑博物馆后所题。诗中的兵马俑虽深埋地下千年，但出土之时依旧可以看到这群骁勇善战、所向披靡的战士身着铁甲、腰带长剑、手挟秦弓的雄姿。不难想象，在战火纷起的战国时代，这群勇猛的将士在秦王嬴政的带领下，必定是怀着“出不入兮往不反”的坚定信念追敌荡寇、扫平四合。今天，再来看待我们这个多民族、大一统国家建立的过程，自然要铭记秦始皇与这群无名者的丰功伟绩。

张文隆 / 绘
《兵马俑》

汪锋

汪锋（1910—1998），原名王钧治，曾用名王文钊，陕西蓝田人。早年入西安师范学院读书，后参加革命。1927年加入中国共产党，历任中共蓝田县委工委书记、陕西省委军委书记。1934年7月调入上海中央局军委工作，后随红二十五军长征到陕北。1936年冬被派入国民党西北军杨虎城部从事秘密统战工作。抗日战争与人民解放战争时期，率部转战各地，战功卓著。新中国成立后历任中共宁夏回族自治区党委第一书记、中共甘肃省委第一书记、中共新疆维吾尔自治区委第一书记、中央顾问委员会委员、第六届全国政协副主席。有《汪锋诗词选集》出版。

游华清池

许君[①]约吾赴骊游，笑看苍龙锁此湫[②]。
帅府[③]厅中除旧恨，洛阳道上结新仇。
狂风急卷九州怒，巨浪横流四海愁。
背诺囚良[④]天下耻，国家命运令人忧。

注释

①许君：指许权中同志，临潼交口镇人，1936年任杨虎城部独立旅旅长时积极促成西安事变。1943年12月被胡宗南部设伏杀害于眉县。

②湫：水潭，代指张、杨骊山华清池扣押蒋介石之地。

③帅府：少帅张学良府邸，位于今西安市建国路金家巷五号院。西安事变发生时，中共代表团就住在此地商讨谈判事宜。

④囚良：西安事变和平解决后，张学良护送蒋介石至洛阳反被其扣押。之后抵达南京即被软禁，正式入狱。

点评

（冯超）

震惊世界的西安事变常常出现在诗人的笔下。事变的参与者自然对此有着更加深切的体会与感悟。事变中，本诗作者汪锋即受周恩来委派参加了中共和平解决事变的相关工作。1937年1月，汪锋应许权中邀请，一同前往华清池温泉，并赋诗《游华清池》。首句一个“笑”字流露出作者喜悦的态度和乐观积极的革命精神。然而，事变虽已和平解决，蒋介石等国民党军政要员均悉数放回，可积极促成此事的爱国将军张学良却被软禁南京。“新仇”与“旧恨”，怀着对将军的崇高敬意，汪锋对此愤愤不平，而九州四海似乎也与作者同怒同愁。再看事变前途，对国家命运的深切关注与担忧已然再现。

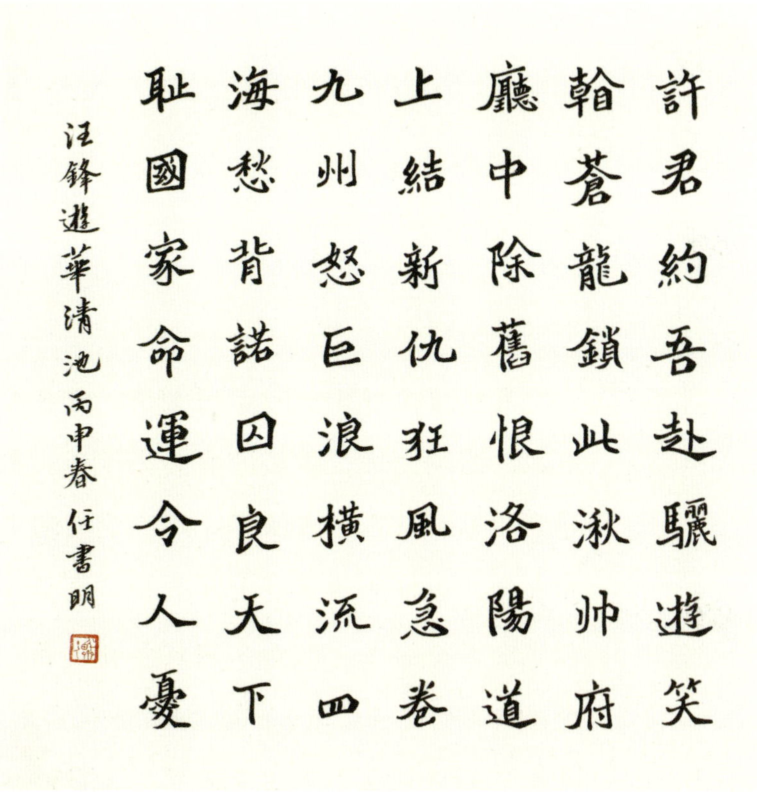
許君約吾赴驪遊笑
翰蒼龍鎖此湫帥府
廳中除舊恨洛陽道
上結新仇狂風急卷
九州怒巨浪橫流四
海愁背諾囚良天下
恥國家命運令人憂
汪鋒遊華清池 丙申春 任書明

任书明 / 书
汪锋《游华清池》

霍松林

霍松林（1921— ），字懋青，甘肃天水人，国学大师、著名的古典文学家、文学理论家、诗人、书法家。毕业于南京中央大学，历任陕西师范大学教授、中华诗词学会名誉会长、陕西省诗词学会会长、中国杜甫研究会会长，著有《李白诗歌鉴赏》《唐音阁诗词集》《唐音阁集》《霍松林选集》等三十多种；主编《辞赋大辞典》《元曲精华》等五十多种。

西安钟楼

喜见西安换盛装，钟楼高耸市中央。
朝阳破雾明金顶[①]，新月飞光照画梁。
四海嘉宾争揽胜，千秋伟业正流芳。
凭栏望远心潮涌，秀美山川迈盛唐。

注释

①金顶：指房屋楼舍的鎏金屋顶。

点评

（冯超）

西安钟楼历史悠久，乃岁月韶光之留影，王朝兴衰之见证。2003年春节，德高望重、享誉全国的霍老又一次登上钟楼。节日的钟楼身着盛装，登高望远，眼见朝阳明金顶、新月照画梁，个中豪迈，涌上心间。环顾周围，见四海嘉宾皆远道而来，争相览胜，诗人不禁慨叹华夏千秋之宏图伟业在今日中国已然实现，正所谓“秀美山川迈盛唐”是也。全诗对仗工整、用词准确、简洁精巧、气势恢宏。

刘畅 / 绘

《西安钟楼》

叶嘉莹

叶嘉莹（1924—　），号迦陵，加拿大籍华人，原籍北京，世界知名的汉学大家。北京辅仁大学毕业，曾任教于国立台湾大学，并任加拿大不列颠哥伦比亚大学亚洲研究系教授，现任南开大学中华古典文化研究所所长。同时是加拿大皇家学会院士及中国社会科学院文学研究所名誉研究员，并被聘为中华诗词学会顾问。著作有《迦陵词稿》《中国古典诗歌评论集》《灵溪词说》（与缪钺合著）等。

旅游西安

天涯常感少陵[1]诗，北斗京华有梦思。
今日我来真自喜，还乡值此中兴时。

注释

①少陵：指唐代诗人杜甫，自号少陵野老，世称杜少陵。

点评

（冯超）

西安作为有着悠久历史的文化艺术古城，历来就是文人骚客钦羡之地。海内知名的古典文学大师叶嘉莹先生也不例外。先生长于战乱之中，长时间难以离京远行，未来西安之前，虽数次梦思长安、杜陵、少陵，而对其印象只能源自唐诗、书本。而今回国，圣地一游，识见了周秦汉唐的厚重悠远，饱览了秦川渭水的别样风情，心中之喜悦不言而喻。同时，诗中也饱含着作者对祖国繁荣昌盛、中兴盛世的赞美之情和更大的期盼。

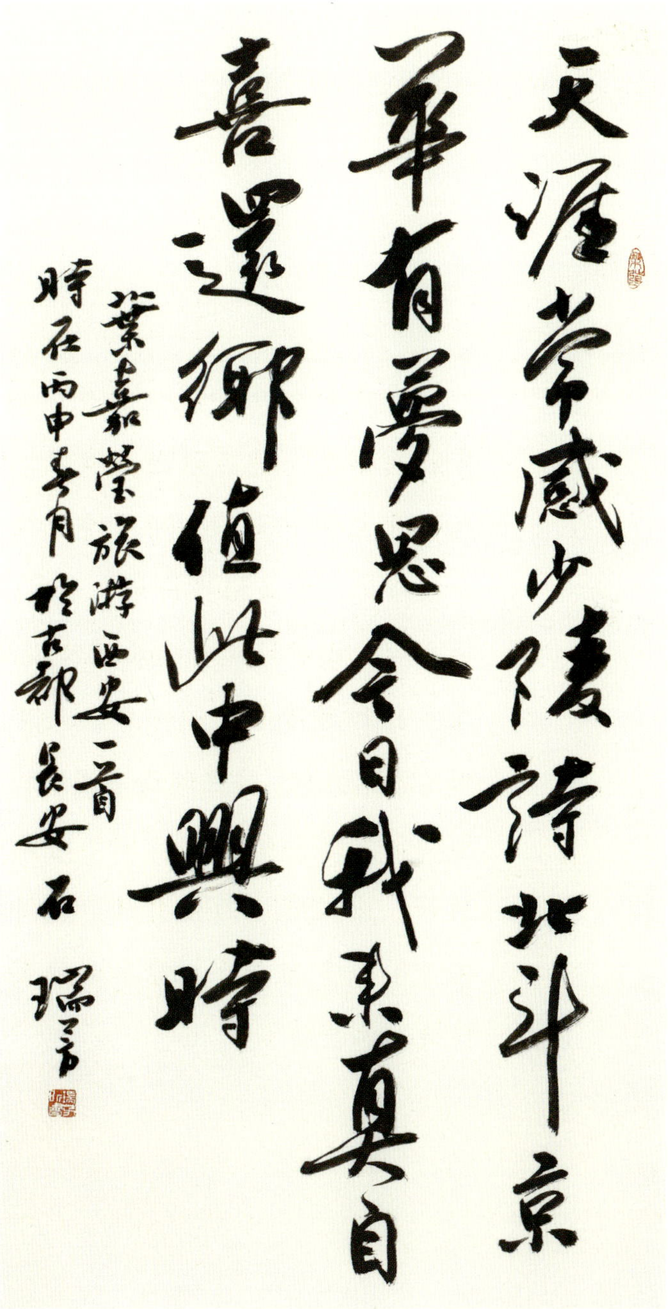

石瑞芳／书
叶嘉莹《旅游西安》

武复兴

武复兴（1934—　），生于西安，籍贯陕西临潼，笔名驭勤、步履。1956年入西北大学中文系，师承傅庚生先生，专攻唐代文学及格律诗词的研究和创作。毕业后留校讲授魏晋南北朝及隋唐文学、文学史和唐诗概论等课程，兼唐代文学研究室副主任。曾任陕西省图书馆馆长、陕西诗词学会副会长、中华诗词学会顾问等。出版有《西安史话》、诗集《西安行》等多部专著，曾参加编著了《唐代诗人咏长安》。

登西安城楼[1]

层城迢递[2]壮三秦，遥对终南俯渭滨。
万垛女墙[3]明晓日，百寻楼阁出风尘。
汉唐陈迹晴云影，街市人家杨柳春。
身近烟霞诗兴轩，关河不老意长新。

注释

①西安城楼：西安明城墙位于西安市中心区，是中国现存规模最大、保存最完整的古代城垣。墙高18米，顶宽12~14米，底宽15~18米，轮廓呈封闭的长方形，周长13.74公里。1961年3月4日，西安城墙被国务院公布为第一批全国重点文物保护单位。

②迢递：曲折高峻貌。

③女墙：古代城墙上面呈凹凸形状的矮墙。缺口多作射孔，可用于御敌。

点评

（冯超）

西安城墙是西安这座千年古都最大的标志性建筑，也是世界上迄今保存最为完好、规模最大、历史价值最高、建筑最为宏伟的古城堡建筑，是当之无愧的中华民族的文明瑰宝。此诗中，诗人满怀诗兴，登上了曲折高峻、名满三秦、遥对终南、俯瞰渭滨的明代城墙。漫游其上，通过垛口恬然地望着，细细寻觅历经数百年而幸运保留下来的一座老屋、几棵老树。时光交错、形神朦胧之间，叹汉唐陈迹，见杨柳增春，不免诗兴喷涌，思度万千。全诗对仗工整，意象宏大，情思渺远，堪为诗咏西安城墙之佳作。

舒宏昌 / 绘
《登西安城楼》

编后记

西安是中华文明的重要发祥地，是周秦汉唐等十三个王朝建都的历史文化名城，也是新时期以来大发展、大开发而迅速崛起的中国西部乃至世界闻名的国际化城市。从古到今，在这块璀璨的文明聚集地上，从帝王将相、文人骚客，到革命志士、普通民众，他们面对着秦山渭水、汉殿唐宫，思度着圣人遗迹、风土人情，以饱蘸诗情的笔墨，体察时局、留恋风景、磨炼诗艺、陶冶性情，写下了无数吟咏西安的诗词曲赋佳作，成为这片土地上的千古绝唱。正所谓“长安自古帝王都，西安原本诗词乡”。这些诗词曲赋，为充实中华诗词宝库、传播中华辉煌文化及声誉，做出了重大贡献。因之，我们精选了自先秦以迄当代的133名作者题咏西安的诗词曲赋名篇佳作153首，加以注释、点评、配图，编成了这部《咏西安诗词名篇精选》。

一、编选范围和原则

1. 编选的范围：上自先秦两汉，下至现当代，且以现在的西安行政区划为中心，有针对性地收录赞美西安、歌咏西安的旧体诗词曲赋153首。

2.编选的内容：以古代为主，现当代为辅；以诗词为主，曲赋为辅，保证了编选的丰富性与多样性。收录的作家作品都具有较高的知名度，在内容上包括歌咏西安的名胜、民俗、民风、自然风景、人物、历史、典故等，尽可能地求全求美；在思想上体现正能量，剔除了很多表现宫廷宴饮奢华景象的诗词。

3.编选的原则：遵循文学文献学的基本要求，在广泛搜集、整理历代吟咏西安的相关诗词曲赋原创作品的基础上，精选其中的名篇（其中唐代最多），并努力求真求实，校勘考证，摒弃赝品，既忠实于历史文献文本，也适应当代读者的阅读习惯。收录作品兼顾众家，原则上名家不超过三首，注释、点评力争恰当简洁、整体和谐。

二、体例结构与格式

1.本书由诗词及书法、绘画三部分组成，以求诗、书、画同辉，在继承和弘扬中华传统文化方面进行有益的尝试。

2.选辑的诗词基本上由作者传略、诗词原文、注释、点评及配图等五部分构成：作者传略部分，包括作家生卒年月、个人经历、创作概况及文学或社会活动等；作品选辑部分，尽量全文收录，对过长的作品则适当截取其中与西安有关的部分选用，并在题目后作出节选说明；注释部分，尽量选择晦涩难懂的字、词、句，以及影响较大的人、景作注，对生僻字加以注音，少量难句则整体翻译为白话；点评部分，并非逐字逐句地翻译和串讲，而是注重在感悟的基础上有所侧重地进行点评，努力点评出作品的出色、精妙之处，力求言简意赅、朴实无华而又有所启悟；配图所用书法、绘画作品均由西安市当代著名书画家绘制。

3.格式：格式包括撰写和编辑两部分，作家按生年前后排序；如有作家收录多篇作品，则作者仅介绍一次，每篇作品均按照首字拼音按序排列，格式相同。

三、特别说明和致谢

本书编选和撰稿参考了大量相关文献资料，既有历史文献原典，如诗集、方志以及碑文、石刻，同时对各种版本中出现的文字相异之处作了校勘，也有近年来陆续出版的各种相关选本。在此由衷表达对古代原创者的敬意和对相关编选者的谢意！

本书编选严格遵循文责自负的原则，每位参与编选的人员都在其编选、编写的文字后面加括号署名。古代文化、文学遗产的当代分享和传播，有赖于大家的共同努力。由于篇幅所限，多有遗珠之憾。而本书编辑存在的不足之处，诚望读者批评指正。

在本书的编写过程中，得到了西安市社会科学院（社科联）、西安市丝绸之路经济带研究院、陕西师范大学、西安市文学艺术界联合会、西安中国画院、曲江新区管委会、西安曲江出版传媒股份有限公司等单位的大力支持，西安出版社也为此付出了大量的辛勤劳动，谨在此表示衷心的感谢。

本书编委会

2016年4月6日